27 Roses

Die Seelensammlerin

Langsam öffnete ich die Augen und blickte in den Spiegel.
Bei meinem Anblick wurde mir schlecht.
Ich verstand nicht, was ich sah.
Es ergab keinen Sinn.

Klara Richter erwacht aus einem finsteren Traum und traut ih-
ren Augen nicht: Ihre Arme sind voll tätowierter Rosen.
Klaras Ahnung, dass dahinter etwas Furchtbares steckt, wird
zur Gewissheit, als der Todesengel Zedekiah bei ihr auftaucht.
Er hat einen Auftrag für sie, den Klara annehmen muss. Sie
hat keine Wahl, egal, wie schrecklich er ist, denn die Alterna-
tive ist viel entsetzlicher ...

27 Roses ist ein Einzelband aus dem „Im Bann der Unter-
welt“-Universum.

Kristin Wöllmer-Bergmann

27
ROSES

Die Seelensammlerin

Bibliografische Information der Deutschen Nationalbibliothek: Die Deutsche Nationalbibliothek verzeichnet diese Publikation in der Deutschen Nationalbibliografie; detaillierte bibliografische Daten sind im Internet über dnb.dnb.de abrufbar.

© 2022 Kristin Wöllmer-Bergmann

Herstellung und Verlag: BoD - Books on Demand, Norderstedt

Umschlaggestaltung: Anna-Karina Malek, Fotolizenz über Shutterstock
Buchsatz und –gestaltung: Kristin Wöllmer-Bergmann

ISBN: 9783755773146

Für B.

EINS

(Rot: 0/ Schwarz: 0)

Ich stehe auf einer dunklen Straße. Allein.
Es ist totenstill.
Über mir ist nur der schwarze Nachthimmel. Samtig.
Endlos. Ich fühle mich verloren unter den Sternen.
Ich sehe Straßenlaternen, doch sie sind aus.
Wo bin ich? Bin ich wirklich allein?
Ich blicke mich um, doch ich kenne die Straße nicht.
Nichts kommt mir vertraut vor, ich finde keinen Anhaltspunkt, wo ich bin. Und warum ich hier bin.
Gänsehaut überzieht meine Arme. Sie schmerzen.
Ich sehe hinunter, doch es ist zu dunkel, um etwas zu erkennen. Das graue Zwielicht verzerrt alles und verschluckt die Schatten.
Etwas streift meine Wange. Sanft. Weich.
Dann kratzt es über meine Haut.
Ich weiche erschrocken zurück, doch wie von selbst findet es seinen Weg in meine Hand. Meine Haut schimmert gespenstisch weiß im Sternenlicht.

Ich erkenne trotz des Zwielichts, was auf meiner Handfläche liegt: Eine schwarze Feder, so groß, dass sie unmöglich einem Vogel gehören kann.

»Klara«, wispert eine Stimme in mein Ohr. Ein eiskalter Schauder rinnt über meinen Rücken. »Du bist es. Tu, was von dir verlangt wird.«

Ich kann sie nicht orten. Sie ist körperlos.

Atem streicht über meinen Nacken.

Mein Unbehagen wächst ins Unermessliche.

»Klara«, wispert die Stimme wieder.

Ich atme tief durch und drehe mich um, bereit, demjenigen ins Gesicht zu sehen, doch hinter mir ist niemand.

Die Feder in meiner Hand wird heiß und schwer.

Ich will sie fallen lassen, doch ich kann nicht. Meine Finger schließen sich immer fester um den Kiel. Das spitze Ende bohrt sich schmerzhaft in meine Handflächen.

Ich bekomme Panik. Mein Nacken prickelt, das Gefühl, dass in der Dunkelheit jemand lauert, wird immer stärker.

Ich will hier weg.

Adrenalin schießt durch meine Adern, doch ich kann mich nicht rühren. Der Schmerz in meinen Armen wird immer schlimmer. Meine Haut brennt wie Feuer.

Was passiert hier?

Ich will schreien, doch meine Kehle ist wie zugeschnürt.

Ein Licht kommt auf mich zu wie ein Zug.

Ich reiße meine Arme hoch und bedecke meine Augen. Ich bin auf den schmerzhaften Aufprall gefasst.

Die Feder in meiner Hand glüht.

Mit einem Ruck fuhr ich aus dem Schlaf hoch. Meine Haare klebten schweißnass an meiner Wange und mein Atem ging stoßweise.

Der Traum hing schwer an mir wie ein Gewicht, das mich nach unten zog.

War es wirklich nur ein Traum?

Er kam mir so real vor, dass ich geschworen hätte, dass es so passiert war.

Wie eine Erinnerung. Wie ein Ereignis, jetzt in diesem Moment, aus dem ich herauskatapultiert worden war.

Mein Herz schlug mir bis zum Hals. Die Panik war sehr real. Genau wie der Schmerz in meinen Armen. Es war ein unangenehmes Brennen, das sich von der Schulter bis zum Handgelenk zog, als sei die Haut stark gereizt.

Ich fühlte mich benommen, trotz der Angst. Mein Kopf war schwer, meine Gedanken wie vernebelt.

Langsam beruhigte sich mein Atem wieder, doch ich fühlte mich, als sei ich noch nicht richtig wach.

Ich schüttelte den Kopf und versuchte, den Traum loszuwerden. Und diesen Phantomschmerz gleich mit. Vielleicht hatte ich im Schlaf auf meinen Armen gelegen und jetzt wurden sie wieder durchblutet. Ich hob sie probeweise, doch das ging problemlos und der Schmerz war anders als das Kribbeln, wenn ein Arm einschlief.

Vorsichtig betastete ich meinen linken Arm. Meine Haut fühlte sich heiß an und meine Berührung stach wie Nadeln. Schnell zog ich die Hand zurück.

Es war zu dunkel im Schlafzimmer, um etwas zu sehen. Ich hatte keine Ahnung, wie spät es war. Ich tastete nach meinem Wecker auf dem Nachttisch und drückte den Knopf, der die Beleuchtung aktivierte.

4:26. Die Ziffern wurden an die Zimmerdecke projiziert.

Ich schloss die Augen. Was für eine Uhrzeit.

Was für ein schrecklicher Traum.

Ich sollte versuchen, wieder einzuschlafen. Der Schmerz kam vermutlich von einem eingeklemmten Nerv, weil ich mich wegen des Traumes verkrampft hatte. Das kam von allein und ging sicherlich auch wieder von allein.

Neben mir lag Rickart, ich hörte seinen gleichmäßigen Atem. Gut, dass ich ihn nicht geweckt hatte, um diese Zeit war er noch weniger zu gebrauchen als ich. Deswegen traute ich mich auch nicht, Licht anzumachen. Auf den Streit konnte ich verzichten.

In zweieinhalb Stunden musste ich aufstehen, ich sollte jetzt wieder schlafen. Heute stand eine wichtige Klausur an, für die ich lange gelernt hatte.

Ich rollte mich auf den Rücken und schloss die Augen. Versuchte, den Schmerz zu ignorieren. Ich entspannte mich, so gut es ging, und atmete dagegen an.

Vergeblich.

Meine Arme brannten zu stark, um es zu ignorieren.

Ich wurde immer unruhiger. Da stimmte etwas nicht. Ich musste nachsehen, bevor ich Panik bekam. Nur ein kurzer Blick, um mich zu vergewissern, dass alles okay war und meine Nerven mir einen Streich spielten. Wenn ich mir nichts eingeklemmt hatte, könnte mich trotzdem etwas gestochen haben, etwas Gemeines, das trotz der Kälte draußen überlebt hat. Was konnte das sein, das im November ins Schlafzimmer kroch und mich biss?

Vorsichtig stand ich auf und versuchte, keinen Lärm zu verursachen, um Rickart nicht zu wecken.

Mein Freund lag auf der Seite und atmete ruhig. Ich sah seine Silhouette in der Dunkelheit, außerdem wusste ich immer, wo er lag.

Ich schlich zur Schlafzimmertür und passte auf, dass ich nicht über das hochstehende Dielenbrett stolperte. Das passierte mir ständig.

Es war kalt im Schlafzimmer, obwohl die Heizung lief.

Unsere Dachgeschosswohnung ließ sich nicht richtig aufheizen, das Haus war alt und schlecht gedämmt. Und das trotz der hohen Miete.

Meine Augen waren schlafverkrustet und mir wurde schwindelig, als ich mich durch die Dunkelheit tastete.

Es war stockfinster wie in meinem Traum. Er klebte noch wie Spinnenweben an mir. Das Unbehagen und die Ratlosigkeit waren mit dem Wachwerden nicht verschwunden.

Ich erwartete jeden Moment, die Stimme wieder zu hören. Das Unbehagen kroch über meinen Rücken in meinen Nacken und prickelte dort.

Der Schmerz nahm zu, je mehr Schritte ich machte. Bis zur Tür waren es sieben.

Das lose Dielenbrett knarrte unter meinen Füßen.

Vorsichtig drückte ich die Klinke hinunter und hoffte, dass die Tür nicht quietschte. Langsam zog ich sie auf und schlüpfte durch den Spalt in den Flur. Hier war es noch kälter als im Schlafzimmer.

Bis zum Badezimmer waren es weitere drei Schritte.

Der Schmerz wurde immer unangenehmer, als hätte ich den schlimmsten Sonnenbrand meines Lebens. Die Haut spannte und brannte, der Stoff meines Sleepshirts fühlte sich an wie ein Nadelkissen.

Ich legte die Hand auf den Lichtschalter und zögerte. Ich hatte Angst vor dem, was ich gleich sehen würde. Was, wenn meine Haut rot und geschwollen war? Wenn ich eine allergische Reaktion auf was auch immer hatte?

Was musste ich dann machen?

Die Fliesen unter meinen Füßen waren eiskalt, doch ich merkte es kaum. Der Schmerz wurde immer schlimmer.

Die Angst auch. Panik stieg in mir auf, weil ich ahnte, dass das, was ich im Licht sehen würde, schlimm war.

Ich wollte zurück ins Bett, mir die Decke über den Kopf ziehen und aus diesem Traum aufwachen.

Ich konnte nicht, ich war bereits wach.

Das Herz schlug mir bis zum Hals, als ich den Lichtschalter drückte. Für einen Moment sah ich nichts. Das Licht der Deckenleuchte biss sich meine Augäpfel und ich kniff die Augen zusammen.

Ich hasste den Winter. Schon immer. Nicht wegen der Kälte, sondern wegen der dauernden Dunkelheit. Zwischen Oktober und Februar hatte ich das Gefühl, unter einem schweren schwarzen Tuch zu leben. Heute war der erste November. Der Winter hatte gerade erst angefangen.

Endlich schmerzte das Licht nicht mehr so stark. Ich öffnete die Augen und blinzelte mehrere Male. Meine Netzhäute fühlten sich ausgetrocknet an.

Langsam sah ich an mir hinunter.

Ich schloss die Augen erneut.

Mein Kopf schmerzte höllisch. Offenbar waren meine Augen deswegen nicht in Ordnung und was ich gesehen hatte, war nur Einbildung.

Ich musste noch einmal hinsehen.

Dieses Mal blickte ich in den Spiegel.

Bei meinem Anblick wurde mir schlecht. Ich bekam ein dumpfes Gefühl im Bauch, einen Druck auf den Magen. Dann fühlte ich mich, als sei ich beim Gehen in ein Loch getreten. Ein tiefes Loch. Mein Atem klang unnatürlich laut in meinen Ohren.

Ich verstand nicht, was ich im Spiegel sah. Das ergab keinen Sinn.

Langsam schob ich die Ärmel meines Sleepshirts nach oben. Es war, als wäre das eine fremde Person im Spiegel, die zufällig aussah wie ich. Zumindest größtenteils, denn *das da* gehörte nicht zu mir.

Ich berührte meine Arme.

Der Schmerz wurde noch schlimmer, ich stöhnte auf.

Das konnte doch nicht wahr sein. Ich halluzinierte.

Erst wollte ich das Licht wieder löschen und zurück ins Bett gehen, doch es ließ mir keine Ruhe. Ich musste mich der Sache stellen.

Ich atmete tief durch, dann zog ich mir das Shirt über den Kopf und sah genauer hin. Der Knoten in meinen Eingeweiden wurde immer fester, härter und kälter.

Meine Arme waren voll tätowierter Rosen.

Sie waren über und über auf meiner Haut, bedeckten meine rechte Schulter bis zu meinem Handgelenk und von der linken Schulter bis zum linken Ellenbogen. Sie waren schwarz-weiß konturiert. Die Stiele waren grün, doch die Blüten farblos, wie fürs Kolorieren vorbereitet.

Die Haut um sie herum war gerötet, als hätte die Nadel eben noch meine Haut malträtiert.

Das taube Gefühl im Magen wurde zum Eisklumpen.

Ich verstand das alles nicht. Ich sank auf die Toilette und starrte an mir hinunter. Die Rosen blieben.

Ich traute mich nicht, meine Arme erneut anzufassen. Es war, als gehörten sie nicht zu meinem Körper.

Mein Atem beschleunigte sich und mein Brustkorb hob und senkte sich hektisch. Als ich ins Bett ging, waren sie noch nicht da. Ich ...

Meine Gedanken ergaben keinen Sinn. In meinem Kopf war nur noch die Frage, woher sie kamen.

Woher? *Woher?*

Ich schluchzte und schlang meine Finger ineinander, weil sie plötzlich zitterten. Die Panik wurde immer größer.

Wie von Sinnen schüttelte ich meinen Kopf und versuchte, mich daran zu erinnern, was seit gestern Abend passiert war. Rickart und ich hatten gekocht, und uns dann gegenseitig den Stoff der Klausuren abgefragt, die heute anstanden. Das dauerte so lange, bis wir ein gutes Gefühl hatten. Danach gingen wir ins Bett und schliefen während eines Podcasts ein.

›*Woher kommen die Rosen?*‹

Tränen traten in meine Augen und ich wusste nicht, was ich machen sollte.

»Rickart!«, schrie ich los. Nebenan knarrte das Bett, als er aufstand. Ich rief ihn noch einmal. Er stolperte über das lose Dielenbrett, als er losrannte. Dann stand er in der Badezimmertür, die grünen Augen weit aufgerissen.

»Klara?« Er sah mich auf dem Klo hocken, Verständnislosigkeit breitete sich auf seinem Gesicht aus. »Was ...«

Da sah er sie. Er ging vor mir auf die Knie, sein Gesicht war starr. Ratlos. Seine warmen Finger legten sich auf meine Schultern. Mir war eiskalt und meine empfindliche Haut reagierte mit Schmerz. Ich zuckte zurück.

»Was ist das?«, fragte er tonlos.

In mir brach ein Damm. Tränen liefen über meine Wangen und mein Körper krampfte. »Ich weiß es nicht. Ich bin von den Schmerzen aufgewacht.«

Rickart war völlig überfordert. Er setzte sich auf den kleinen Teppich vor dem Waschbecken und starrte mich an. Sein rotbraunes Haar stand in völliger Anarchie vom Kopf ab. »Das kann doch nicht sein. Ist das ein Witz?«

»Sehe ich aus, als würde ich Witze machen?«, heulte ich. Er schüttelte langsam den Kopf.

Vorsichtig streckte er die Hand nach mir aus und berührte meinen linken Arm unterhalb der letzten Rose. Ich zuckte zusammen, seine Berührung war fast unerträglich.

Sie machte alles realer.

»Oh Gott!«, stieß er plötzlich hervor und sein Gesicht verzerrte sich. »Sie sind noch hier!«

Er sprang auf und rannte zur Wohnungstür, bevor ich verstand, was er meinte. Ich hörte, wie er den Schlüssel umdrehte, dann machte er das Flurlicht an. Er lief in die Küche und riss eine Schublade auf. Die mit den Messern.

Ich sah ihn in den Flur zurücklaufen. Sein Gesicht war angstverzerrt und grimmig entschlossen. Das große Kochmesser hielt er in der linken Hand.

»Rickart?«, flüsterte ich, doch er schüttelte den Kopf und machte das Licht im Schlafzimmer an. Dann trat er zurück in den Flur und wandte sich dem Wohnzimmer zu.

Mein Herz klopfte mir bis zum Hals. Er ging davon aus, dass Leute eingebrochen waren, die das mit mir gemacht hatten. Verrückte Sadisten, die noch hier sein könnten.

Mein Handy lag auf meinem Nachttisch. Ich konnte keine Hilfe rufen, wenn sie ihn jetzt angriffen.

Wenn sie denn noch da waren.

Ich kam auf die Beine und wischte mir die Tränen aus dem Gesicht. Ich konnte ihn nicht allein lassen.

Rickart machte das Licht im Wohnzimmer an und sprang mit einem Satz hinein. Mir blieb fast das Herz stehen.

Er kam zurück. »Hier ist niemand mehr«, sagte er finster. Er legte das Messer auf den Schuhschrank und kam zu mir. Ich fror erbärmlich, nur meine Arme brannten.

»Klara, was ist passiert?«, fragte er leise und zog mich an sich. Ich klammerte mich an ihm fest.

»Wir müssen zur Polizei gehen«, sagte er schließlich.

Gänsehaut überzog meinen Körper und Widerwillen stieg in mir auf. Ich wollte nicht, dass Fremde kamen, mich begafften und ein Urteil über die Rosen fällten.

Ich wollte nicht, dass jemand etwas unternahm, solange ich selbst nicht wusste, was geschehen war. Und vor allem glaubte ich nicht, dass Polizeibeamte mir helfen konnten.

»Warum?«, flüsterte ich. »Was soll die Polizei machen? Die Tätowierungen sind echt, egal, was wir tun.«

»Klara, hier war jemand in unserer Wohnung«, sagte er nachdrücklich, sein Blick zuckte zum Messer auf dem Schuhschrank. »Jemand war hier und hat dich verletzt, fürs Leben gezeichnet. Und ich habe keine Ahnung, wie das passiert ist.« Er fasste sich an die Stirn. »Gar keine. Ich war um Mitternacht sogar noch auf der Toilette, da lagst du friedlich im Bett. Ohne Rosen. Und definitiv war da niemand in der Wohnung. Ich verstehe das alles nicht.«

Er trat einen Schritt zurück und nahm meine Hände, sodass ich die Arme ausstreckte. Mein Blick saugte sich an den Rosen fest. »Das muss doch Stunden gedauert haben. Eher Tage«, murmelte er und drehte meine Hände um. »Der Schmerz wäre unerträglich. Ich hätte das hören müssen. Man hat uns betäubt. Man ...« Er ließ mich los und rannte ins Schlafzimmer, um sein Handy zu holen.

»Montag, erster November«, flüsterte er, noch ratloser als zuvor, als er zurückkam. »Ich dachte schon, wir hätten einen ganzen Tag verloren.«

Ich schüttelte hilflos den Kopf. Mein Schädel dröhnte. Meine Zunge war wie gelähmt.

»Aber vielleicht sind sie gar nicht echt. Vielleicht ist das wirklich nur ein dummer Scherz.« Sein Blick ging mir durch Mark und Bein. Er war vorsichtig. Vorwurfsvoll.

Glaubte er wirklich, dass ich solch einen Aufwand betrieb, um ihn aufs Glatteis zu führen? Ich wünschte, es wäre so, aber das käme mir nie in den Sinn.

Doch Rickart griff nach einem Waschlappen, machte ihn nass und fuhr über meinen Arm.

Ich beobachtete ihn dabei. In mir kam eine wilde Hoffnung auf, dass die Rosen verschwanden. Dass sich die Farbe doch noch von meiner Haut löste, Rickart lachte und mir sagte, dass er mich ganz schön drangekriegt hatte. Ich ballte die Hand zur Faust, um ihn dafür zu boxen. Verdient hätte er es, wenn er mich so ärgerte.

Die Tätowierung blieb.

Er wiederholte das Ganze, dieses Mal wischte er kräftiger. Ich zuckte zusammen, weil es schmerzte, und starrte auf meinen Arm. Das winzige Gefühl der Hoffnung in meinem Brustkorb verpuffte. Es war kein Scherz. Egal, wie sehr er den Druck erhöhte, die Tätowierung blieb.

Rickart biss die Zähne zusammen. »Scheiße.«

Sein Blick fiel auf meinen Panty. »Bist du in Ordnung?«, fragte er und drehte mich herum. Seine Hände fuhren über meinen nackten Rücken, strichen mein Haar zurück und untersuchten meinen Hals. Ich konnte mich kaum rühren und sah einfach an mir hinunter.

Abgesehen von meinen Armen tat mir nichts weh. Aber ich hatte auch das Tätowieren nicht gespürt. Ich hatte Angst, dass noch eine Betäubung in meinem Körper war, die viel schlimmeren Schmerz überdeckte.

Rickart ging in die Knie und sah nach. Ich schloss die Augen und blendete seine Berührungen aus.

Ich war kurz vorm Durchdrehen.

»Nichts«, sagte er und kam wieder hoch. »Keine Blutergüsse oder ähnliches.« Er nahm mich in den Arm. »Scheiße, was ist denn bloß passiert?«

»Ich weiß es nicht«, schluchzte ich. Ich zitterte am ganzen Körper und fühlte mich sterbenselend. Ich hatte keine Ahnung, was ich tun sollte. Ich wusste nicht, wie ich die Rosen loswerden sollte.

Ich wollte einfach nur in mein Bett und mich verstecken. Und dann hoffen, dass alles nur ein böser Traum war.

Rickart hielt mich mit einem Arm fest, dann hörte ich den Rufaufbau seines Telefons. Eine Polizeidienststelle meldete sich. Rickart nannte seinen Namen und unsere Adresse, dann schilderte er, was seiner Meinung nach geschehen war. Am anderen Ende der Leitung war es still.

Ich hielt den Atem an.

»Sind Sie sicher?«, fragte der Polizist schließlich.

»Nein«, sagte Rickart mit bebender Stimme. »Aber meine Freundin ist voll Tätowierungen, die gestern Abend nicht da waren. Es *muss* jemand hier gewesen sein.«

»Wir kommen zu Ihnen«, versprach der Beamte und beendete das Gespräch.

Ich lehnte an Rickarts Brust und fühlte mich leer. Ich verstand ja, warum er bei der Polizei angerufen hatte, aber was sollte sie tun?

»Du solltest dir etwas überziehen«, flüsterte er in mein Ohr und zog mich mit sich ins Schlafzimmer. Er schlüpfte in eine Hose und einen Pullover und warf mir ein Tanktop und eine Jeans zu. Wie in Trance zog ich die beiden Teile über. Dann legte er mir eine Decke um die Schultern. Erst jetzt merkte ich, dass ich wieder weinte.

Oder immer noch?

Es dauerte nur eine Viertelstunde, da klingelte es.

Kurz darauf standen zwei Polizistinnen in unserem Flur.

»Herr Sundgren?«, fragte die Jüngere.

Rickart nickte und wies auf mich. »Meine Freundin Klara Richter. Sie ist das Opfer.«

Die Worte klangen grauenvoll in meinen Ohren. Ich wollte kein Opfer sein. Und mich nicht wie eins fühlen.

Die ältere Polizistin trat zu mir. »Was ist passiert?«

Ich streckte ihr den linken Arm entgegen. »Die waren gestern noch nicht da.«

Die beiden Frauen tauschten einen Blick, den ich nicht verstand. Dann sahen sie Rickart an. »Und Sie haben nichts mitbekommen?«, fragte die Jüngere.

Rickart schüttelte den Kopf.

Die Ältere – T. Seick stand auf ihrer Uniform – ging mit mir in die Küche und befragte mich, während sich ihre Kollegin mit Rickart umsah und sich alles schildern ließ.

Frau Seick schloss die Küchentür. »Sie können ehrlich mit mir reden, Frau Richter. Ich bin auf Ihrer Seite. Was ist passiert?«, fragte sie.

»Ich bin davon aufgewacht, dass meine Arme wehtaten. Dann habe ich die Tätowierungen gesehen«, antwortete ich matt. »Als ich ins Bett ging, waren sie definitiv nicht da. Und mein Freund war in der Nacht auf der Toilette und hat auch nichts bemerkt. Hier war niemand in der Wohnung. Zumindest nicht um Mitternacht.« Ich stockte, weil ich merkte, dass meine Aussage keinen Sinn ergab.

Es war die Wahrheit, half aber kein bisschen weiter.

»Aber Sie müssen etwas bemerkt haben«, sagte sie mit sanftem Nachdruck. »Ihr ganzer Arm wurde tätowiert.« Ich zeigte ihr den rechten Arm und ihre Brauen hoben sich. »Das können Sie unmöglich verschlafen haben.«

»Ich weiß. Aber ich habe nichts gemerkt.«

Sie betrachtete mich, nahm meine Hand und zog meinen Arm näher zu sich. »Die sind sehr gut gemacht«, sagte sie leise und konnte sich kaum losreißen. »Das sind keine Schmierereien, die Blumen sehen wie echt aus. Das kann unmöglich innerhalb einer Nacht passiert sein.«

Sie fand die Tattoos schön. Vielleicht war das so, aber nur, wenn sie freiwillig auf die Haut kamen.

Ich entzog ihr meine Hand. »Ich wollte das nicht.«

»Und ansonsten geht es Ihnen gut?«, fragte sie. »Keine Verletzungen oder sonstigen Beschwerden?«

»Ich habe Kopfschmerzen und fühle mich schlapp, aber ansonsten bin ich unversehrt. Mein Freund hat nachgeschaut. Es ist alles in Ordnung«, erwiderte ich.

Sie nickte mit hochgezogenen Augenbrauen. »Kann er etwas damit zu tun haben?«, fragte sie gedämpft.

»Rickart?« Ich schüttelte den Kopf, beinahe hätte ich gelacht, weil die Frage so absurd war. »Im Leben nicht!«

»Frau Richter, Sie verstehen sicherlich, dass diese Sache für uns schwierig zu beurteilen ist. Sie können sich an nichts erinnern und es finden sich keine Spuren, die auf ein Verbrechen hindeuten. Es gibt weder Einbruchsspuren noch sonst einen Hinweis darauf, was geschehen ist. Und, was das schwierigste ist: Die Zeiträume passen genau so wenig, wie glaubhaft ist, dass Sie von alldem im Schlaf nichts mitbekommen haben«, sagte Frau Seick betont neutral. Sie zuckte mit den Schultern, beinahe entschuldigend. »Ich kann Ihnen anbieten, dass Sie mit auf die Wache kommen und eine Blutprobe abgeben, die wir auf Betäubungsmittel untersuchen. Der Sachverhalt ist so abwegig, dass es schwierig wird, die Anzeige überhaupt aufzunehmen. Eine Körperverletzung ist vielleicht gegeben, aber wir wissen nicht, wer Sie tätowiert hat und haben keinen glaubhaften Zeitraum. Es gibt nur Ihre Aussage, dass Sie dem nicht zugestimmt haben. Die Aussage Ihres

Freundes hilft auch nicht weiter, weil auch er nichts mitbekommen hat, obwohl er bei Ihnen war. Eine verzwickte Sache, denn wenn wir Anzeige gegen unbekannt stellen, haben wir kaum einen Anhaltspunkt für eine Ermittlung. Also denken Sie bitte noch einmal scharf nach, ob Ihnen nicht doch etwas Nützliches einfällt.«

Ich starrte stumm auf meine Arme und wusste nicht, was ich sagen sollte. Das dumme Gefühl wurde immer stärker.

Sie glaubte mir nicht. Vielleicht dachte sie, ich wäre allein unterwegs gewesen und wollte vor Rickart verheimlichen, was geschehen war. Vielleicht dachte sie auch, wir hätten Drogen zu uns genommen und einen Filmriss.

Mir ging die Fantasie aus. Ich sah nur noch die Rosen.

»Gibt es jemanden, der Ihnen einen so gemeinen Streich spielen könnte? Haben Sie Streit mit jemandem?«

Ich schüttelte den Kopf. »Weder im Freundeskreis, noch in der Uni oder in meinen Jobs kenne ich Leute, die so etwas tun würden. Und falls ich den Verdacht hätte, würde ich mich von ihnen fernhalten.«

Ihre Kollegin und Rickart kamen zu uns in die Küche. »Nichts«, sagte die jüngere Polizistin - A. Tatenberg stand auf ihrer Dienstjacke. »Keine Einbruchspuren, keine Unordnung, es fehlt nichts. Und es gibt auch keinen Hinweis darauf, dass hier jemand tätowiert wurde - keine Utensilien, nicht einmal ein Taschentuch mit Tintenresten oder ein Bluttropfen.« Sie warf mir einen misstrauischen Blick zu. »Eigentlich *kann* das hier nicht passiert sein.«

»Wollen Sie Anzeige wegen Körperverletzung erstatten?«, fragte mich Frau Seick.

»Natürlich!«, sagte Rickart sofort.

»Frau Richter?« Wieder ruhten ihre Augen forschend auf mir. Ich wusste nicht, was ich sagen sollte.

»Bringt das denn irgendwas?«, fragte ich.

»Vielleicht übernimmt Ihre Krankenkasse dann die Entfernung der Tattoos«, sagte Frau Tatenberg spitz. Ihr Misstrauen war beinahe mit Händen greifbar. Sie hielt mich für eine Lügnerin. Mindestens. Und Rickart sicher auch. Zudem gab sie mir das Gefühl, dass ich ihre Zeit verschwendete. »Wenn Sie das denn überhaupt wollen«, fügte sie hinzu und bestätigte meinen Verdacht.

Rickart warf mir einen auffordernden Blick zu, also nickte ich müde. Frau Tatenberg holte ein Tablet heraus und nahm alle Details auf, die Rickart ihr gab.

Dann unterschrieb ich auf dem Pad und die beiden Polizistinnen gingen mit dem Hinweis, dass man sich bei uns wegen einer Blutabnahme melden würde.

Frau Seicks Worte hallten in meinem Kopf nach.

Sie hatte mir schon in Aussicht gestellt, dass die Anzeige nichts brachte. Wahrscheinlich meldeten sie sich nicht einmal wegen des Bluttests.

Ich hörte, wie sie im Treppenhaus leise miteinander sprachen. Rickart schloss die Tür und kam zu mir in die Küche. Seine Miene war angespannt.

»Sie glauben uns nicht«, sagte ich erschöpft.

Er sah mich nachdenklich an. »Ich kann's sogar verstehen. Die Geschichte ist ja auch komisch.«

»Die Anzeige wird einfach ins Leere laufen,«, sagte ich. »Sie werden nichts finden und ich gehe nicht davon aus, dass sie es überhaupt versuchen. Es wird keine Spurensicherung kommen und nach Haaren und Blutstropfen suchen. Es wird nichts passieren. Es war sinnlos, dass sie hier waren. Außer dass wir behandelt wurden, als wären wir Lügner. Im besten Fall.«

»Ich weiß. Wir mussten aber Anzeige erstatten«, erwiderte er. »Wegen der Entfernung, wie die Polizistin sagte.«

Ich starrte auf meine Arme und spürte Widerwillen. Ich wollte, dass sie verschwanden. Von ganzem Herzen. Aber der Gedanke, sie weglasern zu lassen, fühlte sich falsch an.

Rickart stellte sich vor mich und sah mir forschend ins Gesicht. Seine Augenbraue war angehoben und ich sah einen leichten Zweifel in seinen Augen. Das tat mir weh. Wie konnte er an mir zweifeln?

»Willst du mir etwas sagen?«, fragte er. »Gibt es etwas, das ich wissen muss?«

Seine Stimme war sanft, trotzdem schmerzte jedes Wort. Und ich war müde. So müde.

Ich starrte ihn an und wusste nicht, was er von mir wollte.

»Was denn?«, fragte ich. Meine Stimme klang dünn.

»Du weißt doch alles. Du warst bei mir.«

Er wartete schweigend und sah mir in die Augen. Ich fühlte mich unter Druck gesetzt und unwohl. So hatte er mich noch nie angesehen. So misstrauisch.

Ich wusste doch auch nichts!

Wieder traten Tränen in meine Augen.

Er streichelte meine Wange und küsste mich. »Tut mir leid, das war so nicht gemeint.« Er sah auf die Uhr. »Ich mache Frühstück, dann rufe ich beim Hautarzt an.«

»Ich muss zur Uni«, sagte ich. »Die Klausur in Deutscher Literatur ist heute.«

»So, wie es dir geht?«, fragte er zweifelnd. »Kannst du dich überhaupt konzentrieren?«

Nein, konnte ich nicht, musste ich mir eingestehen. Ich wollte nichts essen und zwang mich, eine Tasse Tee zu trinken. Um meine Arme nicht sehen zu müssen, zog ich eine Sweatjacke von Rickart über.

Die Ärmel waren weit genug, um keinen Druck auf meine Haut auszuüben.

Währenddessen telefonierte er mit verschiedenen Arzt-praxen, bis er einen Termin organisieren konnte.

»Wir sollten sofort losfahren«, sagte er und holte meine Jacke. »Der Weg ist ziemlich weit.«

ZWEI

(Rot: 0/ Schwarz: 0)

Ich folgte Rickart wie eine Schlafwandlerin zur Bushaltestelle. Unter meiner Jacke schmerzten meine Arme.

Es war wie ein dumpfes Pochen, das mit meinem Herzschlag pulsierte. Alles konzentrierte sich auf dieses Pulsieren. Meine Gedanken fuhren Karussell, sie waren unscharf. Flüchtig. Ich zermarterte mir das Gehirn, ob ich etwas vergessen hatte.

Wie konnte ich die Tätowierungen verschlafen? Wie konnte jemand in unsere Wohnung kommen und das mit mir machen, ohne dass Rickart es bemerkte?

Das alles ergab keinen Sinn.

Meine Gedanken ballten sich zusammen und zerstoben dann wie Laub, das vom Wind aufgewirbelt wurde.

Gar kein Sinn.

Tränen stiegen in meine Augen. Meine Hände zitterten, mir war kalt. Ich fühlte mich ohnmächtig. Verloren.

Vorsichtig tastete ich nach Rickarts Hand. Ich brauchte ihn. Er war meine Erdung. Mein Halt.

Seine Finger schlangen sich um meine und hielten mich fest. Der Druck war tröstlich, doch mein Herz verkrampfte sich, als ich in sein angespanntes Gesicht sah.

Er machte sich Sorgen. Er verstand das alles nicht. Und wenn er etwas nicht verstand, wurde er meist erst ungeduldig und dann wütend. Er versuchte, mir zu helfen. Er liebte mich, das war der Grund, warum er sich solche Mühe gab. Das wusste ich und ich war ihm dankbar dafür.

Normalerweise.

Heute fühlte ich mich gefangen. Irgendwo in einem luftleeren Raum, in dem ich nicht vor- oder zurückkam. Die Luft zum Atmen wurde knapp und der Druck stieg.

Rickart streichelte abwesend mit dem Daumen meinen Handrücken. Er war für mich da. Aber in diesem Moment engte es mich ein, obwohl ich die Nähe gesucht hatte.

»Was soll der Hautarzt denn machen?«, fragte ich leise.

»Er kann sich deine Arme ansehen und schauen, ob du verletzt bist«, sagte Rickart. »Ich glaube nämlich auch, dass die Polizei sich nicht meldet. Dann können wir ihnen den Befund schicken. Wir haben ja das Aktenzeichen. Und wir können den Arzt darum bitten, dass er eine Blutuntersuchung macht, um auszuschließen, dass mit der Tinte noch etwas anderes in deinen Körper gelangt ist.«

Panik erfasste mich, als ich darüber nachdachte. Darauf hatte ich bisher keine Sekunde verwendet. Jetzt schien es mir sicher, dass ich mit irgendwas infiziert worden war. Ich bekam einen Kloß im Hals. Das war alles zu viel.

Rickart bemerkte es und schlang vorsichtig den Arm um meine Schultern. »Tut mir leid«, flüsterte er. »Das war ...« Er brach ab.

»Nur die Wahrheit«, schluchzte ich. »Ich weiß überhaupt nicht, was ich machen soll.«

»Ich auch nicht«, gab er zu. »Ich versuche, etwas zu tun, und hoffe dabei, dass ich dir helfen kann.« Er küsste meine Stirn. »Tut mir leid, was ich vorhin gesagt habe.«

Ich schmiegte mich an ihn und schwieg.

Ich glaubte ihm, dass es ihm leidtat, aber seine Worte hatten mich verletzt. Sie hatten mich verunsichert. Mittlerweile bezweifelte ich, dass ich mir selbst trauen konnte.

Ich hatte das Gefühl, dass ich etwas wichtiges vergessen hatte. Aber was?

Nach einer gefühlten Ewigkeit und zweimaligem Umsteigen erreichten wir die Praxis des Hautarztes. Sie war am anderen Ende der Stadt, mitten in Altona. Hier waren wir nur manchmal, weil Rickarts Cousin Ben hier mit seiner Freundin lebte.

Die Praxis war etwas versteckt, Rickart fand sie trotzdem und zog mich an der Hand hinter sich her. Inzwischen führten wir nur noch Small Talk. Uns beiden saß die Nacht in den Knochen.

Ich starrte auf das Praxisschild, während Rickart klingelte, und fühlte mich unwohl. Ich wollte nicht hineingehen. Ich wollte die Tätowierungen nicht herumzeigen.

›Ich sollte das nicht tun‹, schoss es mir durch den Kopf. ›Nicht jeder Beliebige sollte sie sehen.‹

Ich wollte Rickart gerade sagen, dass wir wieder gehen mussten, da ging der Summer und mein Freund trat ein. Er sah über seine Schulter zurück zu mir. »Kommst du?« Er hielt mir die Tür auf. Hinter mir kamen Leute. Ich musste hineingehen, es war, als hätte ich keine Wahl.

Mein Widerwille wuchs immer weiter, auf den Stufen hinauf, am Empfangstresen, wo die Sprechstundenhilfe meine Versicherungskarte einlas.

Die ganze Zeit wollte ich am liebsten weglaufen. Ich wollte mich verstecken und warten.

»Dr. Burchardt kommt gleich«, sagte die Frau, die meine Karte eingelesen hatte, und wies auf ein Sprechzimmer. »Gehen Sie gleich durch.« Sie warf mir einen Blick zu, der mir nicht gefiel.

»Was hast du ihnen gesagt?«, fragte ich leise, als Rickart die Tür des Sprechzimmers hinter uns geschlossen hatte. Er setzte sich neben mich auf einen Stuhl.

»Was passiert ist«, antwortete er.

»Kein Wunder, dass sie mich so neugierig angesehen hat«, murmelte ich. »Sie hat sich sicher gefragt, wie jemand aussieht, dem so was passiert.«

»Hey.« Er nahm meine Hand und beugte sich zu mir herüber. »Du siehst aus wie die Frau, die ich seit vier Jahren liebe. Alles andere ist mir scheißegal.«

Er küsste mich und seine Worte wärmten mein Herz. Aber nur kurz, dann war die Angst wieder da.

Der Arzt kam herein und warf mir einen ähnlich seltsamen Blick zu wie seine Assistentin. »Dann erzählen Sie mal, Frau Richter, was passiert ist«, forderte er mich auf.

Meine Lippen fühlten sich wie versiegelt an. Ich wollte nicht mit ihm sprechen. Er war mir unsympathisch und seine Körperhaltung zeigte mir seine Ablehnung. Und seine Neugier. Er hatte uns den Termin nur gegeben, weil er sich mit eigenen Augen überzeugen wollte. Mehr nicht. Ich war eine Anekdote für die nächste Golfrunde.

Rickart wurde mein Schweigen zu lang. Er sprang ein und erzählte Dr. Burchardt, was geschehen war. Der Hautarzt hörte ihm zu und ließ mich nicht aus den Augen. Dann forderte er mich auf, meine Arme freizumachen. Ich tat es erst, nachdem Rickart mich angestoßen hatte.

Die Augen des Mediziners weiteten sich verblüfft, als er meinen linken Arm untersuchte. Ich hielt die Luft an, als er mich berührte, und biss mir auf die Unterlippe. Am liebsten wäre ich weggelaufen. Irgendwohin, wo mich niemand begaffte.

»Die Haut ist zwar gerötet, aber es gibt keine Verletzungen«, stellte der Arzt fest.

»Die Tätowierungen wurden fachmännisch durchgeführt.« Er sah mich forschend an. »Und Sie können sich an nichts erinnern?«

Ich schüttelte den Kopf. Seine Augenbraue hob sich, als er den rechten Arm untersuchte. »Siebenundzwanzig«, sagte er. Ich zuckte zusammen.

»Wie bitte?«, fragte Rickart.

»Haben Sie sie noch nicht gezählt? Es sind siebenundzwanzig Rosen«, erwiderte Dr. Burchardt.

Ich starrte auf meine Arme. Daran, sie zu zählen, hatte ich nicht gedacht.

Siebenundzwanzig.

Aber warum? Warum diese merkwürdige Zahl?

Ich starrte aus dem Busfenster und war erschöpft.

Der Arzt konnte nichts weiter feststellen, nur, dass die Tattoos echt waren. Er nahm mir Blut ab und ich bekam in ein paar Tagen Bescheid, ob es Auffälligkeiten oder eine Infektion gab.

Danach verließ ich die Praxis fluchtartig. Rickart kam etwas später nach. Er hatte noch mit dem Arzt gesprochen. Ich wusste nicht, was Dr. Burchardt ihm gesagt hatte, aber seitdem sah er mich wieder so merkwürdig an.

Ich wollte ihn danach fragen, aber ich ließ es. Mein Gefühl sagte mir, dass ich es nicht wissen wollte. Dass der Arzt eine Theorie hatte, die zu meinem Nachteil ausfiel.

Ich wünschte, ich wüsste, was wirklich passiert war. Ich musste es herausfinden. Keine Ahnung, wie ich das anstellen sollte. Mein Körper fühlte sich zentnerschwer an und mein Schädel wie ein Stein.

Mittlerweile war es nachmittags, doch mir war, als hätte ich seit Tagen nicht geschlafen.

Ich musste mich unbedingt ausruhen. Danach ging es mir hoffentlich besser.

Vielleicht konnte ich mich nach ein paar Stunden Schlaf wieder an irgendetwas erinnern. Ich glaubte nicht daran, aber ich gab die Hoffnung noch nicht auf.

»Möchtest du etwas essen?«, fragte Rickart, als wir zu Hause ankamen. Ich hatte überhaupt keinen Hunger und schüttelte den Kopf.

»Ich möchte einfach nur schlafen«, sagte ich leise.

Er sah mich wieder so seltsam an, dann schloss er mich in seine Arme. »Ich bin für dich da, das weißt du, oder?«, flüsterte er in mein Ohr. Ich nickte und schloss die Augen.

Ich musste ins Bett, ich hielt mich kaum noch aufrecht.

»Morgen sprechen wir noch einmal in Ruhe über alles«, sagte er weiter. Mein Herz verkrampfte sich. Natürlich konnten wir sprechen, aber worüber? Ich rang mir ein Lächeln ab und schleppte mich erst ins Bad und dann ins Bett. Ich schloss die Augen und schlief sofort ein.

Es ist finster. Nur eine schmale Mondsichel und Sterne am Himmel erleuchten die Umgebung.

Wieder die Straße aus meinem letzten Traum.

Wieder bin ich ganz allein.

Ich sehe mich um, doch es ist niemand hier. Trotzdem habe ich das Gefühl, dass ich beobachtet werde.

Es ist kalt und feuchter Wind schlägt mir ins Gesicht.

In meiner Hand liegt etwas. Ich sehe hinab. Auch im Traum zieren die Rosen meine Arme. Die dunklen Linien heben sich auch in der Dunkelheit von meiner Haut ab.

Ich bekomme Gänsehaut, dann blicke ich tiefer. In meiner Hand liegt eine große schwarze Feder.

Ich erinnere mich an sie.

Sie fiel mir in meinem letzten Traum in die Hände.

Aber warum? Warum ausgerechnet eine Feder?

Ich betrachte sie genauer.

Ihre Größe ergibt keinen Sinn. Sie ist beinahe so lang wie mein Unterarm. Mir fällt kein Vogel ein, der so große Flügel hat. Nicht einmal ein Albatros. Oder?

Ich schüttle den Kopf. Ratlos.

Ich habe keine Ahnung von Federn und den dazugehörigen Vögeln. Ich kann mir das alles nicht erklären.

Die Feder ist pechschwarz und schimmert doch silbrig im fahlen Nachtlicht, als ob von ihr ein Leuchten ausginge.

Ich hebe sie an mein Gesicht, um sie genauer zu betrachten, dabei streift sie meine Lippen.

Wärme breitet sich in meinem Körper aus, ein wenig Frieden. Mein Herz klopft schneller und meine Brust fühlt sich weniger eng an.

Liegt in der Feder die Antwort? Woher kommt sie?

Warum fiel sie mir in die Hände?

Ich sehe mich um, doch ich bin allein. Kein Geräusch ist zu hören. Ich finde keinen Hinweis darauf, woher die Feder kommt. Dann muss ich es anders herausfinden.

Wieder streiche ich mit der Feder über mein Gesicht, dieses Mal dringt ein schwacher Geruch in meine Nase.

Er ist nicht tierisch, sondern menschlich. Männlich.

Überrascht reiße ich die Augen auf. Männlich?

Ich wische erneut über mein Gesicht. Ja, da ist der Geruch wieder. Erdig, doch gleichzeitig klar. Eindeutig männlich. Das alles ergibt überhaupt keinen Sinn.

Die Rosen auf meinen Armen brennen. Sie pulsieren.

Ich sehe auf sie hinab. Ein paar von ihnen verändern sich. Die feinen Konturen füllen sich mit Farbe.

Rot.

Sie sehen aus wie echte Blumen. Blutrot. Stolz.

Ich keuche auf, als Schmerz durch meine Arme fährt. Ein paar der Rosen färben sich schwarz.

Mein Herz rast und mir wird schwindelig vor Schmerz.

›Klara, erfülle deine Aufgabe‹, flüstert eine Stimme. Es ist die gleiche wie in meinem letzten Traum.

Mein Herz schlägt mir bis zum Hals.

»Aber welche?«, wispere ich zurück.

›Die, für die du ausgewählt wurdest.‹

Der Schmerz blendet mich, ich kann mich kaum noch konzentrieren. Meine Finger krallen sich um die Feder, der scharfe Kiel bohrt sich in meine Handfläche.

Meine Arme brennen wie Feuer.

›Klara!‹, ruft die Stimme. Ich kann nicht erkennen, ob sie zu dem Besitzer der Feder passen könnte. Alles verschwimmt im Schmerz.

Es durchzuckt mich wie ein Blitz, dann verschwindet die Farbe und nur die Kontur bleibt zurück.

Der Schmerz ebbt langsam ab, doch ein dumpfes Pochen bleibt zurück wie ein Mahnmal.

Hinter mir scheppert es. Ich wirble herum, doch in der Dunkelheit kann ich nichts erkennen. Die Feder glüht.

Die Rosen sind wieder farblos.

Ich starre auf meine Arme, da wird es immer dunkler und ich versinke in der Schwärze.

»Klara?«

Jemand streichelte mein Gesicht und holte mich langsam aus dem Traum zurück. Ich blinzelte und kämpfte mich zurück ins Wach.

Rickart saß neben mir im Bett und sah mich besorgt an.

»Wie spät ist es?«, fragte ich.

»Dienstagmittag. Du hast sehr lange geschlafen. Geht es dir besser?« Er sah müde aus, sein rotbraunes Haar war zerzaust und er hatte Ringe unter den Augen. Seine Wangen waren voller Bartstoppeln.

Ich setzte mich auf und strich mein Haar zurück. Dabei spürte ich in mich hinein. »Ja, ein bisschen«, sagte ich dann. »Ich fühle mich nicht mehr so zermatscht. Aber du siehst nicht gut aus.«

»Ich war die halbe Nacht wach und habe versucht, irgendeinen Hinweis zu finden, was passiert ist«, sagte er. Ich beobachtete ihn genau. Wir kannten uns ewig, ich las ihm vom Gesicht ab, dass er unzufrieden war.

Ich konnte mir schon denken, dass er ewig am Rechner gesessen und recherchiert hatte. Er meinte es nur gut (außerdem wusste ich, dass er Rätsel hasste und sich darin verbiss wie ein wütender Hund), aber ich rechnete bei solchen Nachforschungen nicht mit Erfolg.

Die Sache war zu verrückt, als dass es mehr solche Vorfälle geben konnte.

»Hast du etwas herausgefunden?«, fragte ich dennoch.

Er schüttelte den Kopf. »Nein. Es gab keine ähnlichen Fälle, die uns weiterhelfen würden. Nur merkwürdige Fotostrecken aus der Yellow Press.«

Ich zog die Beine an und legte das Kinn auf meine Knie. Dabei vermied ich es, meine Arme anzusehen. Sie schmerzten nicht mehr so stark, doch die Hautreizung war noch da. Schon fühlte ich mich wieder erschöpft.

Rickart strich mir eine Strähne aus dem Gesicht. »Rede mit mir«, bat er. »Was denkst du?«

»Dass ich das alles nicht verstehe«, sagte ich matt. Ich schlug die Bettdecke beiseite und runzelte die Stirn. Zwischen meinen Füßen lag eine schwarze Feder, etwa so lang wie mein Unterarm. »Aber was ...?«

»Was ist das?«, fragte Rickart und griff danach.

Ich spürte ein seltsames Ziehen im Magen, als er die Feder hochhob und betrachtete.

»Ich habe von dieser Feder geträumt«, flüsterte ich.

Seine Brauen hoben sich. »Geträumt?«, wiederholte er. »Bist du sicher?« Ich nickte, doch zwischen seinen Brauen bildete sich eine steile Falte. »Das verstehe ich nicht.«

»Ich doch auch nicht.« Ich sah auf meine Knie.

»Bist du dir sicher, dass das ein Traum war und keine Erinnerung?«, bohrte er nach. Ich biss mir auf die Lippe und wollte ja sagen, doch jetzt, wo er mich so offensiv fragte, zweifelte ich. Was, wenn es doch kein Traum war?

»Klara, rede doch mit mir!«, drängte er mich. »Sag mir doch bitte endlich, was vorletzte Nacht passiert ist.«

»Aber das weißt du doch!«, erwiderte ich unglücklich.

»Du warst die ganze Zeit bei mir.«

»Da bin ich mir mittlerweile nicht mehr so sicher. Der Arzt meinte ...« Rickart brach ab.

Ich biss die Zähne zusammen. »Was meinte der Arzt?«

»Dass du mich anlügst und die Geschichte so niemals stimmen kann«, rang er sich ab. Jedes Wort war wie ein Schlag in mein Gesicht an und ich sah, dass es ihm wehtat, sie auszusprechen. Und doch kamen sie aus seinem Mund.

»Wie gut, dass du mich kennst - im Gegensatz zu Dr. Burchardt«, sagte ich mit eisiger Kälte. »Denn du weißt, dass ich dich nicht anlüge.«

Rickart zögerte. Jede Sekunde dauerte eine Unendlichkeit und schmerzte wie ein giftiger Pfeil. Ich hielt es nicht mehr aus und stand auf. »Ich bin im Bad.«

»Natürlich glaube ich dir«, rief er mir nach, doch das hatte zu lange gedauert. Ich schloss die Badezimmertür und lehnte mich dagegen.

Tränen stiegen in meine Augen und ich atmete tief durch, um sie zu unterdrücken.

Das schlechte Gefühl war überwältigend.

Ich musste hier schleunigst raus. Abstand gewinnen und mir Zeit zum Nachdenken nehmen.

Die Sache mit den Tattoos war schlimm genug, doch Rickarts Misstrauen traf mich mitten ins Herz.

Ich machte mich in Windeseile fertig, zog mich an und sagte ihm, dass ich zur Arbeit ginge. Das hatte ich auch vor, aber meine Schicht im Literaturcafé startete erst in zwei Stunden. Rickart wusste das. Ich war gerade unten auf der Straße, da rief er mich an. Ich lehnte den Anruf ab.

›Muss nachdenken. Lass uns reden, wenn ich zurück bin‹, schrieb ich ihm.

Er las die Nachricht, antwortete aber nicht.

Ich vergrub die Hände in meinen Jackentaschen. Dabei stießen meine Finger an die Feder. Ich hatte sie von der Kommode gefischt, als ich rausging. Ich wollte sie nicht in der Wohnung zurücklassen. Es fühlte sich an, als sei sie der einzige Hinweis auf das, was mit mir los war.

Wieder schluckte ich Tränen hinunter.

Wenn ich nur wüsste, was los war!

Es musste etwas hinter den Rosen stecken.

Das konnte doch nicht einfach nur ein übler Scherz sein. Ich lief in Richtung Stadtpark. Dienstagmittag. Ich fühlte mich, als hätte ich Zeit und Raum verloren.

»Okay, reiß dich zusammen«, sagte ich leise. »Du kommst nicht weiter, wenn du heulst. Konzentrier dich.«

Ich rieb mir die Arme und lief schneller. Dass die Tätowierungen da waren, ließ sich nicht ändern. Ich musste damit leben. Ich musste aber nicht damit leben, nicht zu wissen, woher sie kamen. Ich musste nicht damit leben, dass Rickart mir nicht glaubte. Wenn ich herausfand, was passiert war, konnten wir das hinter uns lassen.

Ich biss mir auf die Unterlippe, weil ich wütend wurde.

Ich verstand, warum es ihm schwerfiel, mir zu glauben, aber er sollte mich besser kennen. Er sollte wissen, dass ich immer ehrlich zu ihm war. Ihn anzulügen passte nicht in unseren Plan. Der Plan sah vor, dass wir zusammen waren. Für immer. So einfach war das.

Ich blieb stehen und schnaubte.

›Kümmere dich, um das, was direkt vor dir liegt. Alles Grübeln über ferne Zukunft bringt dir nichts.‹ Die sachliche Stimme in meinem Kopf war tröstlich, doch ich wusste nicht, was das war, das vor mir lag. Also lief ich und hoffte, mich an irgendetwas zu erinnern. Ich hoffte, dass, wenn ich an etwas anderes dachte, Erinnerungen zurückkamen, die mein Unterbewusstsein vergraben hatte.

Ich erreichte den Stadtpark und folgte den Wegen. Ich versuchte, nicht nachzudenken, sondern mich auf meine Umgebung zu konzentrieren. Sinnlos.

Ich holte meine Kopfhörer heraus und spielte Musik über mein Handy ab. Ich stellte die Lautstärke auf die höchste Stufe, um meine Gedanken zu übertönen. Sie drehten sich im Kreis. Mein Kopf schwirrte.

Die Musik half ein wenig. Sie zerstreute die Gedanken und überdeckte sie mit Bässen, mit Beats. Ich spielte wahllos Lieder ab, versuchte, etwas zu finden, das mich entweder beruhigte, oder meiner Stimmung entsprach. Für kurze Zeit gelang mir das, dann wurden die Gedanken so laut, dass sie auch Metal-Riffs überstrahlten.

Ich setzte mich auf eine Bank, von der aus ich den See beobachten konnte, das Planetarium lag hinter mir wie ein mahnender Turm. Ich wollte nicht darüber nachdenken, sonst kroch ein kaltes Gefühl in meinen Brustkorb.

Angst. Ich hatte keinen Platz für dieses Gefühl.

Es waren nur wenige Menschen unterwegs. Jogger, ein paar Leute mit Hund. Eine Kindergarten-Gruppe. Bald ging die Sonne unter und meine Schicht im Café begann.

Eine kalte Brise frischte auf und blies mir die Haare aus dem Gesicht.

Ich schloss die Augen und vergaß sogar die laute Musik.

Aus diesem Moment schöpfte ich ein wenig Kraft.

Ein wenig Stärke, um den Entschluss zu fassen, weiterzumachen, egal, was passiert war. Und gleichzeitig herauszufinden, was mit mir geschehen war. Wenn es mir gelang. Falls nicht, musste ich lernen, damit zu leben.

Ich öffnete die Augen.

Was ich sah, ließ mich auf die Füße kommen.

Eine Windbö kam auf und ließ meine Haare flattern.

Ich riss die Kopfhörer von meinen Ohren und starrte auf das Ufer vor dem See.

Dort stand ein Mann. Er hatte pechschwarze Flügel.

Die Feder in meiner Hand wurde warm. Meine Arme brannten, als bohrten sich die Dornen der Rosen in mein Fleisch und als wurzelten die Pflanzen durch meine Haut.

Ich konnte meinen Blick nicht von ihm abwenden.

Mein Mund wurde staubtrocken, als ich begriff, dass die Feder von ihm sein musste. Dass er etwas mit den Rosen zu tun hatte. Ich musste zu ihm. Sofort.

Er war bestimmt fünfzig Meter von mir entfernt. Ich konnte ihn einholen, selbst wenn er jetzt losging.

Ich wollte losrennen, doch ich war wie gelähmt.

Es war unmöglich, meinen Blick von ihm abzuwenden.

Er stand zu weit weg, um Details seines Gesichts zu erkennen. Ich sah Kleidung, so schwarz wie die Flügel, und dunkles Haar.

Er blickte in meine Richtung, doch ich wusste nicht, ob er mich ansah.

Wer war das? Ein Engel? Ein Dämon?

Wieder versuchte ich, loszulaufen. Wieder versagten meine Beine ihren Dienst.

Der Wind drehte und peitschte meine Haare in mein Gesicht. Ich musste blinzeln und die Strähnen aus meinen Augen streichen.

Ich blickte zu ihm, doch der Mann war verschwunden.

DREI

(Rot: 0/ Schwarz: 0)

Ich war viel zu früh im Literaturcafé, doch jemand war ausgefallen und Axel, mein Chef, dankbar, dass ich eher anfangen konnte. Jetzt, wo das Wetter schlechter wurde, waren die meisten Tische besetzt. Die Gäste hier blieben lange und tranken Massen an Tee, den es in unzähligen Sorten im Café gab.

Axel war ein Teefetischist, neben den Lesungen und Themenabenden zu Büchern, die er regelmäßig veranstaltete, führte er auch gelegentlich Teezeremonien durch.

Seine Frau Yuko war Japanerin und kannte sich bestens aus. Sie liebte es, die Bräuche ihres Landes zu teilen.

Das Café war brechend voll und ich kam kaum zu Atem. Ich rannte von Tisch zu Tisch und verteilte Kaffee- und Teetassen, Kuchen und Sandwiches, bis Axel meinte, er käme kaum noch hinterher.

Über den Stress vergaß ich die Tattoos. Ich vergaß die Erscheinung im Park. Ich vergaß auch die schwarze Feder in meiner Manteltasche.

Ich fühlte mich wieder wie ich selbst und blieb länger, als ich meine Schicht dauerte. Heute stand eine Lesung an, eine Hamburger Autorin las aus einem Liebesroman vor.

Alle Tische waren belegt und die Leute schwenkten auf Wein um - ein weiteres Steckenpferd von Axel. Die hohen Gläser waren schwieriger zu servieren als die stabilen Tassen. Meine Konzentration verengte sich auf mein Tablett und die Gesichter der Gäste.

Ich schrieb Rickart, dass es später wurde. Er antwortete nicht, aber auch das bemerkte ich erst später, weil ich keine Zeit hatte, aufs Telefon zu schauen.

Endlich war die Lesung beendet und die Gäste zufrieden gegangen. Ich war so voll Adrenalin, dass ich meine Erschöpfung erst jetzt spürte.

»Danke, dass du so lang geblieben bist«, sagte Axel, als wir um zehn den Laden abschlossen.

Yuko sah von der Kasse auf und lächelte. »Ohne dich hätten wir ein Problem bekommen. Die Lesung war gut. Nicht zu langweilig, aber auch nicht so spannend, dass die Leute vergessen, Wein zu trinken.«

»Und das an einem Dienstagabend«, meinte ich. »Wer hätte damit gerechnet?«

»Spricht für unser Geschäftsmodell, oder?«, meinte Axel gut gelaunt. Er drückte mir siebzig Euro in die Hand. »Dein Trinkgeld. Die Überstunden habe ich notiert.«

»Das ist viel zu viel«, wehrte ich ab.

Er schnaubte. »Von wegen. Steck es einfach ein. Oder bist du die erste Studentin, die sich nicht über Geld freut? Na also. Sollen wir dich nach Hause fahren?«

»Danke, aber ich gehe das kurze Stück zu Fuß«, sagte ich schneller, als ich denken konnte.

Auf dem Weg würden die Gedanken zurückkommen, da war ich mir sicher. Jetzt war es zu spät.

Ich holte meinen Mantel und verließ das Café. Der Weg nach Hause war kurz, nur etwa eine Viertelstunde zu Fuß.

Die Strecke führte durch das alte Quartier in Barmbek, das meine Heimat geworden war.

Die Backsteinbauten, die Bäume, die im Sommer im Abendwind rauschten... Ich fühlte mich hier sicher.

Normalerweise. Heute hatte ich das Bedürfnis, schnell nach Hause zu kommen. Und doch wieder nicht.

Ich hatte Angst vor Streit mit Rickart und dass er wegen meines Abgangs sauer auf mich war. Außerdem kam ich erst spät nach Hause, statt mit ihm zu sprechen, wie ich es versprochen hatte. Verdenken könnte ich es ihm nicht, doch ich wollte die Konfrontation vermeiden.

Als ich um kurz vor halb elf zu Hause ankam, war das Licht in der Wohnung bereits aus bis auf die kleine Lampe im Flur, die wir füreinander immer anließen.

Natürlich. Morgen war Mittwoch. Rickarts Vorlesung begann mittwochs immer früh, sodass wir dienstags meistens eher zu Bett gingen als sonst. Er schlief bereits.

Ich machte mich leise fertig und schlüpfte in unser kaltes Schlafzimmer.

Er atmete ruhig, doch ich vermutete, dass er wach war. Ich legte mich hin und kuschelte mich an seinen Rücken, den er mir zudrehte. Er bewegte sich nicht, doch ich hörte, wie sich sein Atem vertiefte, als er wirklich einschlief.

Ich versuchte, an nichts zu denken, und ließ die Erschöpfung ihren Tribut fordern. Ich schlief ein und sank in die Schwärze eines Traumes, an den ich mich am nächsten Morgen nicht mehr erinnern konnte.

Als ich aufwachte, war das Bett neben mir leer, doch ein Zettel lag auf der Decke: *Ich wollte dich nicht wecken, du sahst so erschöpft aus. Sprechen heute Abend in Ruhe. Liebe dich.*

Mein Herz fühlte sich etwas leichter an. Das klang nicht wütend. Es klang danach, dass wir es zusammen hinbekamen. Genau das brauchte ich von Rickart.

Ich ignorierte das Stechen in meinen Armen und machte mich fertig für den Tag.

Mittwochnachmittags gab Rickart Tennisunterricht und ich jobbte ein paar Stunden in einem Antiquariat. Hier war bei Weitem nicht so viel zu tun wie bei Axel und Yuko, meistens waren die Tage eher ruhig. Heute jedoch hatte Herr Hilmers eine Warenlieferung bekommen, die in dem engen, vollen Laden untergebracht werden musste.

Meine Kollegin Neelia, die Vollzeit bei Hilmers arbeitete, half mir beim Sortieren.

»Ist alles okay, Klara?«, fragte sie nach einer Weile.

Ich stellte den dicken Wälzer ins Regal, den ich gerade aus der Kiste genommen hatte. »Ja, wieso?«

Neelia zog die dunklen Brauen zusammen. »Du bist ruhiger als sonst. Als würdest du über etwas nachgrübeln.«

»Mach dir keine Sorgen, es ist alles okay«, winkte ich ab, weil ich nicht wusste, wo ich anfangen sollte.

Sie glaubte mir nicht. Ich mochte an ihr, dass sie so sensibel war, aber ich wusste nicht, wie sie mir weiterhelfen könnte. Schließlich nickte sie und griff nach dem nächsten Buch. »Ich bin für dich da, wenn etwas ist, okay? Ich kann auch sehr gut Dinge recherchieren. Und über dumme Männer schimpfen, falls notwendig.«

»Danke, das merke ich mir«, sagte ich und musste grinsen. Dann schaffte ich es, mich so auf sie und die Bücher zu konzentrieren, dass ich nicht mehr über die Rosen, den Stadtpark und alles dazwischen nachdachte.

Zumindest für den Moment.

Ich war vor Rickart zu Hause und kümmerte mich ums Abendessen. Dabei krempelte ich ohne nachzudenken meine Ärmel auf, um mich nicht schmutzig zu machen.

Ich stockte, als ich meinen rechten Arm sah und die Rosen, die bis zu meinem Handgelenk wuchsen. Ich streckte die Finger der linken Hand nach ihnen aus.

Nur Zentimeter davor verharrte ich. Ich konnte sie nicht anfassen. Es ging einfach nicht. Es war, als gehörte der Arm nicht zu meinem Körper. Als wäre er etwas Fremdes, das mir Angst einjagte.

Beim Duschen benutzte ich einen Schwamm, das schuf genug Abstand, aber jetzt ...

›*Sei nicht so dämlich*‹, sagte ich mir. ›*Das ist dein Arm. Deine Haut. Du kannst die Rosen anfassen. Tu es einfach. Sie sind ein Teil deines Körpers, versteh das endlich.*‹

Ich versuchte es noch einmal. Wieder brachte ich es nicht über mich. Schnell rollte ich den Ärmel meines Pullovers wieder hinunter.

Ich Feigling. So fand ich nie heraus, was mit mir los war.

Die Wohnungstür öffnete sich und Rickart kam herein. Er sah mich und ein vorsichtiges Lächeln breitete sich auf seinem Gesicht aus. »Hey.«

Ich bemühte mich, es zu erwidern. »Hey. Alles klar?«

Er gab mir einen scheuen Kuss auf den Mund. »Timo ist krank, ich habe seine Stunde übernommen.« Er sah über meine Schulter in den Topf. »Cannelloni à la Klara?«

»So ist es«, bestätigte ich.

»Wunderbar. Ich mache mich kurz fertig und helfe dir gleich.« Er verschwand im Badezimmer. Ich schichtete die gefüllten Cannelloni in die Auflaufform und schob sie in den Backofen. Dann setzte ich mich an unseren kleinen Esstisch in der Küche.

Ich war nervös. Wegen Rickart.

Das konnte doch nicht wahr sein! Gerade er. Ich hatte mich seinetwegen noch nie unbehaglich gefühlt.

Er und ich waren ein Team. Immer. Aber jetzt ...

Er kam zurück und deckte den Tisch, dann setzte er sich zu mir. »Wie geht es dir?«

Ich wusste nicht, wie ich die Frage beantworten sollte. »Gut«, sagte ich deswegen ausweichend.

Seine Augen wurden schmaler. »Bist du sicher?«

»Ja. Nein. Ich weiß es nicht«, gestand ich und zupfte am Ärmel meines Pullovers. »Ich komme nicht weiter und weiß nicht, was mit mir los ist. Ich fühle mich so verloren. Gestern auf dem Weg ins Café habe ich einen Spaziergang im Stadtpark gemacht. Ich habe dort einen Mann gesehen. Es fühlte sich an, als würde er mich beobachten.«

Rickarts Augenbrauen schnellten nach oben. »Was? Wie sah er aus? Hast du ihn erkannt? Hat er dich tätowiert?«

Ich zuckte hilflos mit den Schultern. Die Flügel hatten mich so abgelenkt, dass ich ihn mir kaum angesehen hatte. Etwas hielt mich zurück, Rickart von dieser Besonderheit zu erzählen. Er würde mich für verrückt halten. Ich könnte das sogar verstehen.

»Das weiß ich nicht«, sagte ich. »Er stand weit weg. Er war dunkel gekleidet - glaube ich.«

»Woher willst du dann wissen, dass er dich beobachtet hat, wenn du ihn nicht genau erkennen konntest?«

»Es fühlte sich so an«, eierte ich herum.

Das reichte ihm nicht. »Hast du versucht, noch etwas herauszufinden? Ist dir etwas eingefallen, das uns einen Hinweis gibt?«, bohrte er weiter.

»Ich versuche, möglichst wenig daran zu denken«, erwiderte ich. »Ich bin verwirrt und kriege die Gedanken nicht zu fassen. Ich habe auch nicht das Gefühl, dass mich das Grübeln weiterbringt. Ich glaube, ich weiß nichts.«

»Das verstehe ich nicht«, sagte er kopfschüttelnd. »Hast du kein Interesse daran, herauszufinden, was mit dir passiert ist? Warum bist du so passiv?«

»Bin ich nicht«, wehrte ich mich. »Aber ich weiß auch nicht, wo ich anfangen soll. Und ein Mann im Park ist bestimmt kein Anhaltspunkt für eine Recherche.«

»*Weißt* du es nicht oder *willst* du es nicht?«, fragte er.

Ich starrte ihn an. »Das ist nicht dein Ernst«, flüsterte ich.

Er presste die Lippen zusammen. Sein ganzer Frust zeigte sich in dieser Geste. »Ich verstehe dich nicht«, sagte er. »Die Sache lässt mir keine Ruhe. Ich habe heute jede Pause im Internet verbracht und recherchiert. Ich habe bei Tattoo-Studios angerufen und nachgefragt, ob so was überhaupt möglich ist, wie es dir passiert ist. Wenigstens einer von sieben hat mit mir gesprochen.«

»Und was hat er gesagt?«, fragte ich dünn. Ich ahnte, wie die Antwort ausfiel.

»Dass du mich anlügst, weil so was unmöglich ist. Die Fläche kann unmöglich in der kurzen Zeit tätowiert worden sein. Und du müsstest wach werden, es sei denn, du wärst sediert«, erwiderte Rickart und presste die Lippen noch fester zusammen.

Ich holte tief Luft. Tränen stiegen in meine Augen. »Gut zu wissen, dass ein Fremder darüber besser Bescheid weiß als ich. Ich bin froh, dass du dir mit dem Tätowierer und dem Hautarzt so kompetente Experten geholt hast, die mich so gut einschätzen können.«

Hinter mir klingelte der Backofen.

Mit tauben Beinen stand ich auf und holte die Form heraus und stellte sie vor Rickart auf den Tisch. »Guten Appetit.« Ich warf die Handschuhe auf meinen Stuhl und verließ die Küche. Im Flur begann ich zu rennen und stürzte ins Badezimmer. Mit zitternden Händen zog ich die Tür hinter mir zu und lehnte mich dagegen. Meine Beine gaben unter mir nach, ich rutschte auf den kalten Fußboden. Dann brach ich in Tränen aus.

»Klara!« Rickart klopfte gegen die Tür. »Mach bitte auf. Lass uns in Ruhe darüber reden. Es tut mir leid! Klara!«

Ich schlang die Arme um meinen Oberkörper, meine Stirn sank auf meine Knie. Schluchzer schüttelten mich durch. Rickart redete durch die Tür mit mir, entschuldigte sich weiter und bat mich, ihn reinzulassen, doch ich war zu verletzt. Zu verwirrt. Ich wusste nicht mehr, was ich denken und tun sollte.

Die Klinke ging hinunter und die Tür öffnete sich. Ich hatte nicht richtig abgeschlossen. Ich wich zur Seite aus und barg mein Gesicht in meinen Händen.

Rickart ging vor mir in die Knie. »Es tut mir leid«, sagte er leise. »So leid. Das kam richtig furchtbar rüber. Ich weiß, dass du neben mir lagst. Und ich weiß auch, dass am Abend vorher kein einziges Tattoo da war. Die ganze Sache macht mich verrückt. Bitte verzeih mir, ich meinte es nicht so.« Zaghaft legte er die Arme um mich.

Ich machte mich steif, doch dann sank ich gegen ihn. Ich brauchte ihn. Ich kam allein nicht weiter. Ich schloss die Augen und versuchte, mich zu beruhigen.

»Wir müssen herausfinden, was passiert ist«, flüsterte er. »Ich werde alles dafür tun. Versprochen.«

Das Problem war nur, dass ich mir sicher war, dass Rickart die Antwort gar nicht finden *konnte*.

Ich sitze auf der Bank im Stadtpark und sehe aufs Wasser. Hinter mir liegt das Planetarium. Der Turm hebt sich von dem grauen Himmel ab. Es dämmert bereits.
Ich bin allein, niemand ist zu sehen.
Warum bin ich hier? Wer hat mich hergebracht? Der Traum fühlt sich fremd an, als käme er nicht aus meinem eigenen Kopf. Jetzt, wo ich darüber nachdenke, waren die anderen beiden genauso.
Gänsehaut überzieht meinen Körper.
Ich bin fremdgesteuert. Jemand ist in meinem Kopf.
Angst steigt in mir auf. Werde ich verrückt? Oder habe ich etwas wichtiges vergessen?
Wie kann das sein? Mein Mund wird trocken und ich schüttle den Kopf. Das ist Unsinn. So was passiert in Filmen, in Büchern, aber doch nicht im echten Leben. Es gibt hier keine fremden Mächte, die mich tätowieren und dann belauern. Was für ein Quatsch!
Und doch bin ich hier. Und warte.
Die große schwarze Feder halte ich in der Hand. Sie scheint mein ständiger Begleiter zu werden. Vielleicht eine Art Erkennungszeichen?
Wieder betrachte ich sie und kann mir keinen Reim auf ihre Größe machen. Zumindest keinen, der nichts mit geflügelten Männern zu tun hat.
Sie muss mit den Rosen zusammenhängen. Aber wie?
Aus dem Augenwinkel sehe ich eine Bewegung.
Ein Mann geht am Ufer entlang.

Meine Augen saugen sich an seinen schwarzen Flügeln fest. Er ist es. Derjenige, den ich gestern im Stadtpark gesehen habe. Daran habe ich keinen Zweifel.

Aber wer ist er?

Ein Engel? Ein Teufel?

Die Flügel machen keinen Sinn.

Die Feder in meiner Hand wird immer wärmer.

Jetzt endlich verstehe ich es.

Mir wird heiß und kalt zugleich.

Er kommt auf mich zu. Ich sehe in sein Gesicht. Das Zwielicht erschwert mir die Sicht, doch ich mache helle Haut und dunkles Haar aus.

»Was passiert mit mir?«, rufe ich ihm zu. Ich springe auf und will zu ihm gehen, doch mich verlässt der Mut und Angst kriecht wie kaltes Gift durch meinen Körper.

Ich weiß nicht, was das alles bedeutet. Und eine Stimme in meinem Kopf warnt mich, dass ich es nicht wissen will.

Er bleibt stehen. Weiße Zähne blitzen, als er mich betrachtet. Ich kann seine Miene nicht deuten.

Seine Flügel breiten sich aus. Die Spannbreite ist gigantisch. Die Feder gehört zweifellos zu diesen Flügeln.

»Was bist du?«, frage ich. Mein Mund fühlt sich taub an, meine Stimme zittert.

Er kommt noch näher und bleibt etwa fünf Meter vor mir stehen. Er trägt einen schwarzen Mantel, schwarze Hosen und schwarze Schuhe. Sein dunkles Haar bewegt sich im aufkommenden Wind. Seine Augen glänzen silbern, sie betrachten mich lauernd.

»Klara, du musst anfangen. Das hättest du längst tun sollen«, sagt er, ohne meine Frage zu beachten.

»Anfangen? Womit?«, frage ich. Meine Stimme zittert stärker.

»Mit deiner Mission«, erwidert er, als müsste ich wissen, worum es geht. Seine dunkle Braue hebt sich. »Dir läuft die Zeit davon.«

»Ich weiß nicht, was du meinst«, antworte ich.

Verzweiflung steigt in mir auf. Gleichzeitig ist da Hoffnung. Er kann mir sagen, was mit mir los ist. Endlich.

Und doch ... Eine Mission. Was bedeutet das? Und warum ist sie zeitkritisch?

Ich schaue auf meine Arme, doch die Rosen sind von meiner Jacke bedeckt. »Hat es etwas mit den Rosen zu tun? Was bedeuten sie?«

Die silbernen Augen weiten sich. »Du weißt es immer noch nicht? Das ist unmöglich!«, zischt er. Er dreht sich um und lässt mich stehen. Panik durchschießt mich wie ein glühender Pfeil. Er darf nicht gehen! Nicht jetzt, wo ich endlich einen Anhaltspunkt habe!

Ich nehme all meinen Mut zusammen und laufe hinter ihm her. »Bitte rede mit mir! Was soll ich tun? Woher kommen die Rosen? Bitte sag es mir!«

Doch er geht einfach weiter. »Ich sorge dafür, dass du es erfährst,« sagt er über seine Schulter. Seine Schritte sind so lang, dass ich ihn nicht einholen kann.

Er breitet die Flügel aus und verschwindet.

Ich stehe allein am Ufer.

Die Angst breitet sich kalt in meinem Inneren aus. Ich habe die Chance verpasst. Er ist einfach gegangen.

›Ich sorge dafür, dass du es erfährst.‹ Die Worte hallen in meinem Kopf nach. Sie geben mir Hoffnung.

Doch ich habe Angst vor der Antwort.

Der Traum ließ mich aufwachen und ich fand nicht wieder in den Schlaf zurück, also stand ich leise auf und schlich in die Küche.

»Wann bist du aufgestanden?«, fragte Rickart, als später er zu mir kam. Ich saß mit einer Tasse Tee am Tisch und schob mein Laptop beiseite. »Ich glaube, gegen fünf.«

Rickart schauderte. Er war absolut kein Morgenmensch.

Ich normalerweise auch nicht, doch der Traum ließ mir keine Ruhe. Also hatte ich mich hingesetzt, mir Tee gekocht, und schwarze Flügel recherchiert. Und Engel. Das Notizbuch auf dem Tisch war voll durchgestrichener Schlagworte.

Mein Freund sah mir über die Schulter. »Cherubim«, las er vor. »Was ist das?«

Ich strich müde eine Haarsträhne zurück. »Eine Sackgasse, fürchte ich.« Denn der Engelstyp Cherubim hatte nach meiner Recherche keine schwarzen Flügel.

Rickart zog die Augenbrauen zusammen. »Ist das für eine Hausarbeit?«, wollte er wissen.

Ich wusste nicht, was ich antworten sollte. Mein Traum erschien mir immer unrealistischer, je länger er zurücklag. Warum sollte mir des Rätsels Lösung ausgerechnet im Schlaf kommen?

»Ja. In Literatur. Kirchlich inspirierte Themen.«

Ich wusste nicht, wie ich es sonst erklären sollte, ohne dass er es in den falschen Hals bekam. Ich wollte nicht, dass er mich für verrückt hielt. Und das täte er sicher, wenn ich von geflügelten Männern anfinge.

Rickart nickte unbestimmt und goss sich einen Becher Kaffee ein. Die Maschine hatte ich angestellt, als ich ihn aus dem Schlafzimmer kommen hörte.

»Willst du die Tattoos entfernen lassen?«, fragte er.

Ich sah erschrocken auf. »Wie bitte?«

»Die Rosen«, erwiderte er. »Willst du sie entfernen lassen, oder müssen wir jetzt damit leben?«

»In erster Linie lebe ich damit«, antwortete ich. »Es sind ja meine Arme.«

»Mag sein, aber du bist der größte Teil meines Lebens, somit betrifft es uns beide. Also?«, beharrte er.

Ich griff nach meiner Teetasse, um Zeit zu gewinnen.

»Darüber habe ich noch nicht nachgedacht«, gab ich zu.

»Aber warum nicht?« Rickart schüttelte den Kopf. »Ist es nicht dein Wunsch: die Dinger wieder loszuwerden?«

»Keine Ahnung. Ich bin immer noch damit beschäftigt, herauszufinden, woher sie kommen und was sie bedeuten«, erwiderte ich. »Solange brauche ich sie noch. Und ich weiß nicht, ob man so großflächige Tätowierungen entfernen kann. Wie sähen denn dann meine Arme aus?«

»Aber was willst du den Leuten denn sagen? Den Eltern, den Familien?«, bohrte er weiter.

Ich zuckte mit den Schultern. »Ich bin erwachsen. Wenn ich den Entschluss fasse, mich tätowieren zu lassen, hat keiner das Recht, es mir zu verbieten.«

»Aber du hast den Entschluss ja nicht gefasst«, beharrte er. »Oder?«

Ich schluckte den bitteren Geschmack hinunter, der sich in meinem Mund ausbreitete. »Nein, habe ich nicht. Aber ich versuche, einen Weg zu finden, um damit zu leben.«

»Das verstehe ich einfach nicht.« Rickart legte die Hände flach auf den Tisch, ich sah seinen Frust. »Ich verstehe *dich* nicht mehr. Manchmal habe ich den Eindruck, dass du mir etwas verschweigst. Nein, es geht mir nicht darum, *wie* es passiert ist«, unterbrach er mich, als ich protestieren wollte. »Es geht mir um das, was jetzt in deinem Kopf herumgeht. Warum du morgens um fünf aufstehst, um Engel zu recherchieren, statt dich um diese Sache zu kümmern. Warum du sie nicht entfernen lassen willst. Das hältst du alles vor mir geheim.«

»Rickart, das tue ich nicht«, flüsterte ich. »Ich weiß selbst nicht, was los ist. Meine Gedanken machen keinen Sinn. Sie sind wie Sand, der mir durch die Finger rinnt.«

»Aber du könntest trotzdem mit mir reden«, bat er.

»Ich habe das Gefühl, dass wir aneinander vorbei reden. Ich will das nicht. Ich will dir helfen, aber du lässt mich nicht. Warum, Klara?«

»Es tut mir wirklich leid, das will ich doch gar nicht.« Ich stand auf und ging zur Tür. Ich wusste nicht weiter.

»Jetzt geh bitte nicht einfach weg«, sagte er.

Ich lehnte mich an die Wand neben der Tür und sah aus dem Erkerfenster. Der Himmel war grau und trüb, wie in meinem Traum. Wie meine Gedanken und meine Gefühle.

»Will ich nicht«, sagte ich leise. »Aber bitte, lass mir noch ein bisschen Luft.«

Er sah verletzt aus, als er nickte. Es fiel ihm schwer, seine Gefühle zu zeigen und darüber zu sprechen, auch nach der langen Zeit. Das eben war für ihn ein großer Kraftakt.

Ich wusste das und ich erkannte es an. Aber das änderte nichts daran, dass er mich erdrückte.

Ich verließ die Küche, schnappte mir meinen Rucksack und meine Jacke, schlüpfte in meine Stiefel und machte mich auf den Weg zur Uni. Ich war früh dran, also stieg ich zwei Stationen früher aus der Bahn und ging die restliche Strecke zu Fuß.

Ich versuchte, nicht mehr über das alles nachzudenken. Mich nicht so stressen zu lassen.

Er meinte es nicht böse und wollte nur helfen.

Auch wenn es sich gerade nicht so anfühlte. Auch wenn ich gerade nicht wusste, ob ich das überhaupt wollte.

Ich kam auch am Donnerstag erst spät nach Hause. Im Literaturcafé fand heute zwar keine Lesung statt, aber eine Teeverkostung. Ich hätte nie gedacht, dass es genug Leute gab, die sich dafür begeistern konnten, doch das Café war brechend voll.

Als ich nach Hause kam, war Rickart noch nicht da. Er traf sich mit Ben, seinem Cousin. Um halb elf schrieb er mir dann, dass es zu spät geworden war und er bei ihm übernachtete.

Eigentlich dürfte mir deswegen kein Stein vom Herzen fallen. Ich fühlte mich schuldig, weil es dennoch so war und mir weitere Diskussionen erspart blieben.

Ich ging ins Bett und schlief traumlos bis zum Morgen.

Als ich aufwachte, lag mein rechter Arm über meinen Augen. Die Rosen waren das erste, was ich sah.

Ich wusste immer noch nichts. Mein Traum war nur ein dummer Traum, kein Hinweis. Niemand war zu mir gekommen. Niemand hatte mir etwas erklärt.

Meine Fantasie hatte mir einen Streich gespielt.

›*Dir läuft die Zeit davon*‹, hatte der Engel (wenn er denn einer war) in meinem Traum gesagt.

Das war etwas, das ich glaubte. Mein Bauchgefühl sagte mir, dass es eng wurde. Ich wusste nur nicht, was.

Heute war Freitag. Seit über vier Tagen waren die Rosen auf meiner Haut. Ich starrte meinen Arm an. Sie waren *unter* meiner Haut.

Ich war keinen Schritt weitergekommen und noch immer so ratlos und verwirrt wie am Montag.

Es kostete mich Kraft, aufzustehen und ins Bad zu gehen. Meine Glieder waren schwer. Ich fühlte mich uralt.

Ich fragte mich, ob es mit den Tattoos zusammenhing, oder mit der psychischen Erschöpfung deswegen. Auch der Streit mit Rickart setzte mir zu und belastete mich. Ich hatte Angst, dass es zwischen uns schlimmer wurde, wenn wir nicht bald herausfanden, was mit mir los war.

Gestern hatte mir die Hautarztpraxis auf die Mailbox gesprochen. Meine Blutuntersuchung war unauffällig.

Wenigstens etwas. Das hatte ich Rickart noch geschrieben. Der Hinweis auf das negative Drogenscreening versetzte mir trotzdem einen Stich. Allein das Wort fühlte sich wie eine Unterstellung an.

Wieder checkte ich mein Handy. Keine neue Nachricht von Rickart. Ich fragte mich, ob er wütend auf mich war. Oder enttäuscht. Er gab mir zumindest das Gefühl, dass ich ihn enttäuschte. Er setzte mich unter Druck. Ich fühlte mich mies, weil ich es genoss, ein bisschen Zeit für mich zu haben, in der mich niemand zu etwas drängte.

Vielleicht half die Ruhe, endlich Klarheit zu gewinnen.

Wieder sah ich auf die Tinte unter meiner Haut.

Wieder wollte ich meine Arme berühren.

Wieder schaffte ich es nicht.

Stattdessen starrte ich die Rose auf meinem Handgelenk an. Sie war wunderschön, daran bestand kein Zweifel. Die Blume wirkte so echt, als hätte ich mir ein Foto auf die Haut kopiert. Es schien beinahe, als könnte ich die Blütenblätter berühren und verschieben.

Ich schaffte es trotzdem nicht, sie anzufassen.

›Du hast eine Mission‹, hatte der Engel gesagt. Ich bekam Gänsehaut. Seine Flügel waren schwarz, bedeutete das nicht, dass er das genaue Gegenteil war? Ein Dämon?

Und selbst wenn weder der Traum noch dieser Satz etwas bedeuteten, blieb mir nichts anderes übrig, als darüber nachzudenken. Mehr hatte ich nicht.

Das Problem war, dass ich keine Ahnung hatte, worin diese Mission bestand, wenn es sie gab.

Siebenundzwanzig tätowierte konturierte Rosen.

Ich starrte sie an und versuchte, kreativ zu sein. Einen Grund zu finden, warum mir jemand siebenundzwanzig Rosen verpassen könnte.

Was sie mit einer Aufgabe zu tun hätten. Ich fand keinen.

Nicht einmal, wenn ich einfach herumspann, fand ich eine Spur, ohne an Verschwörungsmythen und Untergrundorganisationen zu denken. Davon hielt ich mich lieber fern. Die Frage war, ob das auch umgekehrt galt.

»Du wirst verrückt, Klara«, sagte ich selbstmitleidig. »Warum sollte ausgerechnet dich jemand für irgendwas auswählen? Du kannst nichts besonders gut, du weißt nichts, was irgendwem nützen würde. Du bist einfach eine stinknormale Frau. Punkt. Und das hier ist keine Heldensaga, in der ein gewöhnliches Mädchen übernatürliche Kräfte in sich entdeckt. Punkt. Punkt«, wiederholte ich nachdrücklich.

...

Ich verharrte und sah mich selbst im Spiegel an. Mein Gesicht war blass und traurig.

»Punkt«, flüsterte ich.

Nach drei Punkten ist ein Satz nicht vorbei. Er hängt in der Luft und wartet darauf, beendet zu werden. Im schlimmsten Fall bleibt er für immer unfertig.

Was, wenn ich ein Satz mit drei Punkten am Ende war? Wenn diese Rosen drei Punkte waren?

Siebenundzwanzig Punkte. Eine Ewigkeit des Schweigens. Eine Unendlichkeit der Ungewissheit.

Rickart akzeptierte keine drei Punkte. Er hasste es, wenn Dinge nicht zu Ende gebracht wurden.

Selbst wenn ich keine Lösung fand, würde er niemals aufgeben. Keine drei Punkte. Eher ein Ausrufezeichen. Und momentan war er ein Fragezeichen.

Ich wurde definitiv verrückt, wenn ich meinen Freund und mich Satzzeichen zuordnete.

Mein Literaturstudium trug seltsame Blüten.

Rosenblüten.

Ich drehte das Wasser in der Dusche auf und versuchte, mit dem Strahl auch die dummen Gedanken wegzuwaschen. Wieder nutzte ich den Schwamm, um meine Arme nicht zu berühren.

›Feige, Klara. Einfach feige.‹

Freitags hatte ich nur zwei Vorlesungen und war bereits mittags von der Uni zurück. Der Unterricht konnte mich kaum ablenken, das Buch, das wir in Deutscher Literatur behandelten, interessierte mich nicht. Stattdessen nutzte ich mein Laptop, um nach schwarzen Flügeln zu suchen.

Ich fragte mich, wenn es kein Traum, sondern eine Vision wäre, wann derjenige zu mir käme, um mir zu sagen, was los war. Viereinhalb Tage waren eine lange Zeit. Diese Woche war schon herum.

Mein Blick fiel auf meinen Kalender. Auf das Feld für Freitag war ein rotes Herz gemalt. Das hatte nicht ich gemacht, sondern meine beste Freundin Leonie.

Heute kam sie aus dem Urlaub zurück. Endlich.

Ich vermisste sie furchtbar. Mehrmals hatte ich daran gedacht, sie anzurufen oder ihr zu schreiben, aber ich wusste nicht, wie ich ihr erzählen sollte, was passiert war.

Die Rosen musste man sehen, um zu glauben, dass sie da waren, das ließ sich nicht beschreiben.

Also wartete ich auf sie. Sie gönnte sich eine Woche Pause vom Unistress. Zuerst fuhren sie und Jasper, ihr Freund, nach Rostock zu ihren Eltern, danach nach Magdeburg zu seinen.

Onie kannte ich ewig. Den Spitznamen hatte sie von mir, weil ich im Kindergarten kein L aussprechen konnte. Ihre Eltern zogen nach Rostock, als wir auf die weiterführende Schule kamen. Wir blieben immer im Kontakt und befreundet. In Hamburg trafen wir uns zum Studium wieder.

Vielleicht sollte ich sie besuchen. Onie war immer gut drauf. Sie war Optimistin und wusste selbst nicht, warum.

Mein Gedanke riss ab, als ich die Wohnungstür aufschloss und Rickart vor mir stand. Er hatte zwar noch eine Vorlesung am Nachmittag, aber die ließ er meistens ausfallen. Sporttheorie war noch nie sein Lieblingskurs.

»Hi.« Er küsste mich auf die Stirn. »Sorry, wir sind gestern versackt und dann war ich zu müde, um von Altona wieder herzutingeln.«

»Schon in Ordnung, das kann passieren«, erwiderte ich, auch wenn das vorher noch nie passiert war.

»Wie war dein Tag?«, fragte er.

Ich zuckte mit den Schultern. »Das Übliche. Ich habe versucht, etwas herauszufinden, aber alle Ideen sind in Sackgassen geendet.«

»Welche Ideen?«, fragte er. Ich lächelte ertappt.

»Alles Mögliche«, wich ich aus. »Und es hat mich genauso wenig weitergebracht wie dich. Leider.«

»Aber wenn du Ideen hattest, musst du einen Ausgangspunkt haben«, beharrte er. »Vielleicht kann ich dir helfen. Sag es mir doch einfach.« Er hatte wieder diesen Tonfall, diese Körperhaltung, die mir die Luft zum Atmen nahm.

Ich wich zurück. »Wirklich, es waren nur Ideen.«

»So wie in deinem Notizblock? *Schwarze Flügel*, was soll das bedeuten?«, fragte er.

Es gefiel mir nicht, dass er meine Notizen gelesen hatte. »Nur Ideen, wie ich schon sagte.«

»Klara, sag mir endlich die Wahrheit! Du weißt doch etwas. Warum redest du nicht mit mir?«, fragte er und nahm meine Hand. Ich machte mich los.

Sofort sah ich, dass ich ihn verletzt hatte. »Was hast du bloß? Ich weiß überhaupt nicht mehr, wer du bist.«

»Ich auch nicht.« Ich riss meine Jacke von der Garderobe. »Ich gehe jetzt zu Onie, sie ist aus Magdeburg zurück. Wir sind verabredet.«

»Sie hätte sicher Verständnis dafür, wenn ihr euch erst morgen seht«, versetzte er. »Bitte bleib doch hier, Klara.«

»Ich glaube, es täte mir gut, wenn ich mit ihr darüber spreche«, sagte ich und streifte die Jacke über. »Du und ich, wir drehen uns im Kreis.«

»Aber das liegt daran, dass du nicht mit mir sprichst!« Rickarts Gesicht rötete sich.

Ich sah seinen Frust, seine Angst.

Ich spürte dasselbe. Aber ich konnte nichts dagegen tun.

»Tut mir leid. Ich melde mich, wenn ich nach Hause komme«, sagte ich und zog die Tür hinter mir zu. Ich fühlte mich schrecklich, aber ich sah keine Alternative.

VIER

(Rot: 0/ Schwarz: 0)

Zu Onie waren es nur etwa fünfzehn Minuten zu Fuß. Wie alles, was einen Platz in meinem täglichen Leben hatte, war auch sie nah bei mir. Ich schrieb ihr unterwegs, dass ich zu ihr kam.

Sie war zu Hause und öffnete lächelnd die Tür, als ich ankam. Ihre Augen weiteten sich, als sie mich sah. »Oh Gott, was ist los?«

Ich wollte etwas sagen, doch mein Mund blieb stumm. Ich wusste nicht, wo ich anfangen sollte. Wie ich ihr erzählen sollte, was passiert war, ohne dass sie mich für verrückt hielt.

Meine Zunge fühlte sich bleischwer an und mein Kopf wie mit Watte gefüllt. Stumm starrte ich Leonie an und brachte es nicht über mich, auch nur einen Ton zu sagen. Meine Augen füllten sich mit Tränen.

Sie sah es und schloss mich in ihre Arme.

»Hast du dich mit Rickart gestritten?«, fragte sie.

»Auch«, schluchzte ich in ihre Haare. Das war so nicht geplant. Ich wollte ihr in Ruhe sagen, was passiert war und sie nicht so überfallen. Das hatte überhaupt nicht geklappt.

Verdammt.

»Bitte rede mit mir«, sagte Onie. Ich atmete noch einmal tief durch und löste mich von ihr.

»Entschuldige.« Ich rieb mir den Nacken. »Es ist etwas Seltsames passiert.«

Wir gingen in ihr Wohnzimmer und setzten uns auf ihre Couch. Leonie ließ mich keine Sekunde aus den Augen. Neben dem Sofa hing ein Spiegel. Ich konnte mich darin sehen. Ich war bleich, meine Wangen eingefallen und meine Augen hatten einen seltsamen Glanz.

›*Das bin doch nicht ich*‹, schoss es mir durch den Kopf.

»Erzähl es mir«, bat Onie.

»Am besten zeige ich es dir, damit du mir auch glaubst.« Ich zog meinen Pullover über den Kopf.

Onie holte laut Luft. »Oh Gott, Klara, ich ...« Sie schüttelte den Kopf. »Sind die echt?« Ich nickte. Onie hockte sich neben mich und starrte meine Arme an. »Krass. Die Blüten wirken so echt, als könne man sie von deiner Haut pflücken. Warum hast du nie was gesagt?«

»Weil ich sie nicht wollte«, antwortete ich leise.

Ihr Kopf ruckte hoch, jetzt sah sie verstört aus. »Bitte?«

Ich erzählte ihr, was seit Montagnacht passiert war. Ihre Augen weiteten sich, sie wanderten zwischen meinem Gesicht und den Rosen hin und her. Ich fühlte mich, als bissen die Dornen in meine Haut, brennend und stechend.

Onies Mund bewegte sich, ohne dass ein Wort über ihre Lippen kam. Ihr fassungsloses Gesicht machte alles nur noch schlimmer und alle Gefühle, die ich in den letzten Tagen vergraben hatte, kamen zurück.

Ich wusste nicht, was ich tun sollte. Zu Onie zu kommen schien eine gute Idee zu sein, doch sie führte mir nur vor

Augen, wie ahnungs- und vor allem machtlos ich war. Wie viel Zeit schon verstrichen war, ohne dass ich vorankam.

Meine Augen füllten sich mit Tränen, als sich all die Ungewissheit wie eine Wand vor mir auftürmte, die zu durchbrechen ich nicht imstande war.

Und dann Rickart.

Rickart und seine fixe Idee, dass sich die Ursache im Internet recherchieren ließ. Ich brauchte dringend eine Pause von ihm. Diese Erkenntnis versetzte mir einen schmerzhaften Stich.

»Darf ich bei dir schlafen?«, fragte ich leise.

Damit hatte sie nicht gerechnet. »Natürlich, solange du willst. Das weißt du hoffentlich«, sagte sie langsam. »Aber was ist mit Rickart?«

Meine Brust fühlte sich eng an und ich bekam keine Luft mehr. Kann man außerhalb des Wassers ertrinken? »Er will wissen, woher die Rosen kommen«, antwortete ich.

»Das kann ich gut verstehen. Klara, woher kommen sie? Das musst du doch auch wissen wollen, oder nicht?« Ich sah Onie an, dass es sie verrückt machte, wie ich mich verhielt. Es machte mich ja selbst verrückt, aber wie sollte ich etwas erklären, für dessen bloße Anwesenheit mir die Worte fehlten?

»Ich habe keine Ahnung. Ich war einfach zu Hause und habe geschlafen. Was passiert ist, ist unmöglich, sowohl logisch als auch zeitlich. Die ganze Geschichte ergibt keinen Sinn. Ich weiß nicht, was ich machen soll.« Meine Stimme war nur ein Flüstern.

Vorsichtig fuhr ich mit den Fingern über meinen linken Unterarm. Die letzte Rose endete in meiner Armbeuge.

Ich brachte es auch jetzt nicht über mich, sie zu berühren. Onie hatte diese Hemmungen nicht.

Entschlossen griff sie nach meinem Handgelenk und zog meinen Arm zu sich. Dann berührte sie meine Haut.

Sie hatte selbst eine Tätowierung auf dem Schulterblatt, seit sie achtzehn war, eine Windrose in schwarz und blau. Ich fand sie immer schön, doch obwohl ich manchmal mit dem Gedanken gespielt hatte, hatte ich mich nie getraut, mich selbst tätowieren zu lassen.

Rickart stand nicht besonders auf Tattoos, das war ein weiterer Grund, warum ich es nicht gemacht hatte.

Onies Finger fuhr noch immer über meine Haut.

»Sie sind echt«, sagte sie ungläubig.

Hatte sie wirklich gedacht, das sei ein schlechter Scherz?

»Ich weiß.«

»Wie kann das sein? Es ist ausgeschlossen, dass man dich im Schlaf tätowiert hat, der Schmerz hätte dich geweckt. Das Geräusch der Maschine hätte Rickart geweckt. Man müsste euch schon beide in Narkose gelegt haben!« Onie sprang auf und lief aufgeregt im Zimmer umher.

Dann setzte sie sich wieder zu mir und befühlte weiter meine Arme. Immer wieder strichen ihre Finger über meine Haut, bis ich den Arm wegzog, weil ich ihre Berührung nicht mehr ertrug. Schnell zog ich meinen Pullover über und verbarg meine Arme vor ihren Blicken.

»Das ist echt eine krasse Geschichte«, sagte sie und sank in ihre Sofakissen. »Komm, ich hole uns einen Schnaps.«

»Nein danke«, winkte ich ab, doch sie ließ sich davon nicht stören und holte eine Flasche Ouzo und zwei Gläser. Onie hatte immer Ouzo im Eisfach. In der klaren Flüssigkeit schwammen kleine Eisstückchen wie Schneeflocken.

Sie reichte mir das Glas und ich stürzte den Inhalt hinunter. Danach ging es mir etwas besser. Das Brennen im Magen und in der Kehle lenkte mich von den anderen Problemen ab.

»Lass mich raten: Rickart kommt nicht mehr klar und bedrängt dich die ganze Zeit, dass du ihm sagen sollst, wo die Rosen herkommen«, mutmaßte Onie und schenkte nach. Ich wollte ablehnen, aber sie schüttelte nachdrücklich Kopf. »Trink einfach, verdammt.«

Also trank ich.

»Ja, genau das ist passiert. Er gibt keine Ruhe und setzt Himmel und Hölle in Bewegung, um etwas herauszufinden. Und die Polizei, der Hautarzt und irgendein Tätowierer, mit dem er telefoniert hat, haben ihm auch alle das Gleiche auf seine Fragen geantwortet.«

»Nämlich dass du lügst«, schlussfolgerte sie.

»Genau so ist es.«

»Das kann doch nicht sein Ernst sein. Dieser Vollidiot! Er kennt dich seit hundert Jahren. Er sollte wissen, dass du ihn nie anlügen würdest«, ärgerte sie sich. Ihre Worte taten mir gut. Durch sie fühlte ich mich etwas weniger verrückt.

»Was ist deine Theorie?«, fragte ich direkt. Onies Gehirn war spitze, was solche Sachen anging. Sie kam auf Ideen, die mir im Traum nicht einfallen würden. Doch jetzt riss sie die Augen auf und zuckte mit den Schultern.

»Ich? Ich verstehe nur Bahnhof. Aber vor mir sitzt meine beste Freundin und weint, weil sie nicht mehr weiterweiß. Also tue ich das, was eine Freundin in diesem Fall tut.« Sie schenkte nach.

»Mich zu betrinken wird mir nur kurz helfen«, erwiderte ich, setzte das Glas aber an.

Onie tat das Gleiche und fluchte. »Scheiße, ich weiß, aber was sollen wir machen? Wir haben uns am Sonntag noch gesehen, da warst du definitiv nicht tätowiert. Weißt du, wie lange allein das Stechen meiner verdammten Windrose gedauert hat? Und deine fünfzig Rosen ...«

»Es sind siebenundzwanzig«, korrigierte ich.

»Meinetwegen. Aber sie sind einfach wunderschön. Das ist nichts, was jemand im Vorbeigehen machen kann. Das dauert mehrere Sitzungen, viele Stunden.« Onie schüttelte den Kopf. »Aber was bringt es, sich darüber den Kopf zu zerbrechen? Die Dinger sind da. Sie sind echt. Wir wissen nicht, woher sie kommen. Punkt.«

Punkt. Punkt. Punkt.

Wieder fühlte ich mich wie ein unvollendeter Satz.

Ich wollte ihr von dem Mann im Park erzählen, aber ich wusste nicht, wie ich es anfangen sollte.

Auch hier war alles vage. Vollkommen unbestimmt.

Ich konnte nicht beschwören, dass ich ihn wirklich gesehen hatte. Vielleicht hatte mir mein Gehirn einen Streich gespielt, weil ich so fertig war. Vielleicht vermischten sich in meinem Gehirn Traum und Wirklichkeit miteinander und diese Begegnung war nur Einbildung.

Es war besser, den Mund zu halten und nicht noch jemandem das Gefühl zu geben, dass er mich nicht mehr kannte. Die Lage mit Rickart war schlimm genug.

Ich hoffte, dass Onies Gesellschaft mir half. Sie machte mich vielleicht nicht klüger und hatte auch keine Lösung für mein Problem, aber ich fühlte mich etwas besser.

Ihre Loyalität tat mir gut und das war es, was ich momentan am meisten brauchte.

Rickart las meine Nachricht, dass ich bei Onie blieb, antwortete mir aber nicht darauf. Das versetzte mir einen Stich. Gleichzeitig sagte mir seine Reaktion, dass ich richtig handelte. Ginge ich nach Hause, hätten wir wieder Streit. Das schaffte ich im Moment einfach nicht.

›Ich liebe dich‹, schickte ich hinterher.

Er las auch diese Nachricht. Und antwortete nicht.

Ich hätte weinen können, doch ich wollte nicht. Ich wollte mich nicht schwach und abgelehnt fühlen.

Onie bekam die Nachrichten mit und schimpfte lautstark über Rickart:»Warum denken Männer, dass sie der Mittelpunkt des Universums sind?«, fragte sie.»Es ist immer dasselbe. Ich dachte, er wäre einer, bei dem das nicht so ausgeprägt ist, aber anscheinend ist er es ja doch. Jasper hat manchmal auch solche Tendenzen. Ich könnte ihm jedes Mal eine knallen!« Sie bestellte Pizza und kuschelte sich an mich.»Es tut mir leid, dass er es dir so schwer macht. Aber jetzt sollten wir gründlich nachdenken, um herauszufinden, warum du tätowiert wurdest.«

Ich hörte ihr zu, wie sie jetzt, wo sie den Schock überwunden hatte, alle möglichen Gründe erfand. Offenbar hatte sie daran Spaß und sie wollte mir wirklich weiterhelfen. Ich hatte sie schon immer für ihre Kreativität bewundert, aber jetzt war es mir beinahe zu viel. Ihre Ideen wurden immer abenteuerlicher und obwohl ich selbst an keine einfache Lösung glaubte, konnte ich nur noch den Kopf schütteln.

Zumal ihre Überlegungen immer wieder auf das organisierte Verbrechen zurückkamen.

»Aber warum sollte jemand 27 Kilo Kokain von mir verlangen und mich dafür tätowieren?«, unterbrach ich sie. Jungfrauen und Organe hatte sie da schon hinter sich. Ebenso Menschenhandel, die Tiermafia und Waffen. Ich wartete darauf, dass sie auf die Idee kam, ich müsste siebenundzwanzig Leute erschießen.

Onie rollte mit den Augen. »Klärchen, wenn ich das wüsste, müsste ich nicht spekulieren.«

»Ich fühle mich immer wie eine Oma, wenn du mich Klärchen nennst«, meinte ich. Onie kicherte und ich musste mitlachen. Bei ihr ging es mir wirklich besser. Ihre Überlegungen waren krude und zu nichts zu gebrauchen, aber sie gaben mir das Gefühl, etwas zu tun. Sie lenkte mich ab und das war für den Moment genug.

Später schaffte ich es sogar, schnell einzuschlafen. Die finsteren Gedanken traten dank meiner Freundin etwas in den Hintergrund. Genau, wie ich es gehofft hatte.

Als ich aufwachte, ging es mir besser.

Onie war schon wach und machte uns Frühstück. »Gott sei Dank ist Samstag«, sagte sie und streckte sich. »Den Schlaf habe ich auch dringend gebraucht.« Ich sah auf die Uhr, es war schon halb elf. Mir ging es offenbar wie Onie.

»Was wollen wir machen?«, fragte sie. »Ein bisschen shoppen, damit du auf andere Gedanken kommst?«

»Ich habe heute die Nachmittagsschicht bei Axel und Yuko«, sagte ich. Onie jobbte auch bei den beiden, doch diese Woche hatte sie Urlaub.

Jetzt seufzte sie. »Hätte ich mir ja denken können, dass sie dich wieder fragen.«

»Irgendwer muss dich ja vertreten, heute wäre dein Samstag«, erinnerte ich sie.

Sie lächelte schief. »Dagegen kann ich nichts sagen. Na gut, dann lass uns aber trotzdem ein bisschen bummeln, damit du nicht wieder auf dumme Gedanken kommst. Oder willst du vorher nach Hause?«

»Ich weiß nicht, ob das eine gute Idee ist«, meinte ich. Schon waren die Gedanken wieder da. »Darf ich heute noch bei dir bleiben? Bis morgen haben Rickart und ich uns sicher so weit beruhigt, dass wir miteinander sprechen können.«

»Du kannst so lange bleiben, wie du willst«, sagte sie. Sie verstand mich. Sie urteilte nicht. Ich wusste, dass sie Rickart die Meinung sagen würde, wenn er ihr über den Weg liefe. So weit musste es nicht kommen, aber es tat gut, sie an meiner Seite zu haben.

Ich umarmte sie. »Danke.«

Im Café war wieder die Hölle los. Es fühlte sich an, als hätten sich Hamburg-Barmbek und alle angrenzenden Viertel entschieden, heute bei Yuko und Axel Tee trinken zu wollen. Dabei stand nicht einmal ein Event an.

Als wir das Café um zwanzig Uhr schlossen, mussten wir die letzten Gäste freundlich bitten zu gehen.

»Ihr schließt schon um acht?«, fragte eine Frau entrüstet.

»Wenn wir keine Veranstaltung haben, ja. Wir sind ein Café, keine Bar. Aber freut mich, dass es euch hier so gut gefällt«, feixte Axel. Er hatte diese Art, dass man ihm nie böse war. »Morgen ab zehn gibt's Frühstück. Kommt dann doch einfach wieder und ich gebe eine Tasse Tee aus.«

»Ich nehm dich beim Wort«, erwiderte sie, dann packten sie endlich zusammen.

»Klara, du kannst los«, sagte Yuko. »Wir räumen noch schnell die Geschirrspülmaschine ein und schließen ab. Es reicht für heute.« Ich wollte abwinken, doch Axel nickte, also ließ ich mir mein Trinkgeld geben, holte meinen Mantel und verließ das Café. Ich war müde, aber die Arbeit hatte mich wieder von meinen Gedanken abgehalten. Ich hoffte, dass ich kaputt genug war, um gleich einzuschlafen.

Vorn an der Straße standen die Leute, die eben gegangen waren. Sie unterhielten sich noch bei einer Zigarette.

»Ich fahr dann mal los«, sagte die Entrüstete, die jetzt wieder entspannt aussah. »Bis bald, Leute.«

Ich sah aus dem Augenwinkel, wie sie zu einem roten Kleinwagen ging. Ich hingegen machte mich auf den Weg zu Onie. Beinahe wäre ich in Richtung unserer Wohnung gelaufen, bevor ich jäh stehenblieb und mich daran erinnerte, dass ich dorthin heute nicht zurückwollte.

Das war doch kein Dauerzustand. Rickart und ich mussten miteinander reden. Ich musste ihm erklären, was ich von ihm brauchte. Und auch, was nicht. Er würde es verstehen, da war ich mir sicher. Ich brauchte nur die richtigen Worte.

Und den Mut, sie auch auszusprechen.

Ich war so in Gedanken versunken, dass ich es erst bemerkte, als es schon zu spät war.

Der laute Knall ließ mich zusammenzucken und ich riss instinktiv die Arme hoch, um mein Gesicht zu schützen. Dann noch ein Knallen und ein widerliches metallisches Geräusch, das wie ein Reißen klang.

Mein Herz hämmerte gegen meine Rippen und ich kniff die Augen zu. Eine Alarmanlage schrillte.

Die Sekunden danach waren ohrenbetäubend. Außer der Alarmanlage gab es kein einziges Geräusch. Die schrille Sirene ging mir durch Mark und Bein, gleichzeitig hatte ich das Gefühl, taub zu sein.

Ich wollte nicht wissen, was geschehen war. Ich ahnte, dass es schrecklich war. Angst kroch in meinen Körper.

Trotzdem: Ich musste nachsehen, ob ich helfen konnte.

Ich riss mich zusammen und sah mich um. Mir rutschte das Herz in die Hose. Keine zehn Meter von mir war ein

Autounfall passiert, ein Sprinter war einem Kleinwagen voll in die Seite gefahren und drückte ihn in einen Baum. Das kleine Auto war um den Stamm gewickelt.

Mir wurde eiskalt. Das Auto hatte ich gerade erst gesehen. Es gehörte der Frau aus dem Café.

Ich stürzte zum Auto. Irgendwie musste ich helfen! Ich musste nachsehen, wo sie war. Ich musste irgendwas tun.

Adrenalin pumpte durch meine Adern und wischte die Angst beiseite. Ich erreichte das Auto. Der Sprinter hatte die Fahrerseite eingedrückt, das Metall hatte sich zusammengezogen wie eine Ziehharmonika. Ich rannte um den Baum und sah, dass der Kofferraum aufgesprungen war. Ohne klaren Gedanken riss ich an der Heckklappe und öffnete sie so weit, dass ich hindurchpasse. Der ganze Kofferraumboden war voller Glassplitter von den zerbrochenen Fenstern. Ich ignorierte das und stieg hinein, kletterte über die Rücksitzbank.

Dann sah ich die Frau. Ihr hellblondes Haar war rot.

Sie sah mich an, aber sie sagte nichts. Ich glaube, sie konnte auch nicht mehr.

Mein Mund wurde trocken. Was sollte ich machen? Ich konnte doch nicht einfach wieder aussteigen. Ich musste es zumindest versuchen.

»Bleib ganz ruhig«, sagte ich zu ihr und schob mich hinter den Beifahrersitz. Ich kam nicht nach vorne, sie versperrte den Weg. Aus diesem Winkel konnte sie mich gut sehen. Ich ignorierte ihre Verletzungen, brachte es nicht über mich, genauer hinzusehen.

Ihr Gesicht war bis auf eine Schnittwunde unversehrt. Darauf konzentrierte ich mich. Meine Hand war eiskalt, als ich nach ihrer griff. Sie schlang ihre Finger um meine. Tränen standen in ihren Augen.

»Hilfe ist unterwegs«, versprach ich. »Sie werden dir helfen. Halte einfach durch, okay?«

Sie verstärkte den Druck ihrer Hand, da weiteten sich ihre Augen und sie holte rasselnd Luft. Das Geräusch ging mir durch Mark und Bein. Ich verstand wenig von Anatomie, aber genug, um zu erahnen, dass sie schwer verletzt war.

»Sie kommen gleich. Du musst nur durchhalten. Gleich kommt Hilfe«, wiederholte ich. Sie holte wieder Luft, ihre Augen wurden noch größer. Ein seltsamer Ruck ging durch ihre Hand, dann entspannten sich ihre Züge.

»Meinst du?«, fragte sie. Ihre Stimme klang überraschend kräftig. Das musste ein gutes Zeichen sein. Vielleicht war es doch nicht so schlimm, wie ich gedacht hatte.

»Bestimmt«, erwiderte ich und lächelte sie an.

Sie erwiderte das Lächeln. »Das ist gut.« Als sie dieses Mal Luft holte, war das Rasseln weg. Dafür klang es, als wehe ein kleines Lüftchen durch den Wagen.

Es dauerte einen Moment, bis ich bemerkte, dass das Blut und die Schnittwunde verschwunden waren.

Dafür schimmerte ihr Gesicht sanft, als hätte jemand einen Weichzeichner darüber gelegt.

Mein Gehirn kam nicht hinterher. Das ergab keinen Sinn. Wie konnte das sein?

Ich hielt ihre rechte Hand mit meiner rechten, mit meiner linken drückte ich mich gegen den Fahrersitz, damit ich nicht den Halt verlor. Doch es war meine linke Hand, die plötzlich warm wurde.

Ich riss meinen Blick von ihrem Gesicht los. Meine Finger leuchteten. Nicht wie Glühbirnen, sondern als tanzten kleine Glitzerpartikel um sie herum.

›*Wechsle die Hand*‹, sagte mein Instinkt. ›*Du musst sie mit dieser Hand berühren. Hilf ihr.*‹

Ich stemmte mein Knie gegen den verformten Beifahrersitz und versuchte, mich so aufrecht zu halten. Irgendetwas scharfes bohrte sich durch meine Jeans.

Wie von weit her hörte ich Menschen rufen. Wie durch Nebel sah ich Blaulicht flackern.

Ich musste mich beeilen.

Ich legte meine linke Hand auf unsere verschlungenen rechten. Das Leuchten breitete sich aus und hüllte sie ein. Ihre Augen wurden noch größer.

»Oh, was ist das? Das fühlt sich schön an«, fragte sie, da wanderte das Licht über ihren Arm und über ihren ganzen Körper. Stumm beobachtete ich, wie es sie überzog und heller wurde. So hell, dass ich den Blick abwendete.

Plötzlich war ein Bild in meinem Kopf. *Sie war da, zusammen mit einem Mann in ihrem Alter. Sie saßen auf einer Wiese, machten ein Picknick. Er lächelte und beugte sich zu ihr herüber. Er küsste sie. Ich spürte die Freude, die deswegen durch ihren Körper floss.*

›*Ich liebe dich*‹, sagte er.

Sie strahlte übers ganze Gesicht und küsste ihn erneut.

Dann verschwand das Bild, als wäre es ausgeschaltet worden, und mit ihm auch das Leuchten. Ihre Hand in meiner war kühl. Als ich sie ansah, waren ihre Augen trüb.

Das Blut war wieder da, doch sie war gegangen.

Ich ließ ihre Hand los und wich zurück. Ich verstand das alles nicht.

»Ist alles okay bei Ihnen?«, rief jemand durch die Heck-klappe. Ich wollte antworten, da setzte ein brennender Schmerz in meinem rechten Arm ein, direkt über dem Handgelenk. Ich riss den Ärmel meines Mantels hoch und beobachtete mit Entsetzen, wie sich die unterste Rose dunkelrot verfärbte.

Auf den Blättern am äußeren Rand erschienen Buchstaben. *Ina. 23. Mai 1994*. Daneben das Datum von heute. *06. November*. Ihr Todestag.

Die Rettungskräfte konnten nur noch den Tod der Frau feststellen. Sie hieß Ina. Geboren an dem Tag, der auf der Rose erschienen war.

Gänsehaut überzog meinen Körper. Was hatte ich mit ihr gemacht? Was war da passiert? Ich traute mich nicht, mit den Sanitätern oder den Polizisten darüber zu sprechen. Sie lobten mich für meine Hilfe, als sie meine Zeugensaussage aufnahmen.

»Wenigstens war jemand bei ihr«, sagte eine Sanitäterin. Sie hatte gesehen, dass ich ihre Hand gehalten hatte. »Das war sehr mutig.«

Aber ich fühlte mich nicht mutig. Ich fühlte mich, als hätte ich einen Fehler gemacht. Als wäre ich verrückt geworden, weil der Name und das Geburts- und Sterbedatum von Ina auf meinem Arm tätowiert waren.

Ich versteckte meine Hand vor den Helfen und hoffte, dass es niemand entdeckte. Ich könnte es nicht erklären.

Dann durfte ich endlich gehen.

Erleichterung durchflutete mich, als ich Onies Wohnung erreichte. Ich machte mich mit schweren Gliedern fertig und versuchte, meinen Kopf auszuschalten, doch es gelang mir nicht. Wieder und wieder ging ich alles in Gedanken durch. Es war mir vorgekommen, als hätte ich ihr das Licht gezeigt, in das sie gehen musste.

Ich schüttelte stumm den Kopf. Das war doch verrückt. Noch unsinniger als Onies Kokain-Verdacht.

Ich rollte mich auf dem Sofa zusammen und schloss die Augen. Es war still. Onie war heute bei Jasper, ich hatte die Wohnung für mich. Und viel zu viel Zeit, um nachzudenken.

Immer wieder zog ich den Ärmel meines Pullovers hoch, um die rote Rose anzusehen, und schob ihn dann schnell wieder hinunter.

Ich weinte. Ich wusste nicht mehr, was ich machen sollte. Ich verstand das alles nicht.

Irgendwann war ich zu erschöpft, um auch nur noch einen klaren Gedanken zu fassen. Ich zog mir die Decke über den Kopf, kniff die Augen zusammen und betete, dass das alles nur ein schrecklicher Albtraum war. Meine rote Rose verbarg ich unter dem Ärmel meines Shirts.

»Bitte, morgen muss das vorbei sein«, flüsterte ich.

Ich glaubte selbst nicht daran.

Als ich am nächsten Morgen aufwachte, war die rote Rose noch da. Genau wie Inas Name und ihre Daten.

Es war kein Traum.

Ich quälte mich mit bleischweren Gliedern unter die Dusche und zog mich hinterher hastig an. Ich musste irgendwie den Kopf freibekommen. Ich brauchte dringend Hilfe, aber ich wusste nicht, wo ich sie bekommen sollte.

Alle Gedanken waren zurück. Sie füllten meinen Kopf und verursachten Schmerzen. Ich musste einfach raus.

Ich zog meinen Mantel über und zuckte zusammen, als meine Finger gegen die große schwarze Feder in der Tasche stießen. Ich zog sie hervor und starrte sie an.

Es kam mir vor, als wäre sie an allem schuld. Ich wusste immer noch nicht, woher sie kam. Ich wusste nur, dass nach den gestrigen Ereignissen alles möglich war. Auch, dass sich Tätowierungen wie von Zauberhand verfärbten.

Hier stimmte etwas nicht.

Ich glaube nicht an die Existenz von Magie, fand Leute seltsam, die abergläubisch waren. Jetzt verstand ich, dass es etwas gab, das nicht von dieser Welt sein konnte. Ich war froh, dass Onie nicht da war. Sie hätte die Rote gesehen. Wie sollte ich erklären, was ich selbst nicht verstand?

Zu Rickart zu gehen wäre eine dumme Idee. Onie würde mir vielleicht noch glauben, aber Rickart niemals. Er würde sich bestätigt fühlen, dass ich etwas getan hatte, von dem ich ihm nicht erzählte.

Ich biss mir auf die Lippe und lehnte mich gegen Onies Wohnungstür. Meine Brust fühlte sich eng an und seit gestern schlich ein kaltes Gefühl durch meinen Körper.

Ich hatte Angst vor der Wahrheit.

Ich hatte Angst, dass ich sie nie herausfand.

Es gab nur einen Ort, an den ich gehen konnte. Mir fiel auch nichts anderes ein, aber jetzt spürte ich den Drang, etwas zu tun. Ich fühlte, dass ich es tun musste, wenn ich Schlimmeres verhindern wollte.

Also ging ich so schnell zum Stadtpark, dass ich Seitenstiche bekam und mir der Schweiß über den Rücken lief. Der Weg kam mir endlos vor. Meine Beine schmerzten und meine Kehle brannte. Ich krallte meine Finger um die schwarze Feder, presste die Zähne zusammen und lief weiter. Ich hatte keine Wahl.

Endlich kam der Stadtpark in Sicht. Dieses Mal war mein Weg klar. Ich lief an den See, an die Stelle, an der ich den Mann mit den Flügeln gesehen hatte - sowohl im Traum, als auch in der Realität. Dieses Mal setzte ich mich nicht auf die Bank, ich blieb stehen und drehte mich. Das

Planetarium lag hinter mir, als ich meinen Blick über die Wiese streifen ließ.

Es war kalt, ein beißender Wind fegte über mich hinweg. Der Himmel war wolkenverhangen, die Novembersonne hatte keine Chance. Meine Finger waren eiskalt und ich schwitzte vom schnellen Gehen.

War ich gegangen oder gerannt?

Überall waren Leute, die trotz des trüben Wetters unterwegs waren. Ich suchte nach schwarzen Flügeln, kam aber zu dem Schluss, dass er sie mir nicht zeigen würde. Also hielt ich nach Männern Ausschau, die allein unterwegs waren. Ich traute mich nicht, jemanden anzusprechen. Das war in der Regel keine gute Idee und ich fürchtete, dass ich den Richtigen so nicht fand. Ich wüsste auch nicht, was ich sagen sollte.

Also wartete ich. Eine weitere Brise kam auf. Sie kam aus einer anderen Richtung als der Wind zuvor. Sie war nicht so kalt. Ich schloss die Augen und atmete durch. Dieses Mal fühlte sich mein Brustkorb nicht so wund an und die Kälte in meinem Körper zog sich ein wenig zurück.

Ich fand einen kleinen Moment des Friedens.

Bis ich eine Hand auf meiner Schulter spürte.

Ich sah neben mich. Eine Männerhand. Die Finger waren dunkelhäutig, nicht von Rickart, wie ich kurz gedacht hatte. Ich fuhr herum und legte den Kopf in den Nacken, um den Mann anzusehen.

Er war groß, an die zwei Meter, hatte breite Schultern und einen athletischen Körperbau. Sein Haar fiel in schwarzen Dreadlocks auf seine Schultern, die Hälfte hatte er am Hinterkopf zusammengebunden, sodass ich in sein Gesicht blicken konnte. Mein Blick blieb an seinen Augen hängen: Sie waren silbern. Er musterte mich mit einer Mischung aus Langeweile und Gereiztheit.

Er war nicht der Mann aus meinem Traum.

Ich verstand gar nichts mehr.

»Klara?«, fragte er. Seine Stimme war weich und samtig, sie passte nicht zu seiner sauren Miene. Ich nickte stumm. Er schnaubte. »Toll. Komm mit.« Er drehte mir den Rücken zu und wollte mich mit sich ziehen. Ich wehrte mich.

»Und wer bist du?«, fragte ich und blieb stehen.

Er seufzte abgrundtief. »Das weißt du doch.«

»Bitte? Nein, weiß ich nicht.« Ich riss mich von ihm los und wich vor ihm zurück. Er drehte sich wieder zu mir um. Jetzt war die Langeweile aus seinem Gesicht verschwunden. Die Gereiztheit blieb.

»Ich bin dir doch angekündigt worden, oder nicht?«, meckerte er mich an. Das war jawohl die Höhe!

»Nein, bist du nicht. Und ich möchte jetzt bitte wissen, was hier los ist«, sagte ich wütend.

Er griff nach meiner rechten Hand und drehte sie mit der Fläche nach oben, dann strich er meinen Ärmel zurück und deutete auf die rote Rose. »Das ist los.«

Mein Herz machte einen Satz. Er wusste etwas.

Doch sein Auftreten machte mich einfach sauer.

»Das weiß ich. Und ich will jetzt endlich wissen, was das bedeutet, verdammt!«, schrie ich ihn an. »Seit einer Woche ist mein Leben die reinste Hölle und gestern musste ich einer Frau beim Sterben zusehen! Ich will jetzt endlich wissen, was das alles soll!« Mir lief eine Träne über die Wange. Ich wischte sie wütend weg.

»Brauchen Sie Hilfe?«, fragte eine Frau, die ein paar Meter von uns entfernt stehengeblieben war. Mich rührte ihre Courage, doch endlich hatte ich jemanden gefunden, der Bescheid wusste.

»Danke, es ist alles in Ordnung«, sagte ich, dann funkelte ich ihn an. »Ich gehe keinen Meter, bevor ich nicht weiß, wer du bist und was du von mir willst.«

Er machte ein so frustriertes Gesicht, dass ich beinahe gelacht hätte. Beinahe, denn ich kochte vor Wut. Gleichzeitig spürte ich Hoffnung. Ich musste alles aus ihm herausholen, damit ich endlich wusste, was mit mir passierte.

»Gut, schön. Gleich hier?«, fragte er. Ich zuckte mit den Schultern und setzte mich auf die Bank. Er blieb stehen, doch das war mir nicht recht, denn er ragte turmhoch über mir auf. Seine schwarze Kleidung sorgte nicht dafür, dass er freundlicher wirkte.

»Könntest du dich setzen?«, fragte ich. Er seufzte erneut und setzte sich neben mich. Ich sah ihn an und wartete. Er wirkte, als wäre er lieber überall auf der Welt als hier bei mir. Ein bisschen erinnerte er mich an ein bockiges Kind.

»Also?«, hakte ich nach, als er schwieg.

»Ich bin wegen deines Auftrags hier«, sagte er und deutete auf meinen Arm. »Die siebenundzwanzig Rosen. Ich bin eingeteilt worden, um dich dabei zu begleiten.«

Eingeteilt worden?

»Ich verstehe das alles nicht«, sagte ich. Meine Stimme war schneidend, es war furchtbar, dass ich ihm alles aus der Nase ziehen musste. »Wer schickt dich? Welcher Auftrag? Und wer bist du überhaupt?«

»Ich heiße Zedekiah«, antwortete er ungehalten. Ich blinzelte. Den Namen hatte ich noch nie gehört. »Ich bin ein Todesengel und ich wurde eingeteilt, um dich bei deinem Auftrag als Seelensammlerin zu begleiten.«

FÜNF

(Rot: 0/ Schwarz: 0)

Ich starrte ihn an.

Er verzog keine Miene, unwahrscheinlich, dass er sich einen Spaß mit mir erlaubte. Langsam schüttelte ich den Kopf und versuchte, die Informationen zu verdauen.

»Todesengel?«, fragte ich. Er nickte. »Seelensammlerin?« Wieder nickte er. »Zeki ... Zekedi ... Zekia ...« Ich bekam seinen Namen nicht heraus.

Er funkelte mich an. »Zeki reicht«, schnauzte er. »Und ja. Du bist ausgesucht worden, dem Himmel siebenundzwanzig Seelen zuzuführen.«

»Warum?«, flüsterte ich.

»Weil das so ist«, brummte er. Ich wusste nicht, was ich dazu sagen sollte. »Es gibt nicht genug Todesengel, um alle interessanten Seelen zu überführen«, schob er hinterher. »Deswegen werden Menschen ausgewählt, die diese Aufgabe temporär übernehmen.«

»Temporär«, echote ich.

»Ja. Sobald der Auftrag erfüllt ist, verschwinden die Rosen und alles ist bei Alten.« Er zuckte mit den Schultern und stand auf, dabei zog er mich an der Hand mit hoch.

»Komm jetzt, wir kümmern uns um den Zweiten.« Er setzte sich in Bewegung und zerrte mich hinter sich her. Seine Schritte waren so lang, dass ich kaum hinterherkam.

»Warte! Ich weiß nicht, was ich tun muss!«

»Das Gleiche wie gestern«, sagte er über seine Schulter.

Ich stemmte mich gegen ihn. »Aber das will ich nicht!«

»Mädchen, jetzt mach es uns doch nicht so schwer«, schnaubte er. »Es ist ein Job. Jeden Tag sterben Leute. Du tust was Gutes. Okay?«

»Nicht okay. Das gestern war furchtbar. Die arme Ina ...« Ich brach in Tränen aus.

Zeki ließ mich los und sah mich angewidert an. »Komm schon, das muss doch nicht sein. Warum nimmt dich das so mit?«

»Weil ein Mensch gestorben ist, während ich seine Hand gehalten habe!«

»Das machen Ärzte, Sanitäter und andere jeden Tag.«

»Die sind aber auch dafür ausgebildet und sicher geht ihnen das nicht am Allerwertesten vorbei!«, beharrte ich.

Zeki holte tief Luft. »Klara, wenn du so an die Sache herangehst, kommen wir nie zum Ende. Lass uns jetzt gehen. Ich helfe dir. Okay?« Dieses Okay klang wie ein Befehl, dass es jetzt okay sein musste.

Ich schüttelte den Kopf, doch dieses Mal ging Zeki einfach weiter. Wenn ich ihn nicht verlieren wollte, musste ich ihm folgen.

»Warum ich?«, fragte ich, als ich ihn eingeholt hatte.

Er zuckte mit den Schultern. »Darüber weiß ich nichts. Darum kümmert sich die Verwaltung.«

»Verwaltung? Was seid ihr, eine Behörde? Kommen Engel nicht aus dem Himmel?«

»Ja, kommen wir. Und das ist schlimmer als jede Behörde, denn wir haben in der Tat ewig Zeit. Es fühlt sich nicht nur so an.« Ich sah ihm an, dass er es ernst meinte.

»Und was machst du?«, fragte ich.

»Ich bin ein Sammler.« Seine Miene verhärtete sich. »War. Egal. Wir sind gleich da. Konzentrier dich. Du musst helfen wollen, damit es funktioniert.« Er ging um die Hausecke und blieb stehen. Ich verstand nicht, was er wollte, da sah ich den Mann. Er war offenbar obdachlos und lehnte sitzend an der Hauswand. Seine Lippen waren schon blau.

»Wir müssen einen Krankenwagen rufen!«, sagte ich und hockte mich vor ihn. »Los, mach schon!«

»Zu spät!«, fauchte Zeki mich an. »Und du solltest dich beeilen, sonst schafft er es nicht ins Licht!«

Ich war hilflos, wusste nicht, was ich machen sollte. Der arme Mann tat mir so leid. Es würde doch mehr helfen, einen Rettungswagen zu rufen. Ihm Wärme und etwas zum Essen ...

Er krampfte, sein Atem ging schwer. Impulsiv nahm ich seine Hand. »Bitte halten Sie durch, wir holen Hilfe!«

»Klara, verdammt!«, machte Zeki hinter mir und ging in die Hocke. »Sieh ihn dir doch an: Das schafft er nicht. Das Einzige, was du jetzt für ihn tun kannst, ist seine Seele zu retten. Stell dich nicht so an!«

Aber ich wusste nicht, wie ich es machen sollte. Gestern war es unabsichtlich geschehen, wie könnte ich jetzt ...

Ich streifte ihm den abgewetzten Lederhandschuh ab und verschränkte unsere Finger. Seine Haut war rau und kalt. Wieder krampfte er, seine Augen verdrehten sich.

Ich schluckte und drückte seine Hand fester. Wenn ich schon nichts für ihn tun konnte, sollte er wenigstens nicht das Gefühl haben, allein zu sein. So sollte sich niemand am Ende fühlen.

Da spürte ich das Kribbeln in meiner linken Hand. Das Glimmen war wieder da. Ich legte meine Linke auf die Rechte und spürte, dass ich es richtig machte. Schon hüllte das Licht den Mann ein. Sein Gesicht wurde friedlich. Er trat aus seinem Körper und sah mir nur einmal kurz ins Gesicht. Er redete nicht mit mir, wie Ina es getan hatte.

Wieder sah ich ein Bild. *Er stand da und umarmte ein Mädchen, vielleicht sechs oder sieben Jahre alt. Es kletterte auf seine Schultern und kuschelte sich an ihn. »Du bist der beste Papa der Welt«, hauchte es in sein Ohr.*

Er lachte und drehte sich mit ihr im Kreis.

Das Bild verblasste.

Der Mann ging einfach, als hätte er darauf gewartet. Er sah erleichtert aus und er ging schnell. Mit dem Leben hatte er schon abgeschlossen.

Mitleid durchflutete mich, als ich begriff, warum. Er hatte nichts, was ihn am Leben gehalten hatte. Keine Familie, Freunde. Das Mädchen war fort. Der Tod war eine Erlösung. Und dank mir hatte er den Himmel erreicht.

Er verschwand im Licht und ich sah wieder sein physisches Gesicht. Mit zitternden Fingern schloss ich seine Augen.

Dann kam der Schmerz, als die zweite Rose ihre Farbe und ihre Zeichen bekam. Als ich später drauf blickte, erfuhr ich, dass der Mann Reinhold hieß und einundfünfzig Jahre alt war.

Mit weichen Knien kam ich auf die Füße. Zeki steckte gerade ein Smartphone weg. Engel waren also vernetzt.

»Der Rettungswagen kommt«, sagte er, seine Stimme eine Spur freundlicher. »Gut gemacht. Wir sind hier fertig.

Geh nach Hause und ruh dich aus. Ich komme morgen Mittag wieder zu dir.«

»Aber ich habe noch tausend Fragen!«, protestierte ich, doch Zeki schüttelte den Kopf.

»Ich finde dich. Bis morgen.« Damit war er verschwunden und ich stand allein in der Gasse neben Reinholds Körper. Ich sah ihn noch einmal an, biss mir auf die Lippe und wünschte ihm alles Gute. Ich betete nicht, aber jetzt hatte ich das Bedürfnis, ein paar Worte zu sagen.

Dann ging ich schnell zu Onies Wohnung.

Es kostete mich Mühe, die roten Rosen vor Leonie zu verstecken. Ich war mit den Kräften am Ende und wollte jede Diskussion vermeiden.

Sie hatte allerdings andere Sorgen: »Klara, hast du heute mit Rickart gesprochen?«

Ich schüttelte den Kopf. Er fühlte sich an, als sei er mit nasser Watte ausgestopft. »Ich weiß nicht, was ich ihm sagen soll«, flüsterte ich.

»Aber nicht mit ihm zu sprechen macht nichts besser«, beharrte sie. »Ich mache mir Sorgen um euch beide. Es ist nicht gut, wenn ihr den Kontakt meidet. Jasper sagte auch, dass ihr aufeinander zugehen solltet.«

Ich biss mir auf die Zunge. Natürlich hatte Onie mit Jasper gesprochen, das hätte ich andersherum auch getan. Aber es fühlte sich wie eine Bevormundung an. Trotzdem konnte ich nicht abstreiten, dass meine beste Freundin recht hatte. Das Problem war nur, dass ich nicht mit Rickart sprechen *wollte*.

Ich hatte Angst, dass wir wieder stritten. Dass er irgendwann die Nase von mir und dieser Sache voll hatte und mit mir Schluss machte, weil er nicht mehr weiterwusste.

Ich wusste, dass Funkstille es nicht besser machte.

Ich schnappte mir mein Telefon und ging damit in Onies Küche. Ich musste schnell machen, bevor mich der Mut verließ. Mit einem mulmigen Gefühl rief ich Rickart an. Wenigstens verdrängten diese Gedanken die Erinnerung an meine Aufgabe. An die beiden Leute, denen ich angeblich geholfen hatte. Es fühlte sich nicht so an. Ich fühlte mich, als hätte ich nicht genug getan, um sie zu retten.

Rickart nahm das Gespräch an. »Hey.«

»Hey.« Ich brach ab und starrte auf die Tischplatte. Ich wusste nicht, was ich sagen sollte.

»Bist du noch bei Onie?«, fragte er.

»Ja. Ich darf weiter bei ihr übernachten«, flüsterte ich.

Er atmete tief durch. »Ich hatte gehofft, dass du nach Hause kommst.«

»Meinst du, dass das eine gute Idee ist?« Meine Stimme zitterte. »Ich habe Angst, dass wir uns wieder streiten.«

»Ich will mich nicht streiten. Ich will, dass es dir gut geht«, sagte er sofort. »Können wir uns sehen? Bitte?«

Ich schloss die Augen. Ich vermisste ihn so. Ich bräuchte ihn so dringend an meiner Seite. Und ich konnte mich nicht ewig hier bei Onie verstecken.

»Morgen Abend, okay?« Jetzt fing ich auch schon so an wie Zeki.

»Okay. Bis morgen. Ich liebe dich.« Rickart legte auf.

Mein Herz war schwer, als ich zu Onie zurückging.

Am nächsten Morgen fuhren Onie und ich zusammen zur Uni. Sie studierte Industriedesign - eine völlig andere Welt als mein Germanistik-Studium. Unsere Vorlesungen fingen montags zur gleichen Zeit an, also musste ich nicht allein fahren.

Das war mir recht, ich fühlte mich allein unwohl. Mit Onie an meiner Seite war die Hilflosigkeit erträglicher.

»Du siehst etwas besser aus«, sagte sie. »Ich glaube, es ist eine gute Idee, dass du dich mit Rickart aussprichst.«

Ich konnte ihr nicht sagen, dass ich viel mehr auf das Treffen mit Zeki hinfieberte, weil ich hoffte, dass er mir mehr Informationen gab. Rickart war an zweite Stelle gerückt. Auf ihn würde ich zurückkommen, wenn es so weit war. Meine Gedanken kreisten um Zeki. Ich hatte das dringende Gefühl, dass noch mindestens eine wichtige Information fehlte.

Und ich ahnte, dass sie nicht angenehm war.

Während meiner letzten Vorlesung spürte ich einen bohrenden Blick in meinem Nacken. Ich sah hinter mich und entdeckte Zeki, der an der Tür des Hörsaals stand. Unsere Blicke trafen sich und er verschwand wortlos durch die Tür. Das war wohl seine Aufforderung, dass ich zusammenpackte und ihm folgte.

Ich schlich so leise wie möglich hinaus, um niemanden zu stören. Mein Herzschlag beschleunigte sich. Ich hatte den ganzen Tag auf ihn gewartet. Jetzt war der Moment gekommen und mich verließ der Mut.

Er wartete draußen auf mich und betrachtete einen Schaukasten mit irgendeiner Auszeichnung.

»Ich sagte ja, ich komme wieder zu dir«, sagte er, als ich zu ihm trat.

»Soll ich einen Raum suchen, wo wir sprechen können?«, fragte ich. Er schauderte.

»Ich möchte hier schnell wieder raus. Es riecht hier unangenehm und die Atmosphäre behindert jegliches Denken. Wie du hier lernen kannst, ist mir schleierhaft.«

»Das klappt schon. Aber als Todesengel muss man wohl nicht studieren, oder?«, erwiderte ich.

Sein Blick war vernichtend. »Todesengel sind die Elite aller Engel. Eine Einheit, in die nur die Besten kommen. Die Ausbildung ist lang und hart. Seelen sind eine fragile Angelegenheit. Und sie sind auf beiden Seiten begehrt, deswegen müssen wir immer bereit zum Kampf sein. Was auch immer du hier lernst, es ist nichts im Vergleich zu dem, was ich lernen musste.«

»Danke für die freundliche Aufklärung«, murmelte ich und trat zum Fahrstuhl. Seine Antwort weckte meine Neugier, doch ihn über seinen Job auszufragen brachte mich nicht weiter. Ich musste zuerst herausfinden, was mit mir los war.

Er schüttelte energisch den Kopf, als ich den Rufknopf drückte. »Wir nehmen die Treppe.«

Es schien nicht so, als hätte ich eine Wahl. Ich folgte ihm die Stufen hinunter und wunderte mich wieder über seine miese Laune.

»Was wolltest du mir heute noch sagen?«, fragte ich im dritten Stock.

»Es gibt noch ein paar Dinge, die du wissen musst. Und damit du sie verstehst, erkläre ich sie dir in Ruhe. Sie sind wichtig für deine Mission.« Er blieb in einem Zwischengeschoss stehen und sah mich forschend an. Anscheinend war das Ruhe genug.

»Aha?«, erwiderte ich gedehnt. Er hatte diese Art, die mich verrückt machte. Er gab mir das Gefühl, dass meine bloße Anwesenheit eine Zumutung für ihn war. Das ärgerte mich, denn ich konnte nichts für seinen Job. Oder meine Aufgabe. »Würdest du sie mir dann mitteilen?«, fragte ich, als seine Erklärung auf sich warten ließ.

»Du hast nicht unbegrenzt Zeit, um deinen Auftrag zu erfüllen«, sagte er abrupt und ging weiter. Schneller als zuvor. Ich musste mich beeilen, um ihn nicht zu verlieren.

Das Rennen verschaffte mir ein paar Sekunden, um seine Worte zu verstehen. »Was bedeutet das?«

»Dass du die siebenundzwanzig Seelen überführen musst, bevor dieser Zeitraum abgelaufen ist.« Er sprach über seine Schulter, als wäre das nichts, doch ich bemerkte seinen angespannten Tonfall. Diese Nachricht sollte mich beunruhigen, wenn ich klug war. Und das tat sie.

»Zeki, können wir in Ruhe darüber sprechen? Bitte.« Meine Stimme wurde lauter.

Endlich verlangsamte er seine Schritte. Wir kamen im Erdgeschoss an. An der Tür des Treppenhauses blieb er stehen. Ich holte ihn ein.

»Ich kann das so nicht«, sagte ich. »Ich weiß seit einer Woche nicht, was mit mir los ist, und du musst dir jetzt bitte die Zeit nehmen, es mir zu erklären. Ganz. Ich will nicht immer nachfragen und du darfst mir nichts verschweigen. Ich merke, dass du nicht hier sein willst, aber ich habe nur dich.« ›Leider‹, fügte ich in Gedanken hinzu.

Seine Miene wurde noch grimmiger und seine vollen Lippen verzogen sich. Kurz hatte ich Angst, dass er einfach verschwand wie gestern. Und dieses Mal nicht zurückkam.

Ich hatte mich für meine Verhältnisse schon weit geöffnet. Ich kannte ihn nicht und es fiel mir schwer, einem Fremden meine Gefühle so offen zu legen, wie ich es eben getan hatte. Vor allem, wenn derjenige so widerwillig war wie Zeki. Ich spürte aber auch, dass das meine einzige Chance war, an ihn heranzukommen.

Da war etwas Unangenehmes, mit dem er nicht herausrücken wollte.

Ich glaubte nicht einmal, dass es ihn selbst beunruhigte. Er hatte schlicht keinen Bock auf meine Reaktion. Nicht, nachdem ich gestern geweint hatte.

Er betrachtete mich mit diesem Misstrauen, diesem männlichen Blick, der sagte ›*du fängst jetzt aber nicht gleich an zu heulen, oder?*‹. Das würde ich aber tun. Wenn ich musste. Doch momentan war ich eher frustriert als traurig. Auch das war seine Schuld.

Er schnaubte und hielt mir die Tür auf. »Einverstanden«, rang er sich ab. Ich ging hindurch und er folgte mir auf dem Fuß. Kommilitonen kamen uns entgegen. Sie betrachteten ihn misstrauisch. Zeki war in schwarz gekleidet und seine Ausstrahlung war nicht gerade freundlich. Er lief hinter mir her wie ein Leibwächter.

Von wegen. Es fühlte sich eher an, als wäre er mein Gefängniswärter.

»Wie lang habe ich Zeit?«, fragte ich, als wir das Ausgangsportal erreichten.

»Bis Ende des Monats.«

Ich blieb erneut stehen. »Was?«

»Du hast genau einen Monat Zeit für deine Mission«, wiederholte er. »Also bis zum dreißigsten November.«

»Aber eine Woche ist schon rum«, rief ich. »Eine Woche, in der ich ... Warum bist du eigentlich gestern erst zu mir gekommen?«

Er wandte den Blick ab und presste die Lippen zusammen. »Abstimmungsprobleme.«

»Abstimmungsprobleme? Ist das dein Ernst? Zeki, was passiert, wenn ich es nicht schaffe?«, fragte ich. Meine Eingeweide waren wie verknotet, meine Fingerspitzen kribbelten. In meiner Brust spürte ich einen unwillkommenen Druck. Eine diffuse Angst vor den Antworten, die er mir geben könnte.

»Dann geht deine Seele in den Himmel.«

Meine Schultern sackten hinab, mein Kopf war auf einmal leicht, als wäre zwischen meinen Ohren ein Vakuum.

Tod.

Das war mein erster Gedanke. Der schlimmste von allen.

Verzweiflung stieg wie Säure in meinem Hals auf und brannte. Ich fühlte mich, als müsste ich rennen, aber ich wusste nicht, wohin.

Weg, einfach weg!

Heute war der achte November. Ich hatte zweiundzwanzig Tage für die schlimmste Aufgabe des Universums. Für fünfundzwanzig Seelen. Das war mehr als eine am Tag. Mehr als ich ertragen konnte.

Ich biss mir auf die Unterlippe, als Tränen in meine Augen stiegen. »Das heißt, ich sterbe, wenn ich es nicht schaffe.«

»Dein Körper ja. Deine Seele nicht.« Er betrachtete mich unruhig. »Weinst du gleich?«

»Ich denke ja.« Ich schluckte die Tränen mühsam hinunter. »Ich glaube, ich kann das nicht, Zeki. Was ist, wenn ich nicht helfen kann, obwohl ich müsste? Wenn ich eine Seele nicht in den Himmel schicken kann?«

»Dann färbt sich eine Rose schwarz und eine neue Konturierte erscheint. Aber du hast nicht unendlich viele Versuche. Auf deinen Armen ist Platz für sechsunddreißig Rosen. Wenn sie alle gefüllt sind, wird abgerechnet.«

Ich wich vor ihm zurück. »Ich will das nicht!«

Er schüttelte unwirsch den Kopf, seine Dreadlocks bewegten sich. »Darum geht es nicht. Du hast keine Wahl. Und ich empfehle dir dringend, dich zu kümmern und deine Mission zu erfüllen.« Er setzte an, etwas zu sagen, presste aber stattdessen die Lippen wieder zusammen.

»Die Zeit ist knapp, aber das können wir schaffen. Ich werde dir helfen. Heute steht nichts mehr an. Geh und rede mit deinem Freund. Ich komme morgen früh wieder zu dir und kümmere mich in der Zwischenzeit um die Aufträge.« Er drehte sich um und ließ mich stehen.

»Warte, du kannst doch jetzt nicht einfach so gehen!«, rief ich, doch er war weg.

Wütend starrte ich auf die Stelle, an der er eben noch gestanden hatte, und hätte schreien können. Meine Kehle brannte, mein Körper war voller Adrenalin. Ich könnte zehn Kilometer rennen und kam doch keinen Meter weit.

Ich ließ die Hände sinken und verlor den Kampf gegen die Tränen, die sich unaufhaltsam ihren Weg in meine Augen und über meine Wangen bahnten.

Es dauerte, bis sich das Schluchzen legte und meine Tränen versiegten. Ich atmete gegen den Druck in meinem Brustkorb an, der nur Panik sein konnte.

Er war einfach gegangen! Hatte mich mir nichts dir nichts stehen lassen. Nach einer solchen Nachricht.

Ich war so wütend auf ihn, dass ich auch deswegen weinte.

Stünde er noch vor mir, müsste ich ihn dafür ohrfeigen.

Doch alle Wut nützte nichts. Sie änderte nichts. Und sie machte nichts besser.

Die Panik kehrte zurück.

Ich musste etwas tun. Irgendwas, doch allein der Gedanke an meinen nächsten Auftrag lähmte mich.

Wieder brach ich in Tränen aus und verbarg mich hinter einer Säule vor neugierigen Blicken.

Ich wollte jetzt nicht angesprochen werden. Ich wollte mich nicht erklären.

Es gab nur eine Person, mit der ich reden wollte.

Ich biss mir auf die Unterlippe und kontrollierte mühsam meine Atmung. Endlich wurde das Schluchzen weniger und ich hatte mich wieder einigermaßen unter Kontrolle.

Gut. Das war gut. So konnte ich weitermachen.

Ich holte mein Smartphone aus der Tasche. Meine Hände waren eiskalt und zitterten. Ich brauchte drei Anläufe, bis es mir gelang, Rickart anzurufen.

»Können wir uns sehen?« Meine Stimme zitterte fast so stark wie meine Hände. »Jetzt?«

»Ich bin in der Uni«, sagte er zögerlich. »Aber natürlich können wir uns treffen. Soll ich nach Hause kommen?«

»Das dauert zu lange. Wo bist du?«, sagte ich.

Er war in der Sportfakultät, zwei Bahnstationen von hier. Ich sagte ihm, dass ich zu ihm kam, und rannte los. Blind. Ich musste zweimal umdrehen, weil ich in die falsche Richtung gelaufen war.

Ich war vollkommen durcheinander. Mein Kopf fühlte sich seltsam an, als wäre er gleichzeitig leer und übervoll.

Ich stolperte die Treppe zum Bahngleis hinauf und musste mich festhalten, um nicht zu fallen.

Nur zwei Bahnstationen, dann war ich bei Rickart.

Mir war egal, was in den letzten Tagen zwischen uns vorgefallen war, ich brauchte ihn. Jetzt. Ich brauchte seine Nähe und den Trost, den sie mir spendete. Wir bekamen das irgendwie hin. Wir mussten.

›Entweder du überführst die siebenundzwanzig Seelen oder du stirbst.‹

Ich hatte geahnt, dass nichts Gutes hinter den Rosen steckte, aber nicht, dass es so schlimm war. Dass es mich töten würde. Auf die eine oder andere Art.

Ich konnte nicht fünfundzwanzig Menschen beim Sterben zusehen. Mindestens fünfundzwanzig, falls ich versagte. Ich schaffte das einfach nicht. Die beiden, die ich schon begleitet hatte, spukten mir ständig im Kopf herum. Wenn ich die Augen schloss, sah ich ihre Gesichter vor mir. Ich fragte mich die ganze Zeit, ob ich mehr für sie hätte tun können. Müssen.

Die Gedanken machten mich fertig.

Ich konnte das unmöglich noch mindestens fünfundzwanzigmal durchziehen. Nicht, ohne durchzudrehen oder zusammenzubrechen.

Ich zerrte meinen Mantelärmel über meine rechte Hand. Die beiden roten Rosen brannten unter meiner Haut. Ich biss die Zähne zusammen, damit ich nicht wieder zu weinen anfing.

Und dann musste ich den Auftrag auch noch innerhalb von knapp drei Wochen erledigen. Es blieb keine Zeit, mich damit auseinanderzusetzen und Zeki machte alles nur noch schlimmer.

Dieser herzlose Idiot von einem Todesengel!

Für ihn waren das nur namenlose Seelen, die begleitet werden mussten, doch für mich waren es Menschen. Menschen, die nicht sterben wollten. Menschen, die Pläne hatten. Genau wie ich. Es könnte jeden Tag sein, dass jemand kam, um meine Seele zu ›überführen‹.

Meine Mundwinkel verzogen sich zu einem zynischen Lächeln. Wahrscheinlich kam dieser Tag früher, als mir lieb war. Schon in drei Wochen, um genau zu sein.

Die Bahn erreichte die Station Berliner Tor und ich lief vom Gleis zu dem Gang, der zu den U-Bahnen führte. Die Menschen wichen mir aus, ich wollte gar nicht wissen, was ich für ein Bild abgab.

Ich wollte einfach nur noch zu Rickart.

Ich schlängelte mich durch die Leute und erreichte die Rolltreppen zu den U-Bahn-Steigen. Ich wandte mich nach links, wo es zum Campus ging.

Hier kam mir Rickart entgegen.

Endlich!

Oh Gott, endlich!

Ich stürzte auf ihn zu und warf mich in seine Arme.

»Klara, was ist denn los?«, fragte er und drückte mich an sich. Es tat so gut, bei ihm zu sein. Seine Umarmung bewahrte mich davor, laut zu schreien.

»Es ist alles so ...« Ich brach ab und fand kein Wort, dass schlimm genug war, um die Situation zu beschreiben. Tränen rannen über mein Gesicht. Ich fühlte mich verloren. Überfordert. Und absolut verdammt, an meiner Mission zu scheitern.

Er drückte mich fest an sich und wiegte mich hin und her. »Wir finden eine Lösung«, versprach er. »Versprochen. Egal, was es ist. Du klangst furchtbar am Telefon und ich mache mir Sorgen. Was ist passiert? Bitte rede mit mir. Ist dir wieder etwas eingefallen? Hast du jemanden gesehen? Weißt du jetzt irgendwas?«

»Ja«, schluchzte ich in seine Jacke. »Die Rosen. Ich weiß jetzt endlich, was sie bedeuten. Ich muss eine schlimme Aufgabe erfüllen und ich habe keine Wahl. Ich weiß nicht, was ich machen soll!« Die Worte sprudelten unkontrolliert aus mir heraus, ich schaffte es nicht, einen klaren Gedanken zu fassen. Ich merkte ja selbst, dass meine Sätze zusammenhanglos waren. Rickart konnte mich gar nicht verstehen. Nicht so. Ich musste mich beruhigen.

»Klara, du machst mir Angst.« Er legte seine Hände auf meine Schultern und schob mich ein wenig von sich, sodass er mir ins Gesicht blicken konnte.

»Und ich verstehe kein Wort. Was ist passiert?«

»Ich weiß jetzt, warum die Rosen da sind«, schluchzte ich und versuchte, meine Gedanken zu sortieren. Ich musste es ihm erklären. Er musste es verstehen, sonst konnte er mir nicht helfen. »Sie sind Teil eines Auftrages. Ich muss mich um Sterbende kümmern. Siebenundzwanzig Seelen muss ich in den Himmel bringen und ...«

Er drückte mich fest an sich. »Ich werde dir Hilfe besorgen«, flüsterte er. Ich riss die Augen auf und presste die Lippen zusammen. »Es tut mir so leid, Klara. Das ist auch meine Schuld, weil ich dich so unter Druck gesetzt habe. Ich mache es wieder gut, versprochen.«

»Nein, darum geht es nicht«, sagte ich. Jedes Wort schien zentnerschwer, beinahe unaussprechlich.

Er hielt mich für verrückt. Er dachte, ich hätte eine Psychose. Eine posttraumatische Belastungsstörung. Oder eine Depression. Doch ein Psychologe konnte mir nicht helfen. Ich wünschte, ich könnte diese Hilfe in Anspruch nehmen. Wahrscheinlich brauchte ich sie nach meiner Mission. Wenn ich dann noch lebte.

»Bitte lass mich dir doch helfen«, beharrte er. »Eine Mission? Wie soll ich das verstehen? Von wem denn? Dem Tod persönlich? Bitte, rede doch mit mir! Du brauchst Hilfe bei dieser Sache. Bitte, lass mich das für dich tun.«

»Dann sei einfach für mich da«, sagte ich. Meine Stimme war rau, als wäre mein Hals voller Nägel.

»Ich denke, dass das nicht reicht«, erwiderte er.

Ich machte mich von ihm los und trat zurück. »Dann kannst du mir gerade nicht helfen.« Meine Brust fühlte sich an, als säße statt meines Herzens ein dicker Knoten darin, der jeden Moment platzen konnte. Die Traurigkeit schnürte mir die Kehle zu. Der Frust zog mich zu Boden.

Ich sah in Rickarts Gesicht. Es ging ihm wie mir. Und doch konnte er nichts für mich tun.

»Ich melde mich, wenn es mir wieder besser geht«, sagte ich und rannte weg.

Er rief mir nach, doch es gab nichts, was er tun konnte, das hatte er mir deutlich gezeigt.

Ich war auf mich allein gestellt.

Nein, nicht ganz. Aber wenn Zeki die einzige Unterstützung war, die ich bekam, war ich so gut wie allein.

SECHS

(Rot: 2/ Schwarz: 0)

Ich kehrte zu Onie zurück und erzählte ihr von meinem Treffen mit Rickart. Sie war unglücklich. Nicht, weil ich da war, sondern weil sie sah, wie es mir ging.

»Euer Gespräch hat nicht geholfen?«, fragte sie zum dritten Mal. »Überhaupt nicht? Aber wieso?«

Ich schüttelte den Kopf und legte mein Kinn auf meine angezogenen Knie. »Ich weiß, dass er mir helfen will, aber er versteht mich nicht.«

»Ich verstehe auch nicht, was los ist«, gab sie zu.

Ich haderte mit mir. Ich wollte ihr etwas sagen, aber ich wusste nicht, wo ich anfangen sollte. Onie war viel kreativer als Rickart, aber vermutlich konnte auch sie mit der Todesengel-Geschichte nichts anfangen. Seine Reaktion war mir eine Lehre, die mich vorsichtiger werden ließ.

»Es ist die Unsicherheit, wegen der wir uns streiten«, sagte ich endlich. Ich konnte es ihr nicht sagen. Ich könnte es nicht ertragen, wenn sie mich auch für verrückt hielte. »Er erträgt es nicht, dass er keine Antworten findet.«

»Dir macht das weniger aus«, stellte Onie fest.

Ihre brünette Augenbraue hob sich fragend. Ihre Worte klangen fast wie ein Vorwurf.

Ich presste die Lippen zusammen und lächelte angestrengt. »Sagen wir es so: Ich habe mich mit der Situation abgefunden. Ich kann sie gerade nicht ändern. Aber vorhin habe ich die Beherrschung verloren, deswegen hat Rickart Angst bekommen. Er muss weiß Gott was denken. Das muss ich irgendwie wieder geradebiegen. Und mich dann darum kümmern, dass ich weitermache.«

Wenigstens das stimmte. Wieder schnürte sich meine Kehle bei dem Gedanken an meine Aufgabe zu.

»Und wie soll es mit Rickart weitergehen?«, fragte sie. »Ihr könnt euch nicht ewig aus dem Weg gehen. Geradebiegen hast du gesagt. Was denn?«

»Ich habe ihm gesagt, dass er mir nicht helfen kann, und bin gegangen. So mache ich nichts besser«, erklärte ich nach kurzem Zögern. »Er meint, ich bräuchte Hilfe. Wahrscheinlich hat er recht, aber als er es sagte, hat es mich verletzt. Jetzt denke ich anders.« Ich hatte ja jemanden an meiner Seite. Egal, wie anstrengend der Kontakt mit Zeki war. Vielleicht konnte ich mit seiner Hilfe die Wogen dennoch glätten.

»Und was willst du jetzt machen?«, wollte Onie wissen.

Ich musste meine Antwort abwägen. Wenn ich meine Aufgabe erfüllte, verschwanden die Rosen. Das musste ich erklären. Wenn ich versagte, war ich tot.

Ich schluckte. Die Situation war schlecht. So schlecht.

Wenn ich Onie die Wahrheit sagte, würde sie sich die Sache ein paar Tage ansehen. Vielleicht glaubte sie mir sogar. Und dann würde sie Panik bekommen. Versuchen, einen anderen Weg zu finden.

Im schlimmsten Fall behinderte sie mich damit so, dass ich meine Mission nicht mehr in der Hand hatte. Ich konnte nicht riskieren, dass mich jemand für verrückt erklärte und einsperrte.

Dann war ich verloren.

Ich hatte nur eine Chance: Ich musste es allein versuchen (allein Schrägstrich mit Zeki. Fühlte sich wie ein und dasselbe an) und meine Aufgabe erfüllen. Rickart hatte ich bereits zu viel gesagt, ich musste mir etwas einfallen lassen, um das wieder hinzubekommen. Er sollte nicht schlecht von mir denken. Wenn ich ihn überzeugen konnte, dass ich mir Hilfe holte, wurde es zwischen uns hoffentlich wieder besser. Aber Onie wollte ich nicht mit hineinziehen.

»Ich werde schauen, wer mir helfen kann und dann versuchen, die Rosen loszuwerden.« Ich rieb über den Ärmel meines Pullovers. »Das wird scheißviel Arbeit, aber vielleicht geht es.«

»Oder du behältst sie«, warf sie ein.

»Oder das«, antwortete ich schulterzuckend und tat so, als wäre das eine Option. »Aber ich kann mich ja auch mit der Entfernung befassen.«

»So was ist wahnsinnig teuer«, gab sie zu bedenken. »So viele Überstunden kannst du bei Yuko und Axel oder im Antiquariat gar nicht machen.«

»Ich weiß. Informationen gibt es ja aber meistens gratis. Ich halte dich auf dem Laufenden, damit wir uns gemeinsam über die Preise aufregen können«, versprach ich.

Sie zwinkerte. »Das ist ein Deal. Und wegen der Sache mit Rickart: Das bekommt ihr wieder hin, ich weiß es.«

Ich lächelte und hoffte, dass sie recht hatte.

Ich stehe im Stadtpark und drehe dem See den Rücken zu. Ich blicke auf das Planetarium, das sich wie ein Turm in den Himmel reckt. Ich mag das Gebäude, war schon oft dort.

Aber heute erschreckt es mich.

In jedem meiner Träume wirkt es finster und gefährlich. Drohend, wie ein böses Omen.

Warum bin ich wieder hier?

Warum immer an diesem Ort?

»Klara.«

Ich zucke zusammen, als neben mir eine Stimme erklingt. Ich drehe mich um und entdecke den Mann aus meinen vorherigen Träumen. Er ist so groß wie Zeki, aber hellhäutig. Sein Haar ist schwarz, seine Augen silbern. Aus seinem Rücken wachsen die großen schwarzen Flügel. Endlich weiß ich, wie ich ihn einordnen muss.

»Du bist auch ein Todesengel«, stelle ich fest.

Sein Mund zuckt. »Das ist richtig. Mein Name ist Noam. Hat Zedekiah dich endlich aufgesucht?«

»Ja. Er hat mir meine Mission erklärt. Warum hast du das nicht getan?«

»Nicht meine Aufgabe. Ich vergewissere mich nur.« Noam nickt mir zu. »Dann weiß ich, was ich wissen muss. Viel Erfolg bei deiner Mission. Die Zeit wird knapp.«

»Das weiß ich.« Ich schlucke. »Ist es denn machbar?«

Noam kommt mir nicht so verdrossen vor wie Zeki.

Seine Augenbraue zuckt hoch. Was ist das? Bedauern? Schadenfreude? Ich kann seine Miene nicht deuten. »Mit der richtigen Unterstützung, ja. Aber die knappe Zeitspanne ist anspruchsvoll. Viel Glück.«

»Und was ist deine Aufgabe?«, rufe ich ihm hinterher, als er mich stehenlässt.

»Aufpassen, dass Zedekiah dieses Mal seine Aufgabe erfülltt«, sagt er über seine Schulter. Ein Glitzern ist in seinen Augen. Es sieht aus wie Spott.

»Dieses Mal?«, frage ich. Ein dummes Gefühl mischt sich in meine Angst. Zeki sollte nicht derjenige sein, der mich unterstützt, das spüre ich deutlich. Was sich zuvor wie eine schwache Ahnung anfühlte, ist nun Gewissheit. Noams Miene zeigt mir deutlich, wie wenig er von ihm als Begleiter hält. In mir kommt ein Verdacht hoch, der mir gar nicht gefällt, der aber vieles erklären würde.

Noams Mundwinkel zuckt. »Er kann dir selbst erzählen, warum er strafversetzt wurde.« Wieder der Spott. Und etwas Genugtuung. Ich merke, dass Zeki und Noam sich nicht besonders mögen.

›Strafversetzt.‹

Mein Verdacht erhärtet sich. Der Eisklumpen in meinen Eingeweiden wird immer kälter und größer.

Der Todesengel grüßt und geht endgültig. Von ihm kann ich keine Hilfe erwarten. Ich bleibe auf dem Sandweg stehen und blicke in Richtung Planetarium.

Ein Blitz zuckt über den Himmel.

Mehr denn je sieht das Gebäude aus wie der Turm im Tarotspiel. Und ich stehe allein vor diesem Symbol und fühle mich so verlassen, dass mir elend zumute ist. Die Angst schnürt mir die Kehle zu, so sehr, dass ich nicht einmal weinen kann.

Ich wachte auf und rieb mir müde den Schlaf aus den Augen. Der Traum war so real, dass ich sicher war, dass das Gespräch zwischen Noam und mir stattgefunden hatte.

Als Gegenprobe konnte ich Zeki nach seinem Aufpasser fragen. Ich ahnte schon, dass das bei ihm nicht gut ankam.

Die Feindseligkeit beruhte wahrscheinlich auf Gegenseitigkeit. Aber vielleicht gab er sich dann etwas mehr Mühe, wenn er wusste, dass ich Kontakt zu seinem Boss hatte.

Falls Noam sein Boss war. Ich hatte den Verdacht, dass Zeki mit Autoritätspersonen nicht gut klar kam.

Onie schlief noch, dienstags hatte sie nur nachmittags Vorlesungen und verpennte oft den ganzen Vormittag. Meine Vorlesung begann um neun. Heute Nachmittag war ich wieder im Café. Ein bisschen Normalität, die ich gut gebrauchen konnte.

Ich machte mich leise fertig und verließ die Wohnung.

Ich musste bei Gelegenheit nach Hause und meine Sachen wechseln. Am besten, wenn Rickart nicht dort war.

Unser Gespräch von gestern lag mir immer noch schwer im Magen. Dass wir nicht zusammen waren, machte mich ebenso fertig wie unser Streit. Ich wollte bei ihm sein. Ich brauchte ihn. Und doch war das momentan keine Option. Ich hatte Angst, dass in dieser Zeit ein Riss zwischen uns entstand, der sich nicht mehr kitten ließ.

Ich stieg in den Bus und blieb an der Tür stehen, obwohl viele Plätze frei waren. Egal, ich konnte auch stehen. Die kühle Luft, wenn die Türen sich öffneten, war gut für meinen übervollen Kopf. Ich war völlig in Gedanken versunken und stellte plötzlich fest, dass ich ausgestiegen war, als der Bus wieder anfuhr.

Verwirrt sah ich mich um. Wo war ich? Und warum war ich ausgestiegen, viel zu früh? Der nächste Bus kam erst in zehn Minuten! Wenn ich Pech hatte, kam ich zu spät zur Vorlesung.

Ich merkte erst, dass ich lief, als ich vor einem Gebäude stehen blieb und auf das Schild neben der Eingangstür blickte: *Sommerfeld Seniorenresidenz.*

›*Da muss ich rein.*‹

Warum? Ich blieb stehen und blinzelte. Das ergab keinen Sinn. Ich musste zur Uni, ich hatte schon genug verpasst.

Doch der Drang, hineinzugehen, war groß. Und er wuchs immer weiter.

Meine Arme brannten. Es fühlte sich an, als würden die Dornen der Rosen durch meine Haut stechen. Ihr Signal war eindeutig. *Das* war also der Grund, warum ich hier war.

Ich schluckte und erklomm die Stufen am Eingang. Wie sollte ich meine Anwesenheit erklären? Ich kannte hier niemanden und es gab keinen Grund, mich hier herumzutreiben. Keinen, den ich erklären konnte.

Der Empfangstresen war nicht besetzt. Leute hasteten durch den Eingangsbereich, keiner beachtete mich. Links neben mir öffneten sich Fahrstuhltüren und ein Mann mit Gehwagen kam heraus. Ich ließ ihn vorbei und trat in den Aufzug. Der Geruch erinnerte mich ein wenig an meine Urgroßmutter. Ich hatte nicht viele Erinnerungen an sie, doch der Geruch war hängen geblieben: Mottenkugeln. Eine bestimmte Handcreme. Und das Alter selbst.

Ich fuhr in den dritten Stock und lief einen Flur hinunter. Eine Pflegerin kam mir entgegen und nickte mir zu. Ich grüßte zurück und ging weiter.

Meine Intuition leitete mich zu einem Zimmer. Ich schlüpfte hinein und schloss die Tür hinter mir. Im Bett lag eine alte Frau, ihr Atem ging schwer. Sie schlief.

Ich trat an ihr Bett und betrachtete sie. Wenigstens war es dieses Mal kein Unfall. Wenn jemand friedlich in seinem Bett einschlief, konnte ich besser damit umgehen.

Auf dem Nachttischchen standen Bilder. Familien mit Kindern. Ich zählte mindestens sechs. Hoffentlich hatte sie eine schöne Zeit mit ihrer Familie, als sie sie das letzte Mal sah.

Ihr Atem wurde noch schwerer. Ich nahm ihre Hand. Sie war schmal und kühl, die Gelenke knotig. Ich hoffte für sie, dass es schnell ging. Ich wusste nicht, wie sich sterben anfühlte. Ich hoffte, dass es leicht war.

Die Hand der Frau verkrampfte sich in meiner, ihr Atem ging noch rasselnder. Ich versuchte, ihr das Gefühl zu geben, dass jemand da war. Dass sie nicht allein sein musste. Ich war keines ihrer Kinder, aber besser als niemand.

Da passierte es: Ihr Körper zuckte, dann sah ich ihre Seele. Sie überlagerte ihren physischen Körper wie eine Maske. Ihr Gesicht war freundlich und ihr Lächeln ansteckend.

»Guten Tag, wer sind Sie denn?«, fragte sie. Ihre Stimme war freundlich. Herzlich. Sie war sicher jemand, der toll erzählen konnte. Ich mochte sie auf Anhieb.

»Ich heiße Klara. Ich bin hier, um Ihnen zu helfen.«

»Klara, es freut mich, Sie kennenzulernen. Ich bin Gretchen Morgenroth«, plauderte sie. Sie war nett, mein Herz wurde schwer. Und sie hatte keine Ahnung, warum ich hier war.

Die Funken kamen. Dieses Mal noch schneller als die letzten beiden Male. Sie tanzten wie Glühwürmchen um Gretchen herum und hüllten sie ein. Sie beobachtete es verzückt.

Da kam das Bild: *Es ist Abend und ich stehe an einem See. Neben mir Gretchen, doch viel jünger, an ihrer Hand hält sie einen Mann. Ihr Gesicht strahlt. ›Komm schon, das bringt Spaß!‹, juchzt sie und dreht sich um die eigene Achse. Er zögert kurz, dann zieht er sie in seine Arme und dreht sich mit ihr. Die Glühwürmchen tanzen über das Wasser des Sees. Ich betrachte Gretchens Gesicht. Sie ist so glücklich, dass mein Herz vibriert.*

»Daran habe ich ja schon ewig nicht mehr gedacht«, flüsterte die Seele neben mir lächelnd. Sie konnte das Bild auch sehen. Das war ein tröstlicher Gedanke. Ich bekam einen Kloß im Hals und beobachtete, wie das Licht heller wurde. Es brannte in meinen Augen, ich musste sie schließen.

Gretchen sagte noch etwas zu mir, das ich nicht verstand, dann war das Licht fort und sie gegangen. Der rasselnde Atem war verstummt und ihre Gesichtszüge entspannt.

Mein rechter Arm brannte. Ich zog meinen Ärmel hoch. Neben Ina und Reinhold war auch Gretchen jetzt unter meiner Haut. Sie war neunzig Jahre alt geworden. Und sie war mit einer wunderschönen Erinnerung gegangen.

Wie die anderen auch.

Ich streichelte ein letztes Mal ihre Hand und verabschiedete mich von ihr. Dann beeilte ich mich, das Haus zu verlassen.

Meine Brust war eng, doch an der frischen Luft ging es etwas besser.

Nummer drei.

Ich hatte es wieder allein geschafft. Ohne Zeki. Ohne Noam. Trotz stieg in mir hoch. Ich brauchte diese überheblichen Todesengel nicht. Ich schaffte es allein.

Ich biss mir auf die Unterlippe. Wenn nur der Zeitdruck nicht wäre.

Ich sah erschrocken auf, als sich vor mir eine Schiebetür öffnete. Ich war weitergelaufen, ohne es zu bemerken. Vor mir erstreckte sich ein Krankenhausfoyer. Mein Mund wurde trocken. Anscheinend war mein Job für heute noch nicht getan. Ich bekam Angst. Ein Krankenhaus bedeutete nichts Gutes.

Plötzlich wünschte ich, Zeki wäre doch an meiner Seite. Einfach nur, um nicht allein zu sein.

›*Wie dumm von dir, Klara. Von Zeki kannst du nichts erwarten. ›Strafversetzt‹ hat Noam gesagt. Das erklärt einiges, vor allem seine mürrische Art. Er will dir nicht helfen. Er tut es, weil er muss. Und wo ist er jetzt, wo du ihn brauchst?‹*

Ich war allein. Von meinem himmlischen Begleiter war nichts zu sehen und das Zerren an meinem Inneren wurde stärker. Ich durfte den Zeitpunkt nicht verpassen. Ich musste mich überwinden und es wieder allein durchziehen. Ich folgte meiner Intuition und stieg in einen Fahrstuhl. Mein Herz klopfte. Wohin leitete es mich? Wer war der Nächste?

Meine Eingeweide verwandelten sich in einen Eisklumpen, als ich vor der Säuglingsintensivstation anhielt.

›*Bitte nicht. Bitte bitte nicht.*‹

Durch die Fensterfront konnte ich in den Raum hineinsehen. Dort standen Inkubatoren. Die kleinen gläsernen Bettchen, in die so viele Schläuche hineinliefen. Dieses Bild kannte ich nur aus dem Fernsehen. Schon dort erfüllte mich der Anblick mit Grauen.

Ich lehnte mich schwer an die Wand hinter mir und schüttelte den Kopf. »Ich kann das nicht«, flüsterte ich.

»Es geht nicht. Ich kann nicht. Ich ...«

Drinnen im Raum ging ein Alarm los. Ich beobachtete, wie eine Pflegerin hereingestürzt kam und zu einem der Inkubatoren eilte. Sie überprüfte die Monitore und drückte dann einen Knopf. Ihre Gesten waren abgehackt, ihre Miene gehetzt. Ein noch lauterer Alarm ertönte.

Ich ahnte, was als nächstes kam. In meinem Inneren verkrampfte sich alles zu einem eisigen Klumpen.

Zwei Ärztinnen und ein Pfleger rannten den Flur herunter und in den Raum hinein. Ich sah sie hektisch hantieren, jemand holte Medikamente. Dann Geräte.

Ich drehte mich um und ging wie eine Schlafwandlerin zurück zum Fahrstuhl. Es war sinnlos. Ich konnte es nicht. Ich hatte auch keine Möglichkeit, hineinzugehen. Sie würden mich nicht durchlassen.

Ich hatte keine Wahl. Das erleichterte mich. Wenn auch nur ein winziges Bisschen.

Ich fuhr mit dem Fahrstuhl hinunter ins Erdgeschoss. Mein Inneres war wie tot. Ich versuchte erfolglos, nicht daran zu denken, was oben gerade geschah. Wie sich alle, die dort waren, gerade fühlen mussten. Wie es den Angehörigen gehen würde, wenn sie davon erfuhren.

Plötzlich wurde mir schwarz vor Augen. Schmerz fuhr durch meinen Arm, so stark, dass ich aufschrie. Es war unerträglich. Mein Arm brannte, als hätte ich ihn in Säure getaucht.

Ich ging in die Knie und umklammerte meinen Oberkörper. Der Schmerz raubte mir den Atem, ich verlor das Gefühl für meinen Körper. Meine Beine gaben unter mir nach. Im Fallen versuchte ich noch, mich am Geländer des Fahrstuhls festzuhalten, doch ich verfehlte es.

Mit einem dumpfen Poltern knallte ich auf den Boden, doch ich spürte diesen Schmerz kaum. Mein Arm war viel schlimmer. Ich fand keine Worte für die Qual, nicht einmal schreien konnte ich.

Die Fahrstuhltüren öffneten sich. Ich konnte nicht aufstehen. Mein Blickfeld war schwarz gerändert und ich konnte mich nicht rühren.

»Klara!« Wieso kannte jemand meinen Namen?

Ich wurde hochgezogen und auf die Beine gestellt. Wieder sackte ich in mich zusammen. Mein Atem ging stoßweise und Schweiß rann über meinen Körper. Eine kühle Hand legte sich auf meinen Arm und der Schmerz ebbte ab.

Ich bekam wieder Luft. Ein Arm schlang sich um meine Taille und hielt mich aufrecht. Wir bewegten uns, doch mir fehlte die Kraft und er schleifte mich mehr, als dass ich lief.

»Was für eine Scheiße«, knurrte mein Retter. Mein Blick wurde etwas klarer, doch ich hatte ihn schon erkannt.

»Zeki«, sagte ich. Meine Stimme war brüchig und dünn. »Was ist passiert?«

Er blieb stehen und sah mir wütend ins Gesicht. »Was passiert ist? *Das* ist passiert!« Er griff nach meinem Ärmel und zog ihn hoch. Neben den drei roten Rosen blühte nun eine schwarze auf meinem Arm. Mia. Sie war zwei Tage alt geworden. Und ich hatte ihre Seele nicht gerettet.

Ich brach zusammen.

Die Ärzte konnten das Baby nicht retten. Ich hatte meinen Job nicht gemacht. Ich hatte versagt. Auf ganzer Linie.

An meiner Aufgabe gab es nichts Schönes. Gar nichts.

Wenn ich gerufen wurde, endete ein Leben. Jemand trauerte. Jemand litt. Ich wollte nicht an Mias Eltern denken.

Ich schaffte das einfach nicht.

»Ich kann das nicht mehr!«, weinte ich. Ich schlang meine schmerzenden Arme um meinen Oberkörper und schluchzte.

Zeki stand vor mir, er regte sich keinen Zentimeter. Das war mir egal, ich wollte ihn am liebsten nie wiedersehen.

»Du musst.«

Ich erstarrte. Er war so unsensibel! Er verstand nichts!

Was für ein Engel war er eigentlich? Himmelswesen, von wegen! Ich hatte bei ihm noch nie Mitgefühl bemerkt. Ihm war alles egal. Ich wollte am liebsten schreien.

Ich sah auf, um ihm meine Meinung ins Gesicht zu sagen, doch als ich es sah, stockte ich. Seine Miene war unbeweglich, doch in seinen Augen lag seltsamer Glanz.

War es doch Mitgefühl? Ich meinte, es wäre Bedauern. Auf jeden Fall sah ich Schmerz. Die erste Regung neben all der Herablassung und schlechten Laune, hinter der er sich bisher versteckt hatte. Es ließ ihn nicht kalt. Vielleicht konnte ich ihm doch erklären, was mit mir los war.

»Zeki, ich kann das nicht«, flüsterte ich. »Bitte, es muss doch einen anderen Weg geben.«

»Es gibt keinen, Klara.« Seine Stimme war leise, sie klang anders als sonst. Rau, doch nicht so hart. Ihm setzte etwas zu. Ich wusste nicht, was es war, aber es nahm mich auch mit. Er strahlte ein Gefühl aus, das ich nicht einmal beschreiben konnte. Es ergriff mich und füllte mich aus.

Trauer. Verlust. Machtlosigkeit. Frust. Resignation.

All das brach auf mich ein. Ich fühlte mich wie eine Vase, so voll, dass sie überlief. Ich schaffte das nicht. Es war zu viel. Viel mehr, als ich leisten konnte.

Er trat an mich heran. »Du musst durchziehen. Wenn du es nicht tust, wirst du sterben.«

»Das erscheint mir momentan einfacher.«

»Einfacher ist es vielleicht, aber du kannst es doch. Du hast es schon dreimal bewiesen.«

»Nein, kann ich nicht. Nicht, wenn solche Aufgaben wie heute warten!«, rief ich.

»Ich dachte, das wäre einfach ...«, murmelte er.

»Wie kommst du darauf? Wie kannst du denken, dass es einfach ist, ein Neugeborenes zu ...« Ich brach ab.

»Du hast nur noch etwas mehr als drei Wochen.« Zeki raufte sich die Dreadlocks, langsam kam sein Frust zurück. »Du hängst nicht allein drin, hörst du? Ich habe auch etwas zu verlieren, wenn es nicht klappt.«

Ich erinnerte mich an mein Traumgespräch mit Noam. Jetzt konnte ich feststellen, ob es wirklich stattgefunden hatte. »Du wurdest strafversetzt«, sagte ich.

Seine silbernen Augen wurden groß. »Aber woher ..?«

Frage beantwortet. Das Gespräch hatte definitiv stattgefunden. Zeki sah so erschrocken aus, dass ich ein schlechtes Gewissen bekam. Doch aus der Sache kam ich nicht heraus. Ich musste ihm die Wahrheit sagen. »Von Noam.«

Zeki biss sich auf die Unterlippe. »Dieser Drecksack. Wann hat er es dir gesagt? Taucht er öfters auf?«

»Zweimal. Im Traum.« Ich bekam Kopfschmerzen und drückte meine Fingerspitzen an meine Schläfen.

Zeki brauchte einen Moment, um diese Info zu verarbeiten, dann schnaubte er angewidert. »Das passt zu ihm.«

»Zeki, ich brauche eine Pause.« Mein Schädel fühlte sich an wie in einem Schraubstock. Mir war schwindelig. »Ich kann nicht mehr. Bitte, wenn du auch mit drinhängst, kannst du dann nicht irgendwas tun?«

»Das kannst du vergessen. Jael wird nichts für uns tun.«

»Wer ist Jael?«

»Sie ist mein Boss.«

»Ich dachte, Noam ist dein Boss.«

Zeki lachte zynisch. »Noam? Dieser Vollidiot? Nie im Leben. Nie. Im. Leben! Noam ist ein Wichtigtuer, der mich noch nie leiden konnte. Ihm geht einer ab, weil er von Jael den Auftrag bekommen hat, ein Auge auf mich zu haben. Anscheinend nimmt er das sehr wörtlich.«

Zeki blies die Wangen auf, seine Augen sprühten vor kalter Wut. Das Glitzern war mir lieber.

Ich setzte mich auf einen Stuhl neben dem Fahrstuhl und fühlte mich leer. Es war, als hätte mich alle Kraft verlassen. Verzweiflung lief in die Leere, bis ich nur noch daraus bestand. Sie füllte mich aus und nahm allen Platz in Anspruch. Mein Schädel hämmerte weiter. Von mir blieb nichts übrig.

»Klara.« Zeki ging vor mir in die Hocke. »Es tut mir leid, aber du hast keine Wahl. Das heute war die erste schwarze. Wenn du häufiger versagst, werden die Schmerzen schlimmer. Irgendwann kann ich dir nicht mehr helfen.«

»Warum ist das so?«, fragte ich. »Wenn ich doch sowieso sterben muss, wenn ich versage?«

»Sie nennen es Motivation«, sagte er.

»Das ist Schwachsinn und klingt wie aus einer Dystopie für Jugendliche.« Ich wurde wütend. »Diese Rosen sind doch keine Hungerspiele! *Spiel mit oder stirb!*«

»Aber genau das ist es, Klara.« Zekis Augen verengten sich. »Es geht nicht darum, dass jemand unterhalten werden will oder ein perverses Bedürfnis befriedigt. Du wurdest auserwählt, weil deine Seele auch einen Wert hat. Versagst du, nehmen sie deine als Ausgleich. Es ist Mathematik.«

Doch ich hörte ihn kaum noch. Die Verzweiflung schwappte über und verwandelte sich in Panik. Ich zitterte am ganzen Körper und konnte nicht mehr klar denken.

Mein Atem ging schnell. Viel zu schnell. Ich hyperventilierte. Schon wurde mir schwarz vor Augen. Die Kopfschmerzen erledigten den Rest.

»Klara? Klara, hör auf damit, verdammt!«

Es war zu spät. Ich wurde ohnmächtig.

Ich hörte Wellen.

Möwen kreischten. Frischer Wind strich über mein Gesicht. Ich öffnete die Augen und sah in einen grauen Himmel voller Wolken. Sie zogen über mich hinweg, an manchen Stellen schienen Sonnenstrahlen hindurch. Mir müsste kalt sein, doch ich fühlte mich wie in eine warme Decke gehüllt.

Ich drehte den Kopf. Ich lag im Sand zwischen Dünen. Um mich herum raschelte Seegras. Und neben mir saß Zeki und sah hinaus aufs Meer.

Jetzt erst bemerkte ich, dass ich ihn nie zuvor bei Tageslicht gesehen hatte. Zumindest nicht richtig, denn in der Uni war er schnell verschwunden und im Krankenhaus ging es mir so schlecht, dass ich mich kaum erinnerte.

Mein Magen verkrampfte sich.

Das Krankenhaus. Die schwarze Rose. Das Baby, um das ich mich nicht gekümmert hatte.

»Wie geht es dir?«, fragte er, ohne mich anzusehen. Ich betrachtete sein Profil. Sein Gesicht wirkte entspannt, beinahe friedlich. Wenn er nicht so grimmig schaute, sah er interessant aus. Beeindruckend. Wie ein Mann, der die Aufmerksamkeit vieler Frauen erweckte.

Ich vermutete, dass ihn das kein bisschen interessierte.

»Ein bisschen besser«, antwortete ich. »Wo sind wir?«

»An der Ostsee. Ich habe uns hergebracht, damit du Ruhe bekommst. Ich konnte deinen nächsten Auftrag schieben.«

»Also geht doch etwas.« Ich starrte in den Himmel.

Er sah mich scharf an. »Das bedeutet nur, dass die Abstände zwischen den Aufträgen immer kürzer werden, Klara. Dass es irgendwann mit zweien am Tag nicht mehr getan ist.« Er sah aufs Meer. »Das darf nicht wieder passieren. Du darfst keine schwarzen Rosen sammeln.«

»Ich hatte keine Chance. Ich wäre nicht herangekommen«, sagte ich. Zeki biss sich auf die Unterlippe.

»Es hätte einen Weg gegeben, Klara. Es gibt immer einen.« Er atmete tief ein. »Es ist nicht zu ändern. Wir dürfen nur keine Fehler mehr machen.«

»Warum bist du strafversetzt, Zeki?« Ich vermied es, ihn anzusehen, und starrte einfach weiter in den Himmel.

»Ich will nicht darüber reden.« Seine Stimme hatte wieder den rauen Ton. Ich sah, dass ihn das Thema schmerzte.

»Ich habe gelernt, dass es Dinge gibt, bei denen man keine Wahl hat«, sagte ich vorsichtig.

»Dieses gehört nicht dazu.« Er drehte mir den Hinterkopf zu. Erneut kam Wind auf und strich über sein Haar. Ich mochte das. Ich mochte *Zeki*, stellte ich verwundert fest, obwohl ich ihn so blöd fand. Obwohl er mich so ärgerte.

»Du bist der Einzige, den ich habe«, murmelte ich. Sein Körper versteifte sich. Er hatte mich gehört.

»Das kann sein«, sagte er so leise, dass ich es kaum hörte.

»Du weißt viel mehr über mich als ich über dich.«

»Ich spiele für deine Aufgabe keine Rolle. Ich bin nur hier, um dich zu leiten.«

»Das stimmt nicht. Du bist der Einzige, an den ich mich wenden kann. Der Einzige, der mit mir redet. Obwohl es da noch Luft nach oben gibt. Ich glaube, mir fehlen noch wichtige Informationen. Aber du sitzt hier bei mir und kümmerst dich um mich. Und sag jetzt nicht, dass du das tust, weil du musst.« Über mir rissen die Wolken auf und ich erhaschte einen Blick auf den Himmel. »Denn das glaube ich nicht.«

»Ich bin nicht verantwortlich für deine ...« Er brach ab und biss sich auf die Lippe.

»Ich könnte es nicht glauben«, wiederholte ich und rappelte mich auf. Ich hatte lange gelegen, mein Körper fühlte sich steif an. Kalter Wind fuhr plötzlich um mich und ließ mich frieren. »Aber ...«

»Warte.« Ein Lufthauch kam auf, dann legte sich Wärme wie eine Decke um meine Schultern.

»Was ist das?«

»Ich bin ein Engel, erinnerst du dich? Ich habe Flügel. Du siehst sie nicht, weil sie bei normalen Leuten nicht gut ankommen, aber sie sind da.« Sein Blick war weicher als je zuvor. Er betrachtete mich, dann riss er sich los und sah wieder aufs Meer.

Ich tat es ihm gleich und beobachtete die dunkelblauen Wellen, die Schaumkronen, die Brandung an den Strand. Ich liebte das Meer, schließlich war ich in Flensburg aufgewachsen, wo es immer präsent war. Sein Geruch, sein Anblick, sein Sound, alles war tröstlich und hüllte mich in eine Decke aus Erinnerungen ein.

»Ich bin nur ein normaler Mensch«, flüsterte ich.

Er sah mir wieder ins Gesicht. Seine schwarzen Brauen zogen sich zusammen und zum ersten Mal sah ich den Anflug eines Lächelns. »Nein, bist du nicht. Aber wenn du wieder einer werden willst, müssen wir das gemeinsam durchziehen. Machst du mit?«

»Du sagtest, dass ich keine Wahl habe«, wandte ich ein.

»Stimmt, aber es ist angenehmer, wenn du es freiwillig tust. Für uns beide, denn so kann ich dich besser leiten.«

Ich tastete nach meinen Schultern, wo sein Flügel sein ruhte. Er war unsichtbar, doch da war etwas. Es war wie Luft, aber dichter. Es war wie Wind, aber schwer und unbeweglich. Wie Nebel, nur fester. Das mussten seine Flügel sein.

»Ich verspreche dir, dass ich mein Bestes geben werde.«
Ich sah wieder auf die Wellen. Sie türmten sich auf,
schichteten sich übereinander und zerfielen dann am
Strand. Ich fühlte mich wie diese Wellen. Das Ende war
unvermeidlich. »Das muss reichen. Mehr habe ich nicht.«

Eine große Welle erreichte den Sand. Sie schäumte und
zischte. Sie kam weiter als die anderen vorher. Dann
wurde sie immer flacher, erreichte ihren Zenit und
verschwand.

»Dann werde ich dafür sorgen, dass es reicht«, sagte er.
Seine Stimme verlor sich beinahe im Wellenrauschen.

Ich glaubte ihm. Doch ich bezweifelte, dass er meine Un-
zulänglichkeit wettmachen konnte.

SIEBEN

(Rot: 3/ Schwarz: 1)

W ir kehrten am Donnerstagnachmittag nach Hamburg zurück. Durch meine Ohnmacht hatte ich eine ganze Nacht verloren. Es ließ sich nicht mehr ändern.

Zeki geleitete mich zurück. Ich musste die Augen schließen und er legte die Arme um mich. Es war, als käme starker Wind auf und mein Körper kribbelte.

Als ich die Augen öffnete, standen wir in der Gasse neben dem Literaturcafé. Meine Schicht begann gleich. Ich musste noch im Antiquariat anrufen und mich für mein Fehlen gestern entschuldigen. Als Erstes rief ich aber Onie an und versicherte ihr, dass es mir gut ging. Auf meinem Handy waren sechs Anrufe in Abwesenheit von ihr.

Sie zu beruhigen war schwierig, sie war aufgebracht und wusste auch, dass ich nicht zu Hause geschlafen hatte, weil sie in ihrer Verzweiflung Rickart angerufen hatte.

Ihm musste ich auch noch Bescheid sagen, dass ich lebte. Er hatte auch viermal angerufen, das letzte Mal um fünf Uhr morgens.

Es tat mir leid, dass sie sich meinetwegen Sorgen machten. Und noch mehr tat es mir leid, dass ich sie belog.

»Ich brauchte etwas Zeit und war unterwegs«, erklärte ich Onie. »Bitte entschuldige, dass ich nicht Bescheid gesagt habe. Ich hab die Zeit einfach aus den Augen verloren und plötzlich war es morgen. Mir geht es gut und es nichts schlimmes passiert.«

Ich wusste nicht, ob sie mir alles glaubte, aber sie gab sich damit zufrieden. Vorerst.

Ich absolvierte meine Schicht bei Yuko und Axel, ohne richtig bei der Sache zu sein. Wenigstens lenkte die Arbeit mich so weit ab, dass ich nicht mehr darüber nachdachte, was alles passiert war.

Nach meinem Dienst ging ich zurück zu Onie. Sie war nicht da. Jetzt entdeckte ich auch die Nachricht auf meinem Smartphone: *Bin bei Jasper, wir sehen uns morgen. Mach keinen Quatsch, okay?*

Ich schrieb ihr, dass ich in ihrer Wohnung war, dann rief ich Rickart an.

»Ich habe mir Sorgen um dich gemacht«, sagte er. Mein Herz schmerzte, als ich seine Stimme hörte. Er war mit den Nerven am Ende. »Dein Abgang neulich war hart. Ich kann kaum noch schlafen und dann meldet sich Onie auch noch und sagt, dass du weg bist. Ehrlich, Klara, ich weiß nicht mehr weiter. Sag mir bitte, was ich machen soll.«

»Ich habe mir Hilfe geholt«, sagte ich, weil ich ihm irgendwas geben musste. »Ich glaube, ich bin in guten Händen. Sie können mir helfen, mit der Sache klarzukommen. Ich komme wieder in Ordnung, versprochen.«

»Was für Hilfe?«, fragte er.

»Ich habe jemanden gefunden, der eine Art ›Begleiter‹ für mich ist. Er hilft mir und es geht mir besser. Etwas.«

»Ist das so jemand vom medizinischen Dienst? Oder von der Seelsorge?«, wollte er wissen.

Seelsorge war der perfekte Begriff. Wenn auch nicht so, wie Rickart es meinte.

»Ja genau«, sagte ich schnell. »Er sagt, er kriegt mich wieder hin. Das, was ich gerade durchmache, ist eine temporäre Geschichte. Ein Trauma wegen der ganzen Sache, das sich aber beheben lässt, wenn ich an mir arbeite. Er meint, dass es mir am Ende des Monats schon besser gehen wird.« Oder ich war tot, weil ich versagt hatte.

Ich sollte nicht darüber nachdenken, dann wurde mein Herz wurde noch schwerer und die Panik kam zurück.

›Reiß dich zusammen, Klara. Du schaffst das.‹

»Dann komm bitte nach Hause«, bat Rickart.

Ich zögerte. Ich wollte es. Ich wollte, dass alles wieder wie früher war. Wenn ich Zeki sagte, dass er nicht bei uns auftauchen sollte, war das eine Möglichkeit. Ein Strohhalm zu ein wenig Normalität.

Aber was, wenn er mich mitten in der Nacht holte, weil ein neuer Auftrag erledigt werden musste?

Ich wusste, dass Rickart mich mit Argusaugen bewachen würde. Er würde jede Regung analysieren, auf mich aufpassen. Er machte sich immer noch Sorgen und er würde nicht verstehen, warum ich mit einem anderen Mann redete, mit ihm aber nicht. Er würde eifersüchtig werden und sich einmischen, weil er Angst hatte.

Das verstand ich alles, aber ich ertrug es gerade nicht. Erst musste ich mir etwas Luft verschaffen. Vierundzwanzig Rosen in achtzehn Tagen. Ich hatte kaum noch Zeit.

»Bald«, versprach ich. »Gib mir bitte noch ein paar Tage. Ich komme zu dir zurück, Rickart. Das verspreche ich dir. Aber lass mir noch etwas Zeit, um wieder ich selbst zu werden.«

»Und Onie kann das besser als ich?«, fragte er. Seine Stimme war rau. Ich hatte ihn verletzt.

»Onie macht sich auch Sorgen, aber anders. Sie lässt mir etwas mehr Raum für mich selbst. Bitte Rickart.«

Er schwieg. Ich sah sein frustriertes Gesicht vor mir. Ich spürte seine Verzweiflung. Sie mischte sich mit meiner.

»Rickart?«, sagte ich leise.

»Ist gut, ich halte mich raus«, antwortete er abrupt.

»Mach's gut.« Dann war die Leitung tot.

Ich rollte mich auf Onies Sofa zusammen und weinte. Ich fühlte mich verloren und leer. Ich wusste nicht, wie ich weitermachen sollte, ohne ihn zu verlieren. Am liebsten wollte ich sofort zu ihm gehen. Ich wollte ihm zeigen, dass ich ihn liebte und an uns festhielt. Ich hatte Angst davor, dass er mich wegschickte, weil er zu wütend auf mich war.

»Klara?« Ich hätte vor Schreck beinahe geschrien. Zeki war einfach vor dem Sofa erschienen!

»Oh mein Gott«, wimmerte ich in ein Sofakissen. »Das kannst du doch nicht machen.«

»Was ist mit dir?« Er ging vor mir in die Hocke und betrachtete mich misstrauisch. »Hast du Schmerzen?«

»Nein.«

»Aber du weinst.«

»Ich weiß. Ich habe mich mit Rickart gestritten.«

Er runzelte die Stirn. »Warum?«

»Er will wissen, wann ich wieder die Alte bin.« Ich wischte mir über die Wangen.

»Nächsten Monat.«

»Besten Dank, das habe ich ihm gesagt. Aber er versteht das alles nicht und ich kann es ihm schlecht sagen, oder?«

»Nein.« Zeki richtete sich wieder auf und verschränkte die Arme vor der Brust. »Das ist keine gute Idee. Außenstehende machen immer nur Ärger. Sie versuchen zu helfen und behindern dabei nur. Du solltest nichts sagen.«

»Hatte ich auch nicht vor. Aber das macht ihn wütend.«
Ich atmete tief durch. Zeki war mir in dieser Hinsicht keine Hilfe. An seinem verständnislosen Gesicht erkannte ich, dass er in Beziehungsdingen absolut keine Kompetenz hatte. Das hätte mich auch gewundert. »Warum bist du hier? Doch nicht, um mit mir Chips zu essen und einen Film zu sehen, oder?«

»Natürlich nicht. Ich habe einen Auftrag für dich.« Er war furchtbar humorbefreit. Nicht einmal gelächelt hatte er. Als wäre die Vorstellung, dass wir zusammen auf Onies Couch saßen und einen Film sahen, keinen Lacher wert. Dabei könnte ich etwas Aufmunterung gebrauchen.

Stattdessen blickte er wieder so grimmig, wie ich ihn kennengelernt hatte. Zeki war im Arbeitsmodus. Ich hatte gehofft, dass meine Pause wenigstens bis morgen anhielt.

Immerhin lenkte mich das von meinem Kummer wegen Rickart ab.

»Das, was gestern passiert ist, wird sich nicht wiederholen«, sprach Zeki weiter. »Ich habe einen Deal mit Tovi gemacht. Er sagt mir Bescheid, wenn etwas für dich hereinkommt, dann kann ich es nicht verpassen.«

»Wer ist Tovi?«, fragte ich.

»Ein Freund. Er arbeitet in der Zentralen Verwaltung der Todesengel.«

Ich blinzelte. »Zentrale Verwaltung? Das klingt nach einer Behörde.«

»Ich habe dir schon gesagt, dass der Himmel schlimmer als jede Behörde ist«, erinnerte Zeki mich. »Tovi arbeitet dort und wählt unter anderem Seelensammler wie dich aus. Und er weiß, wie viele Seelen du bereits geerntet hast. Sein Job ist nicht aufregend, aber wichtig. Wir haben Glück, dass er und ich befreundet sind.«

Das konnte ich nicht einschätzen, doch Zekis Zuversicht sprang auf mich über. Wenn da nicht die Tatsache wäre, dass ich heute jemanden beim Sterben begleiten musste.

»Vielleicht kannst du mir bei Gelegenheit erklären, wie das bei euch funktioniert«, sagte ich und kam langsam auf die Beine. Der Tag steckte mir in den Knochen. Ich wollte nur noch schlafen. Zekis Gesichtsausdruck machte mir deutlich, dass ich keine Wahl hatte, es sei denn, ich wollte weitere schwarze Rosen riskieren.

Mir wurde schlecht, wenn ich an die Schmerzen dachte.

»Ist es wieder ein Kind?«, fragte ich leise und ging in den Flur, um meine Jacke und meine Stiefel zu holen.

»Ich habe ihn gebeten, solche Aufgaben an andere zu verteilen«, sagte er mit unbewegter Miene. Ich nahm ihm das Desinteresse nicht ab. Ich hatte sein Gesicht gesehen, als ich meinen Zusammenbruch hatte. Ich hatte seine Trauer gespürt, als wir an der Ostsee miteinander redeten.

Zeki war nicht halb so herzlos, wie er vorgab, sonst hätte er seinen Freund nicht um diesen Gefallen gebeten.

»Danke.«

»Für mich hängt viel von dir ab, Klara.« Er öffnete nachdrücklich die Wohnungstür. »Wir sollten uns beeilen. Das Zeitfenster ist nicht groß.«

»Wohin gehen wir?«

»Es ist nicht weit. Ins Krankenhaus.«

Ich blieb im Treppenhaus stehen. »Bitte nicht.«

»Sind dir Verkehrsunfälle so viel lieber?«

»Auf keinen Fall, aber ...« Ich wusste nicht weiter. Zeki setzte seinen Weg fort. Mir blieb nichts anderes übrig, als ihm zu folgen. Bis zum AK Barmbek war es nicht weit, nur ein paar Minuten zu Fuß. Sie kamen wir wie eine Ewigkeit vor und gingen doch viel zu schnell vorüber.

Wir betraten das Gebäude und Zeki lotste mich durch Flure und Stationen, bis ich den Überblick verlor. Dann standen wir vor einer Zimmertür.

»Zeki, ich ...«

»Weißt du, viel leichter kann ich es dir nicht machen«, unterbrach er mich. »Du musst auch etwas tun. Geh jetzt da rein und erledige deinen Job. Ich warte hier draußen und passe auf, dass du nicht gestört wirst.«

Ich wollte protestieren, doch es hatte keinen Sinn. Er ließ nicht locker und ich musste einsehen, dass mir keine Wahl blieb. Ich öffnete die Tür zum Krankenzimmer. Dort gab es drei Betten, die durch Vorhänge voneinander abgeschirmt waren. Ich schluckte. Woran erkannte ich, zu wem ich gehen sollte?

Fragen konnte ich nicht. Ich musste raten.

Ich ließ mich von meiner Intuition leiten und ging ans hinterste Bett. Ein Mann lag hier. Er hatte dunkles Haar und schwarze Augen. Seine Wangen waren eingefallen und sein Kinn stand spitz hervor. Er sah mich kommen und betrachtete mich ruhig. Seine Augen waren stumpf. Schmerzmittel, erkannte ich, als ich die Infusion sah. Morphium.

Ich setzte mich an sein Bett und wusste nicht, wie ich es anfangen sollte. Er wirkte nicht wie jemand, der heute sterben würde. Er wirkte wie jemand, der schon tot war.

Nur sein Körper atmete weiter.

»Das tut mir so leid«, murmelte ich. »So sollte niemand leben müssen.« Ich griff nach seiner Hand. Sie war schlaff und kalt.

Und wenn ich doch den Falschen ausgesucht hatte?

Da spürte ich es. Seine Augen wurden klarer an. Seine Seele manifestierte sich durch meine Berührung.

Mein Mund wurde trocken. Was für eine schreckliche Gabe hatte ich hier erhalten?

»Schön, dass du da bist«, sagte er. Er hatte eine freundliche Stimme und sein Gesicht war nett, wenn er lächelte. »Ich habe schon auf dich gewartet.«

»Wie kann das sein?«, fragte ich.

»Weil es längst an der Zeit für mich ist. Darf ich gehen?« Ich nickte und konzentrierte mich. Die goldenen Funken erschienen. Das Bild kam.

Er steht am Wasser. Ein Kind. Ein Junge mit weißer Kleidung. Die Wellen umspielen seine Knöchel. Er schaut hinaus auf das Wasser und lächelt mit einem Frieden im Gesicht, der mein Herz weit werden lässt. Hier wollte er schon immer herkommen. Hier ist er zu Hause.

Dieses Mal ging es viel schneller. Der Mann hatte seinen Frieden mit dem Tod gemacht. Seine Seele wehrte sich nicht. Er lächelte, als das Leuchten ihn umhüllte und er sich zu dem Licht umdrehte. Ich hörte das Wellenrauschen aus seiner Erinnerung. »Danke.«

»Gern geschehen«, sagte ich und meinte es auch so.

Seine Seele verschwand und die Monitore an seinem Bett zeigten keinen Herzschlag. Mein Arm zwickte. Ich zog meinen Ärmel hoch. *Ahmed, 43 Jahre.* Die Rose war rot.

Mein Herz flatterte. Ich hatte meinen Job gemacht. Richtig und so, wie er gedacht war. Ahmed war in Frieden gegangen.

Die Tür öffnete sich. Zeki steckte den Kopf herein. »Wir sollten gehen.«

Ich stand auf und wollte zu ihm, da fiel mein Blick auf den Patienten im mittleren Bett. Dieser Mann war ein paar Jahre älter, seine Augen waren weit aufgerissen. Sein Atem ging rasselnd.

Ich blieb stehen und mir kam ein Verdacht. Meine Hand kribbelte und ich sah ein paar Funken.

Ich musste mich beeilen! Schnell zog ich den Vorhang noch etwas weiter zu und setzte mich an sein Bett. Ich griff nach seiner Hand und seine Seele erschien sofort.

»Aber was?« Seine Stimme war unfreundlich und sein Gesicht pures Misstrauen. »Was wollen Sie?« Er sah auf unsere Hände und versuchte, mir seine zu entziehen.

»Keine Angst, ich bin hier, um Ihnen zu helfen.«

Die Tür wurde wieder aufgerissen und ich hörte eilige Schritte im Zimmer. Die Ärzte waren da. Wenn sie mich entdeckten, unterbrachen sie mich im schlimmsten Fall. Zeki wollte mir doch den Rücken freihalten!

Die Funken tanzten um mich herum, doch sie prallten immer wieder von dem Mann ab. Er versuchte, sich von mir loszureißen. Ich musste mich konzentrieren, um den Kontakt nicht zu verlieren.

»Was ist da drüben los?«, fragte er. Hinter dem Vorhang versuchten die Mediziner, Ahmed wiederzubeleben.

Ich antwortete nicht und versuchte, den Kontakt zu halten. Ich lächelte ihn beruhigend an. Er reagierte nicht darauf und zerrte immer heftiger an meiner Hand.

Wenn ich nicht aufpasste, verlor ich ihn!

Ich konzentrierte mich auf die tanzenden Funken und erschuf mehr von ihnen - keine Ahnung, wie ich das machte. Sie umzingelten ihn und setzten sich auf seine Haut. Er versuchte, sie zu verscheuchen, doch es gelang ihm nicht bei allen. Immer mehr landeten auf ihm und hielten sich fest.

Sein physischer Körper atmete immer angestrengter.

Mir lief die Zeit davon. Endlich hüllte das Licht ihn ein. »Ich bin hier, um dir zu helfen«, sagte ich.

»Ich brauche keine Hilfe«, protestierte er. »Ich habe Krebs im Endstadium, mir kann keiner mehr helfen.«

»Doch, ich bin die Letzte, die das kann«, erwiderte ich. Ich schaffte es nicht mehr, nett zu sein. Der Stress wuchs mit jeder Sekunde. »Du wirst sterben. Jetzt. Und ich bin hier, um dich in den Himmel zu schicken. Entweder, du gehst freiwillig, oder deine Seele verschwindet.«

Er machte sich steif und sah auf seinen lichtumhüllten Körper. »Ich wusste, dass das ein Scheißtag wird.«

»Nur, wenn du jetzt nicht mitmachst«, sagte ich. Ich deutete mit dem Kinn hinter seine Schulter, dort, wo im Raum das Fenster war. Die Mediziner gaben Ahmed gerade auf. Ich durfte mich nicht irritieren lassen. »Geh jetzt!«

Er zögerte, dann drehte er sich abrupt um. Die Seele verschwand. Ich ließ seine Hand los und fühlte mich wie betäubt. Kein Bild. Er war ohne glückliche Erinnerung gestorben. Meinetwegen? Meine Hände kribbelten und mir war, als wäre ich zehn Kilometer gerannt.

Ich zuckte zusammen, als etwas meine Schulter berührte. Ich fuhr herum und sah in Zekis Gesicht.

»Komm, wir müssen hier weg«, sagte er leise und zog mich hoch. Meine Beine fühlten sich wie Gummi an.

Wieder ging der Herzalarm los.

Jetzt kamen sie. Es war nur ein Vorhang zwischen uns. Das schaffte ich niemals. Ich hielt mich an Zeki fest und machte mich darauf gefasst, gleich von Ärzten aus dem Zimmer befördert zu werden.

Wieder spürte ich den Lufthauch von Zekis Flügeln.

Wärme hüllte mich ein und wir machten dem Krankenhauspersonal platz. Niemand bemerkte uns, Zekis Flügel schirmten uns ab. Mein Mund war trocken und mir war schlecht.

Das Brennen an meinem Arm sagte mir, dass sich die nächste Rose rot färbte. Mir fehlte die Kraft, um nachzuschauen. Mit wackeligen Beinen verließ ich an Zekis Seite den Raum. Ich wollte einfach nur zurück zu Onie und mich ausruhen. Ich war unglaublich erschöpft.

Zeki schloss die Tür hinter uns und ließ den unsichtbaren Sichtschutz verschwinden. Ich fröstelte, weil die Wärme seiner Flügel fehlte.

»War es das für heute?«, fragte ich. Meine Zunge fühlte sich schwerer an als sonst.

»Der Zweite war nicht geplant.« Die Falte zwischen Zekis Augenbrauen vertiefte sich. »Davon hatte Tovi zumindest nichts gesagt. Aber du hast gut reagiert. Zweiundzwanzig noch.«

»Ich will einfach nur schlafen«, sagte ich und schleppte mich die Straße entlang bis zu Onies Wohnung. Als wir das Haus fast erreicht hatten, blieb ich wie versteinert stehen. Onie stand mit Jasper vor der Tür. Und sie hatten uns gesehen.

»Scheiße«, murmelte ich.

»Was ist?«, fragte er.

»Das ist Leonie. Ihr gehört die Wohnung.«

»Und?« Zeki verstand es einfach nicht.

»Du bist bei mir und ich habe ihr versprochen, dass ich in ihrer Wohnung warte. Das bringt mich schon wieder in Schwierigkeiten.«

»Ich gehe«, sagte Zeki sofort. Ich beobachtete, wie er sich umdrehte und um die Häuserecke verschwand. Er war vielleicht weg, aber mein Problem noch überpräsent.

Langsam ging ich auf Onie und Jasper zu. Sie telefonierte und ließ mich nicht aus den Augen. Ich ahnte, wen sie in der Leitung hatte. Ich steckte in Schwierigkeiten.

Ich hätte besser aufpassen müssen, ihr vielleicht lieber Bescheid gesagt, dass ich noch mal losging. Jetzt hatten sie Zeki gesehen und ich brachte mich in Erklärungsnot. Dabei wollte ich nur schlafen und diesen Tag vergessen. »Jetzt kommt sie. Nein, war sie nicht. Das sagt sie dir sicher selbst. Alles klar. Bis dann.« Onie legte auf, als ich sie erreichte. Ich sah ihre Verwirrung. Ihren Frust. Und ihre Ratlosigkeit. »Klara, wo warst du? Und wer war das?«

»Ich bin spazieren gegangen«, antwortete ich und versuchte, nicht schuldbewusst auszusehen. »Das war mein Betreuer von der Seelsorge.«

»Seelsorge? Was?« Ich hatte vergessen, dass ich Onie noch nicht davon erzählt hatte. Jetzt waren ihre Augen kugelrund und sie schüttelte fassungslos den Kopf. Ihre Sorge wurde immer größer. Sie lähmte mich.

Ich wollte nur noch weg.

Ich blieb.

»Ich habe mir Hilfe geholt. Er ist so etwas wie ein seelsorgerischer Betreuer für mich«, erklärte ich.

»Aha. Und ihr habt euch zufällig getroffen?« Onies Zweifel wurden immer größer. Sie tauschte einen unruhigen Blick mit Jasper. Der behielt mich im Auge und schwieg - untypisch für ihn, der nur selten den Mund hielt.

»Nein, ich habe ihn gefragt, ob er Zeit hat. Ich musste den Kopf freikriegen und über ein paar Sachen reden.«

Mein Unbehagen wurde immer größer. Ich hasste es, mich zu rechtfertigen, und es tat mir leid, dass sie sich so um mich sorgte. Ich wollte sie nicht belasten. Und ich wollte einfach nur meine Ruhe haben.

»Du hättest mit mir sprechen können«, sagte sie. Ihr Mund war verkrampft, sie betrachtete mich, als wüsste sie nicht, wie sie mich einschätzen sollte.

Ich war für sie unkalkulierbar geworden. Ein unangenehmes Gefühl - für uns beide.

»Du warst doch gar nicht da«, antwortete ich leise und versuchte, es nicht wie einen Vorwurf klingen zu lassen.

»Wir haben uns Sorgen gemacht«, sagte Onie mit bebender Stimme. »Deswegen sind wir hier. Ich konnte dich schon wieder nicht erreichen.«

»Ich habe mein Handy im Wohnzimmer liegen lassen.« Das fiel mir jetzt erst auf, als ich es sagte.

Onie nickte mit schmalen Augen. »Das haben wir auch bemerkt. Klara, ich mache mir echt Sorgen um dich.«

»Lasst uns doch erstmal reingehen«, sagte Jasper angespannt. Am liebsten wäre er abgehauen. Ich auch.

Onie schloss die Haustür auf und ging schweigend vor.

»Hast du mit Rickart telefoniert?«, fragte ich.

»Natürlich. Als du nicht da warst und auch nicht ans Telefon gingst, habe ich ihn angerufen«, erwiderte sie ohne sich umzudrehen. Sie war richtig sauer auf mich.

Und dass Rickart so mehr über Zeki erfuhr, war einfach nur unglücklich. Der Zeitpunkt war einfach schlecht. Meine Geschichte wurde immer abgefahrener und unglaubwürdiger. Bald wusste ich nicht mehr weiter. Dass mich die Situation belastete, glaubte mir sicher jeder, aber ich verhielt mich so, dass die anderen es nicht verstanden.

Ich biss mir auf die Lippe. Ich musste mir etwas Gutes einfallen lassen. Und zwar schnell, bevor der Stress noch größer wurde. Als hätte ich keine anderen Sorgen.

Onie schloss ihre Wohnungstür auf und wir setzten uns an den Küchentisch. Jasper ging in Onies Schlafzimmer und machte die Tür hinter sich zu. Das erleichterte mich. Ich wollte nicht noch jemanden vor mir sitzen haben, der mich vorwurfsvoll ansah.

»Klara, ich verstehe dich nicht mehr«, sagte Onie. Sie raufte sich die Haare und sah so unglücklich aus, dass ich sie am liebsten in den Arm nehmen wollte.

»Ich auch nicht, es tut mir leid.« Ich musste mich so normal wie möglich verhalten. Ich musste versuchen, meine ›Einsätze‹ so zu erledigen, dass es niemand mitbekam. Oder mir zumindest plausible Gründe für mein Verschwinden ausdenken. Und ich musste versuchen, Rickart und Onie da rauszuhalten. »Ich hätte Bescheid sagen sollen, aber ich habe nicht mit dir gerechnet.«

»Es sah aus, als wärst du verschwunden. Entführt, um genau zu sein«, sagte sie anklagend. »Sogar das Licht brannte noch.«

»Auch das tut mir leid. Aber es geht mir schon besser, versprochen. So was wie heute kommt nicht wieder vor. Zeki ist eine gute Unterstützung.«

»Zeki?« Onie hob die Augenbrauen.

»Mein Begleiter von vorhin. Ich kann seinen Namen nicht aussprechen, deswegen darf ich ihn Zeki nennen.«

»Passt überhaupt nicht zu ihm. Als ich euch gesehen habe, ist mir fast das Herz stehen geblieben«, sagte sie. »Der Kerl ist ... imposant.« Ihre Mundwinkel zuckten.

»Weiß ich. Ich habe mich anfangs mit ihm schwergetan, aber mittlerweile kommen wir miteinander aus.«

»Du hast nichts von ihm erzählt«, sagte sie vorwurfsvoll.

»Weil ich selbst kaum etwas über ihn weiß. Nicht mal seinen Nachnamen, um genau zu sein«, erwiderte ich, weil ich ahnte, welche Gedanken sie sich machte. »Und nein, wir haben nichts miteinander.«

Sie riss erschrocken die Augen auf. »Das habe ich auch gar nicht gedacht!«, protestierte sie. Ich warf ihr einen langen Blick zu. Sie grinste schwach. »Obwohl ich's verstehen könnte. Sag das nur nicht Jasper.«

»Sag du so was nicht zu Rickart.« Ich blickte hinunter auf meine Hände. »Es ist schrecklich zwischen uns momentan. Ich weiß nicht, was ich tun soll.«

»Liebst du ihn noch?«

»Natürlich. Aber wir tun uns gerade gegenseitig weh. Ich habe Angst, dass ...« Ich brach ab, doch sie verstand mich auch so.

»Wenn ich helfen kann, tue ich das. Versprochen.«

Ich drückte ihre Hand. »Danke. Ich weiß.«

Damit war das Thema fürs Erste erledigt und ich ging ins Bett. Das Gespräch mit Onie hatte mich die letzte Kraft gekostet, aber ich war froh, dass wir gesprochen hatten.

Ich vergrub mich unter der Decke und schlief sofort ein.

Ich stehe am bekannten Platz im Stadtpark.

Gänsehaut überzieht meine Arme. Jemand nähert sich mir. Ich drehe mich um und erblicke Noam.

Ich bin wachsam, ich traue ihm nicht. Er hat etwas an sich, das mir missfällt. Etwas Verschlagenes, Lauerndes.

Dass er und Zeki sich nicht mögen, verstärkt diesen Eindruck noch.

»Hallo Klara.«

»Hallo Noam.«

Sein Mundwinkel zuckt. »Du weißt meinen Namen.«

»Momentan behalte ich noch eine Übersicht über die Todesengel, die ich kenne«, erwidere ich. Mein Misstrauen macht mich vorlauter, als mir zumute ist.

Er kommt näher, doch ich bleibe stehen. Ich weiß nicht, was er von mir will. Ich glaube nicht, dass mir die Antwort auf diese Frage gefällt. Hoffentlich ist es schnell vorbei.

»Ich hörte, du hast jetzt fünf Rote« Seine Augenbraue hebt sich. »Das ist nicht viel. Dir läuft die Zeit davon.«

»Das weiß ich auch. Es lässt sich nicht ändern.«

Er kommt bis auf drei Meter an mich heran. Ich muss mich zusammenreißen, um nicht zurückzuweichen. Seine Nähe ist mir unangenehm. »Ich kann dir helfen. Dann schaffst du es auf jeden Fall.«

»Ich denke, Zeki ist mein Begleiter.« Ich atme gegen die Beklemmung an, die seine Gegenwart auslöst, doch sie kriecht kalt durch meine Adern. Mein Nacken prickelt.

Noam verzieht den Mund. »Das stimmt, aber du hast ja selbst schon bemerkt, dass es nicht gut läuft.« Er sieht mich auffordernd an, doch ich warte ab. Ich will wissen, was er vorhat. Seine silbergrauen Augen verengen sich. »Lass mich dir helfen, Klara. Dann hast du bald dein altes Leben zurück und musst dich nicht mehr so quälen.«

»Und warum willst du mir helfen?«, frage ich. »Hast du etwas davon?«

Er lächelt falsch. »Ich bin ein Engel. Nächstenliebe ist meine Lebensaufgabe.«

Ich glaube ihm kein Wort. Ich erinnere mich, wie Zeki auf ihn reagiert hat. Die beiden haben ein Problem miteinander, das ist mir klar.

Zeki ist auf Bewährung und wenn ich es richtig verstehe, sucht Noam nach einer Gelegenheit, um ihn auflaufen zu lassen. Dazu hat er offenbar entschieden, dass ich Mittel zum Zweck sein soll. Er will Zeki über mich schaden, wenn ich ihn lasse. Er denkt, dass ich Zeki so wenig leiden kann wie er. Und er denkt, ich sei leicht zu manipulieren.

»Was ist mit Zeki?«, frage ich dennoch. Ich muss mich vergewissern, dass meine Annahme richtig ist.

Noam hebt bedauernd die Schultern. »Du musst dich für einen Begleiter entscheiden, das sind die Regeln. Ich kann dir aber versichern, dass ich die bessere Wahl bin. Ich mache diesen Job schon lange.« Das glaube ich ihm sogar, aber das macht nichts besser.

»Und Zeki?«, wiederhole ich.

Sein Augenlid zuckt. Es dauert ihm zu lange. »Ich habe dir schon gesagt, dass Zedekiah strafversetzt wurde. Unter anderem, weil er auf diese Aufgabe herabsieht. Er hält sich für etwas Besseres. Dein Abschneiden beweist, dass er diesen Job unterschätzt hat.« Er tritt noch näher an mich heran, als wären wir Vertraute. »Ich sehe, dass du zauderst, aber du solltest daran denken, dass dein Leben von deiner Entscheidung abhängt. Und Zedekiah hilft dir nur, um seine eigene Haut zu retten.«

»Es kommt mir nicht so vor, als läge es dir vorrangig an mir«, erwidere ich und weiche nun doch vor ihm zurück.

Noams Gesicht hellt sich ein wenig auf. »Du bist klug, da hat er Glück. Trotzdem solltest du vor allem an dich denken, Klara. Dass du Zedekiah schützt, ehrt dich, aber für ihn steht nur eine Verlängerung seiner Strafversetzung auf dem Spiel. Wenn du deine Aufgabe nicht erfüllst, stirbst du. Die Entscheidung sollte dir leichtfallen.«

Es fühlt sich falsch an, sein Angebot anzunehmen. Ich glaube ihm sogar, dass er sein Versprechen hält, aber ich will nicht daran beteiligt sein, Zeki zu schaden.

Ihm wird das Warten zu lang, seine Miene verfinstert sich. »So klug bist du also doch nicht. Bitte, ich habe es dir angeboten. Du hast recht, dein Leben ist für mich nicht das wichtigste. Ich hätte aber gedacht, dass es das für dich ist.« Er dreht sich einfach um und geht.

Ein kalter Wind kommt auf und lässt mich frösteln.

Ich sehe Noam nach. Habe ich gerade einen Riesenfehler gemacht? Es fühlt sich wie einer an. Auch, wenn es richtig war, wie ich gehandelt habe. Und ich habe das Gefühl, dass Noam nicht so einfach lockerlässt.

Onie musste mich wecken, ich wachte allein nicht auf. »Willst du lieber hierbleiben?« Sie betastete meine Stirn. »Du siehst furchtbar aus, hast aber kein Fieber.«

»Ich muss mit Rickart reden«, murmelte ich. Mein Körper war schwer und das Sprechen strengte mich an.

Onies Blick war purer Zweifel. »So?«

»Ich glaube nicht, dass ich noch lange warten sollte.« Ich strich mein struppiges Haar zurück. Dabei fiel mein Blick auf meinen Arm. Erinnerungen an meinen Traum kamen zurück. Ich musste mit Zeki sprechen. Das war noch dringender, als Rickart zu treffen. Ich biss mir auf die Lippe. Eigentlich war nichts wichtiger als Rickart. Eigentlich.

Onie stand auf. »Ich koche uns einen Kaffee, okay?«

»Danke, das ist lieb.« Ich sah sie hinausgehen und zog schnell meinen Ärmel wieder bis zum Handgelenk. Gut, dass sie die farbigen Rosen nicht gesehen hatte. Ich musste aufpassen, um nicht noch mehr Fragen zu provozieren.

Ich machte mich fertig und kam dann zu Onie und Jasper in die Küche. Er war sichtlich erleichtert, dass der Streit beigelegt war. Ich versuchte, mich normal zu verhalten, aber es war schwer. Meine Gedanken kreisten dauernd um das Gespräch mit Noam. Falls er mir Angst machen wollte, war ihm das gelungen.

Fürs Erste musste ich mit Rickart sprechen. Ich schrieb ihm eine Nachricht und war erleichtert, als er sich kurz darauf meldete.

»Trefft ihr euch?«, fragte Onie.

»Ja, ich gehe gleich zu ihm.« Mit einem flauen Gefühl im Magen trank ich meinen Kaffee und machte mich auf den Weg.

ACHT

(Rot: 5/ Schwarz: 1)

Mein Herz pochte gegen meine Rippen, als ich die Tür zu unserer Wohnung aufschloss. So hatte ich mich vor einem Treffen mit Rickart noch nie gefühlt. Ich hatte deswegen einen Kloß im Hals. So sollte es sich nicht anfühlen, wenn ich ihn sah. Ich wollte, dass mein Herz wieder vor Freude flatterte. Dass ich mich in seiner Nähe geborgen fühlte. Nichts davon geschah.

Er war in der Küche. So wie heute hatte er mich noch nie angesehen. So unsicher. Wachsam. Als wüsste er nicht, wer ich war und wie er mich einschätzen sollte.

Der Kloß in meinem Hals wurde immer größer. Ich hatte Angst vor dem Gespräch und dem, was dabei herauskam.

»Hey.« Wie sollte ich ihn begrüßen? Normalerweise mit einem Kuss, aber ich wusste nicht, ob er das wollte.

»Hey.« Er stand auf, blieb aber stehen, genauso unsicher wie ich. Ich ging zu ihm und umarmte ihn. Es fühlte sich seltsam an, dabei kannte ich seinen Körper so gut wie meinen eigenen. Zumindest bis vor zwei Wochen.

Verlegen ließen wir einander los und setzten uns an den Küchentisch. Zwischen uns breitete sich Schweigen aus.

Auch das kannte ich nicht von uns, doch meine Lippen waren wie versiegelt.

»Ich weiß nicht, wo ich anfangen soll«, meinte er. »Ich bin einfach ratlos.«

»Dann lass uns darüber reden«, bat ich leise.

»Okay, gut. Wer war der Kerl, mit dem du gestern Abend unterwegs warst?« Seine Miene war feindselig und seine grünen Augen verengten sich.

»Das war Zeki. Mein Begleiter von der Seelsorge«, erwiderte ich. »Ich habe dir von ihm erzählt.«

»Und warum hängst du abends lieber mit ihm rum, als Onie oder mir Bescheid zu sagen? Du verstehst, dass mir das nicht gefällt, oder?«

Langsam wurde ich wütend, aber ich musste mich zusammenreißen. Ich hatte damit gerechnet, dass er eifersüchtig war. Mir an seiner Stelle ginge es vermutlich nicht anders. Und das trotz der Lage, in der er mich wähnte. Er wusste doch, dass ich professionelle Hilfe brauchte. Die Belastungsstörung, auf deren Spur ich ihn gebracht hatte, rechtfertigte das. Und trotzdem machte er mir eine Szene.

Aber ich durfte jetzt keinen Streit beginnen, ich wollte ihn schließlich davon überzeugen, dass ich immer noch ich war, trotz der Probleme, die ich gerade hatte. Ich musste ihn überzeugen, dass er mit mir zusammen sein wollte. Heute und für alle Tage. Ich durfte jetzt nicht angreifen.

»Ja, das verstehe ich«, sagte ich. »Mir geht viel im Kopf herum und ich dachte, dass er mir am besten helfen kann.«

»Was macht dieser Typ denn, dass du ihn so toll findest?« Er provozierte mich. Zweifelte er etwa an meiner Geschichte? Mein innerer Widerstand wurde größer. Es fiel mir schwer, die Wut zu unterdrücken.

»Er kennt sich mit dem Krankheitsbild aus. Außerdem war er selbst früher in einer ähnlichen Situation, deswegen kann er gut auf mich eingehen und mir Tipps geben, wie ich mit der Sache umgehen soll«, antwortete ich sachlich.

»Ach, er ist auch im Schlaf tätowiert worden?«, spottete mein Freund. Ich hasste seinen Tonfall. Was sollte das? Was war aus *ich will dir unbedingt helfen* geworden?

»Das ist nicht lustig, Rickart. Diese Sache macht mich wirklich fertig. Das ist nichts, was ich so einfach wegstecken kann«, sagte ich kühl.

»Mich betrifft es doch auch, Klara! Ich verstehe bis heute nicht, was passiert ist. Am Abend gehen wir zu Bett und alles ist okay und plötzlich sitzt du morgens weinend auf dem Klo und bist voller Tattoos. Und nicht nur das: Du treibst dich mit anderen Männern herum, verschwindest andauernd und bist einfach nicht du selbst. Ich weiß nicht mehr, was ich noch machen soll.«

»Ich habe dir doch gesagt, dass es mir schon besser geht! Ich tue alles, um das auf die Reihe zu bekommen!«, rief ich. Der Kloß in meinem Hals erstickte meine Stimme. »Ich habe mich auch schon darum gekümmert, dass ich die Rosen wieder loswerde. Was willst du denn noch?«

»Dass du ehrlich zu mir bist und mich nicht komplett aus deinem Leben ausschließt!« Sein Mund war nur noch ein schmaler Strich.

»Du machst gerade nicht den Eindruck, dass dir viel daran liegt, mich zu sehen und dass du Verständnis für mich hast«, flüsterte ich. »Du hast dich nicht bei mir gemeldet, es sei denn, Onie hat bei dir nach mir gesucht.«

»Weil du gesagt hast, dass ich es nicht tun soll«, versetzte er. »Du hast gesagt, dass ich dir die Luft zum Atmen nehme.« Bei den letzten Worten zitterte seine Stimme und ich erkannte, wie sehr ich ihn mit meinen Worten verletzt hatte. Wir waren beide verwundet und hatten unsere Päckchen zu tragen.

Ich schloss die Augen und atmete tief durch. »Was möchtest du von mir, Rickart?«, fragte ich. »Ich habe das Gefühl, dass ich in deinen Augen alles falsch mache. Ich kann doch auch nichts dafür.«

»Das habe ich dir schon gesagt.« Seine Stimme war so rau, dass sie beinahe brach.

»Ich gebe mir alle Mühe. Wirklich.«

Er schwieg. Ich sah in sein Gesicht. Er bezweifelte, dass ich die Wahrheit sagte. Er glaubte mir nicht. Nicht, dass ich versuchte, wieder auf die Beine zu kommen, nicht, dass ich mich bemühte, die Rosen loszuwerden. Als würde er vermuten, dass ich das alles geplant hatte.

Mein Herz schmerzte.

»Warum misstraust du mir?«, fragte ich dünn.

»Tu ich nicht ...« Er biss sich auf die Lippe. Er wollte auch nicht lügen. »Ich will das alles nicht«, sagte er. »Ich will, dass es wieder so wie früher wird. Dass du nicht so komisch drauf bist. Dass du mit mir redest und mir die Wahrheit sagst. Und dass du dich nicht nachts mit anderen Männern triffst.«

»Zwischen Zeki und mir ist nichts, was dir Sorgen machen müsste«, erklärte ich so ruhig ich konnte. »Er hat mir anfangs nur geholfen, weil er mir zugeteilt wurde. Das war wenig angenehm. Mittlerweile kommen wir miteinander aus, aber wenn die Sache vorüber ist - und das ist sie hoffentlich bald - werden wir uns nicht wiedersehen. Und das ist okay für mich.«

Aber für ihn nicht, erkannte ich, als ich in sein Gesicht blickte. In ihm war ein Riss entstanden, so groß, dass er ihn nicht ohne Weiteres durch ein Gespräch kitten konnte.

Meine Angst wurde immer größer. Ich musste eine Frage stellen, vor deren Antwort es mir graute. Trotzdem: Ich brauchte Klarheit. »Liebst du mich noch?«

Rickarts Augen weiteten sich und er bewegte die Lippen, ohne einen Ton zu sagen. Er holte tief Luft und sackte dann in sich zusammen. Mein Herz brach mit jeder Sekunde, die verstrich.

»Die Antwort sollte dir leichtfallen«, flüsterte ich.

»Tut sie nicht.« Seine Stimme war genauso leise. »Ich weiß es einfach nicht.«

Der Kloß in meinem Hals war so groß, dass ich keine Luft bekam. Ich wollte ihm tausend Dinge sagen. Ihm Gründe geben, warum er mich einfach lieben *musste*. Ihn daran erinnern, welche Pläne wir gemeinsam hatten.

Doch mein Inneres fühlte sich wie betäubt an, es war kalt und leer.

»Okay, dann weiß ich, was los ist. Ich hole noch kurz ein paar Sachen und lasse dich dann wieder in Ruhe.« Mit wackeligen Beinen stand ich auf. Rickart starrte mich stumm an. Mir schossen Tränen in die Augen, weil es sich anfühlte, als würden wir Schluss machen. Oder waren wir über diesen Punkt schon hinaus?

Ich ging schnell ins Schlafzimmer und schloss die Tür hinter mir. Es war alles zu viel, ich hatte das Gefühl, in endlose Tiefen zu fallen. Ich verlor den wichtigsten Menschen in meinem Leben.

Ich lehnte mich gegen die Wand und presste meine Hand vor meinen Mund, damit er mich nicht schluchzen hörte.

»Es tut mir so leid, Klara«, sagte er durch die Tür. »Ich weiß einfach nicht mehr weiter.«

Tränen rannen über mein Gesicht. Ich konnte nicht antworten. Ich hatte keine Stimme mehr. Kurz darauf schlug die Haustür. Er war gegangen.

Ich taumelte zum Bett und rollte mich darauf zusammen. Noch nie zuvor hatte ich mich so elend gefühlt. Mein Herz war in tausend Teile zerbrochen, die sich wie Splitter in meinen Brustkorb bohrten. Ich bekam kaum Luft.

Es dauerte lange, bis meine Tränen versiegten, doch irgendwann hielt ich es in diesem Bett nicht mehr aus. Ich rappelte mich auf, suchte ein paar Sachen zusammen und verließ die Wohnung.

An der Tür blieb ich stehen. Musste ich mir jetzt etwas neues suchen? Ich konnte nicht ewig bei Onie wohnen. Ich wankte die Treppe hinunter und versuchte, die Gedanken loszuwerden.

Ich wollte noch nicht aufgeben. Ich wollte Rickart noch nicht verloren geben. Am Ende des Monats war ich entweder tot oder hatte die Sache hinter mir. Dann konnte ich alle Kraft dafür aufwenden, dieses Problem zu lösen.

Meine Beine fühlten sich bleischwer an, als ich die Straße erreichte. An der nächsten Ecke war eine Bushaltestelle und ich sah den Bus kommen. ›Dann mache ich es mir ausnahmsweise etwas leichter‹, dachte ich und stieg ein. Bis zu Onie waren es nur drei Stationen, aber egal.

Ich blieb an der Tür stehen und versuchte, einen klaren Kopf zu bekommen.

Wir hielten an der ersten Station. Ich machte den Einsteigenden Platz, dabei fiel mir ein junger Mann auf. Er war kreidebleich und schwitzte.

In mir regte sich etwas wie ein Glöckchen im Wind. Meine Sinne schärften sich. ›Oh nein‹, dachte ich, als ich erkannte, warum. Im gleichen Moment brach er zusammen. Ich stürzte zu ihm und beugte mich über ihn.

»Halten Sie den Bus an!«, rief eine Frau hinter mir. Jemand anderes wählte den Notruf.

Die Augen des Mannes verdrehten sich. Ich nahm seine Hand und versuchte, ihn zu beruhigen. Der Rettungsdienst kam zu spät, erkannte ich, als die Fünkchen erschienen.

Der Mann krampfte und er zerquetschte meine Finger. Ich hielt ihn trotzdem fest.

»Es wird alles gut, Hilfe ist unterwegs«, redete ich auf ihn ein. Seine Seele trat hervor. Was auch immer ihn umbrachte, es war rasend schnell. Seine linke Gesichtshälfte war schlaff, vielleicht war es ein Schlaganfall.

Die Funken erschienen und hüllten ihn ein.

Er steht an einem Bahnsteig, die Türen des Zuges öffnen sich. Ein junger Mann kommt heraus. Die beiden strahlen sich an. Sie wissen, dass sie für immer zusammengehören. Hinter ihm ist eine Anzeige mit Datum und Uhrzeit. Dieser Moment ist zwei Tage alt.

Dieses Mal ging alles noch schneller als im Krankenhaus. Das Licht erschien und seine Seele verschwand.

Seine Bewegungen endeten abrupt und sein Körper erschlaffte. Ich hielt seine Hand und versuchte, zu verstehen, was gerade passiert war, als der Rettungswagen ankam.

Das Bild nahm mir den Atem. Es zerriss mich innerlich. Der arme Mann. Sein armer Freund, der gerade die Liebe seines Lebens verloren hatte.

Sanitäter redeten beruhigend auf mich ein und schoben mich beiseite. Sie begannen sofort mit der Herzdruckmassage, doch ihnen musste klar sein, dass es zu spät war. Mein rechter Arm brannte, als sich die sechste Rose rot färbte. *Finn, siebenundzwanzig Jahre.*

Ich verließ den Bus und setzte mich auf eine Bank, bis ich aufhörte zu zittern. Das dauerte fast so lange, wie mit dem Weinen aufzuhören.

»Du siehst nicht gut aus«, sagte Zeki. Ich sah auf und fühlte mich völlig hohl. Es war Samstagnachmittag. Vor einer Stunde war Zeki zu mir gekommen, um mich zu meinem nächsten Doppelauftrag zu holen.

Ich versuchte die ganze Zeit, die Szenerie auszublenden. Die Wohnung, wie wir hier hereingekommen waren und wie wir die Leute vorgefunden hatten. Ich musste es sofort verdrängen, sonst drehte ich durch. Die Bilder während des Übergangs machten das nicht besser. Sie zeigten nur, wie sehr Menschen sich verändern konnten.

»Wie soll es mir denn nach dieser Sache gehen?«, fragte ich hilflos. Mir war kalt und schwindelig.

»Du hast die beiden Seelen überführt. Mehr konntest du für diese Menschen nicht tun«, erwiderte er.

»Du hast doch gesagt, dass die Seelen, die ich überführe, einen gewissen Wert haben«, sagte ich. »Wie kann die Seele von jemandem, der so etwas tut, wertvoll sein?«

Zeki nahm meine Hand und zog mich zur Tür. »Die Polizei wird gleich hier sein, komm.« Ich folgte ihm widerstrebend und wartete, dass er meine Frage beantwortete. »Der Wert der Seele wird von den Taten kaum beeinflusst. Natürlich hat jeder Mensch zu einem gewissen Grad selbst in der Hand, sein Leben zu gestalten, aber ob er gut ist oder nicht, ist festgelegt. Vielleicht waren beide bis vor Kurzem solide und niemand hätte ihnen das zugetraut. Vielleicht war die Handlung eine Kurzschlussreaktion, die unter normalen Umständen nie vorgekommen wäre. Das ist nichts, worüber du dir Gedanken machen solltest. Das tut dir nur weh.«

»Mir tut sowieso alles weh und ich kann nicht anders.«

»Konzentriere dich auf dich selbst«, sagte Zeki eindrnglich. »Neunzehn noch. Du bist auf einem guten Weg.«

»Neunzehn in siebzehn Tagen«, erinnerte ich ihn. »Ich kann dieses Tempo nicht durchhalten.« Mir wurde schwindelig und ich musste mich am Treppengeländer festhalten. Ich hatte in der letzten Nacht kaum geschlafen, das Gespräch mit Rickart spukte mir im Kopf herum.

Genau wie das Bild von Finn am Bahnhof.

Sobald ich daran dachte, stiegen mir Tränen in die Augen. Daran änderten auch die beiden neuen Roten nichts.

»Klara, was hast du?« Zekis Gesicht tauchte dicht vor meinem auf. Seine schwarzen Brauen zogen sich zusammen und er sah ratlos aus. Er konnte damit nicht umgehen, wenn ich weinte.

»Es ist schon gut«, wiegelte ich ab. Er glaubte mir nicht.

»Ist es wegen deines Freundes? Es ist nicht gut für dich, wenn du seinetwegen weinst.«

»Ich kann nichts dagegen tun«, erwiderte ich. »Er will nicht mehr mit mir zusammen sein.«

Zeki dachte darüber nach, doch ich erwartete nichts von ihm. Er war unsterblich, solche Dinge berührten ihn nicht. Schließlich nahm er schweigend meine Hand und zog mich die Treppe hinunter. Unten kamen uns Polizisten und Rettungskräfte entgegen, die wir vorbeiließen.

Eine der Polizistinnen erkannte ich. Sie hatte unsere Anzeige aufgenommen. Seitdem hatten wir nichts gehört. Ich hatte auch nicht damit gerechnet. Stattdessen hoffte ich, dass sie mich nicht wiedererkannte. Sie sagte nichts, ich hörte nur, wie sie oben gegen die Tür hämmerten. Zeki und ich kamen unten an.

»Ich muss dir noch etwas sagen«, wechselte ich das Thema, als wir draußen standen. An der frischen Luft ging es mir besser. Das Atmen fiel mir leichter und ich konnte mich konzentrieren. Zeki blieb stehen und betrachtete mich wachsam. Ich hatte lange überlegt, ob ich ihm davon erzählen sollte. Ich entschied mich dafür. Wenigstens zu Zeki wollte ich ehrlich sein.

»Noam hat mich noch einmal im Schlaf besucht«, berichtete ich. »Er hat mir seine Hilfe angeboten, wenn ich dich fallenlasse.« Zeki biss die Zähne zusammen.

»Zeki, was ist da zwischen euch los? Warum tut er das?«

»Ich nehme an, er hat dir versprochen, dass du mit seiner Hilfe die Seelen in Windeseile sammelst«, zischte er.

»Ja, so in etwa.«

»Was hast du ihm gesagt?«

Ich runzelte die Stirn. »Was denkst du, warum ich hier bin und dir das erzähle?«

Zekis Augen wurden groß. »Du hast abgelehnt? Warum hast du das gemacht?« Er verstand mich nicht, der Idiot.

»Weil ich das Gefühl habe, dass er falsch spielt. Und außerdem habe ich deinetwegen Nein gesagt.«

Zeki schnaubte fassungslos. »Er sagt die Wahrheit. Er macht den Job schon lange und wahrscheinlich wärest du am Ende der nächsten Woche fertig.«

»Aber zu welchem Preis?«, versetzte ich.

»Dein Leben zu retten.« Zeki hob ratlos die Schultern. »Ich verstehe dich nicht, Klara.«

»Dann erkläre ich es dir: Noams Angebot fühlte sich falsch an. Ich glaube, dass er dir schaden will.«

»Das will er auch. Aber das hat nichts mit dir zu tun.«

»Doch, wenn er mich dazu benutzen will, habe ich das Recht, mir dafür zu schade zu sein«, widersprach ich.

Zeki schüttelte den Kopf. »Ich habe nichts getan, um diese Loyalität zu verdienen«, sagte er leise.

»Dann hast du weiterhin Gelegenheit dazu, aber ich finde schon, dass du sie verdienst.«

Ich wollte loslaufen, doch er hielt mich auf. Ich drehte mich zu ihm um und sah in seine Augen. Ihr Ausdruck war verändert, weicher. Als sähe er mich jetzt anders.

Ein warmes Gefühl füllte meine Eingeweide. Es vertrieb ein wenig den Schmerz und die Verzweiflung. Seine Finger berührten meine Wange. Mein Herz klopfte schnell.

»Danke, Klara.«

Ich lächelte. Die Situation überforderte mich, aber ich genoss es kurz, dass ich mich etwas besser fühlte.

Zeki ließ die Hand sinken und trat einen Schritt zurück. Die Distanz zwischen uns fühlte sich seltsam an.

»Ich werde dafür sorgen, dass dein Vertrauen gerechtfertigt ist. Das verspreche ich dir.« Er lächelte noch einmal, dann verabschiedete er sich und verschwand.

Ich starrte auf die Stelle, an der er eben noch gestanden hatte. ›Zweieinhalb Wochen noch‹, sagte ich mir. ›In zweieinhalb Wochen ist dieser Irrsinn vorbei.‹ So oder so.

Zeki hielt Wort. Am Sonntag ließ er mir eine Pause, doch am Montagnachmittag holte er mich erneut ab. Ich sagte Onie Bescheid und folgte ihm. Kurz darauf zierten zwei weitere rote Rosen meinen Arm. Damit waren es zehn.

Ich setzte mich auf einen Stuhl in der Eingangshalle des Krankenhauses und rieb mir die Augen.

»Ich werde damit nie zurechtkommen, Zeki.«

»Diese Überführungen sind die einfachsten«, erwiderte er. »Ich habe Tovi angebettelt, damit wir sie bekommen. Du musst nur da sein und sie begleiten. Nichts weiter.«

»Das sagst du so einfach, aber es ist jedes Mal dieses Gefühl ...« Ich suchte nach Worten. »Ein Leben endet. Es gibt Menschen, die deswegen traurig sind. In ihre Leben werden Löcher gerissen. Die Bilder, die glückliche Momente zeigen, stehen dafür, was durch den Tod verloren geht. Und nicht jeder macht sofort seinen Frieden damit, dass ich da bin, um die Seele zu überführen.«

Eine der Frauen eben hatte sich heftig gewehrt, ich hätte sie beinahe verloren. Das kostete mich viel Kraft. Ich hielt mich kaum auf den Beinen, mein Schädel dröhnte.

Ich beugte mich vornüber und stützte meine Hände auf meine Knie. Mein Todesengel ging vor mir in die Hocke und sah mich besorgt an. »Du musst durchhalten. Wir kommen voran. Du hast fast die Hälfte geschafft.«

»Ja, aber der Monat ist halb herum«, protestierte ich. »Und wenn noch mehr so schwere Fälle kommen ... Es ist, als ob ich keine Kraft zurückbekomme. Meine Reserven leeren sich und ich weiß nicht, wie ich sie auffüllen soll.«

Zeki presste die Lippen zusammen. »Da kann ich nichts machen. Du musst die Kraft in dir selbst finden.«

Ich sah zu Boden. »Das habe ich befürchtet.«

»Ich bin bei dir, Klara. Versprochen.« Ich zwang mich zu einem Lächeln und ließ mich von ihm hochziehen. Als er mich nach Hause brachte, konnte ich keinen klaren Gedanken fassen. Onie war schon da, sie kochte.

»Ich bin furchtbar müde.« Ich ließ mich aufs Sofa fallen.

»Alles okay?«, fragte sie und lehnte im Türrahmen.

›Nein!‹, wollte ich rufen. ›Es ist nichts okay!‹

»Alles gut. Ich bin nur erschöpft«, sagte ich stattdessen.

Onie setzte sich neben mich und streichelte meinen Rücken. »Weiß Zeki, was du hast? Gibt es eine Diagnose?«

»Eine Tendenz. Eine posttraumatische Belastungsstörung und Anzeichen einer Depression. Zusammenfassend: Ich bin aus dem Gleichgewicht«, sagte ich und sah an die Decke. »Die Sache mit den Rosen hat mich aus der Bahn geworfen und ich kämpfe, um zurückzukommen.«

»Und Rickarts Verhalten hilft dabei auch nicht, oder?«

»Es wäre einfacher, wenn er mich unterstützen würde, aber ich verstehe ihn ja«, sagte ich leise.

»Mir fällt das schwer«, sagte Onie. »Ich bin echt sauer auf ihn, weil er dich so hängen lässt. Es wäre sein Job als dein Partner, dich zu unterstützen.«

Ich sah schnell woanders hin, damit sie meine Tränen nicht sah. »Er kann nicht mehr tun, als für ihn möglich ist«, flüsterte ich. Und wieder stellte ich mir die Frage, ob er überhaupt noch mein Partner war. Oder ob ich ihn schon verloren hatte.

»Ich bin für dich da, Klara, das verspreche ich dir. Ich lasse dich nicht fallen.« Onie lächelte, als sie das sagte. Es tat gut, so eine Freundin zu haben. Sie spendete mir den Trost, den ich dringend brauchte.

Ich rappelte mich auf und umarmte sie. »Danke, das weiß ich.« Und tatsächlich ging es mir etwas besser.

Am Dienstag ließ Zeki sich nicht blicken. Ich absolvierte meine Schicht im Literaturcafé und wagte es, mich ein bisschen zu entspannen. Nur etwas, weil ich keine Überführung machen musste, doch jeden Tag stieg der Druck.

Mir fehlten siebzehn Rosen. Eine erschreckende Zahl.

Am Mittwoch war ich wieder im Antiquariat. Herr Hilmers war nicht da, doch Neelia betrachtete mich besorgt. »Klara, du siehst furchtbar aus. Was ist denn bloß los mit dir?«, fragte sie.

Ich rang mir ein falsches Lächeln ab. »Viel Stress in der Uni gerade. Und ich habe mich mit Rickart gestritten. Das wird schon wieder. Hoffe ich.«

Sie runzelte die Stirn. »Das hoffe ich auch. Wenn ich etwas tun kann, sag Bescheid. Bitte.«

Ich versprach es, auch wenn es nichts gab, das sie tun könnte. Stattdessen bemühte ich mich, mir nichts anmerken zu lassen.

Später machte ich gerade Feierabend, als Zeki plötzlich vor mir stand. Ich zuckte zusammen und stieß mich an der Türklinke. »Au, verdammt, muss das sein?«

»Tut mir leid«, sagte er, sah aber nicht im Mindesten zerknirscht aus. Er war angespannt. »Komm schnell, wir müssen uns beeilen. Der Auftrag heute ist wichtig. Ich weiß nicht, wie viele es werden, aber es ist mehr als eine Seele.« Er nahm meine Hand und zog mich hinter sich her.

Ich stolperte und wäre beinahe gefallen. »Warte doch!«

»Nein! Komm schon!« Er ließ nicht locker und erhöhte das Tempo sogar noch.

Ich stolperte wieder und hing wie ein nasser Sack an ihm. »Zeki, bitte!«

Doch er schleifte mich die Straße hinunter zur Steilshooper Allee. Die Autos fuhren hier schnell und ich bekam eine schreckliche Ahnung, als er auf eine große Kreuzung zuhielt. »Oh nein, bitte nicht.«

Da knallte es schon. Ein SUV war über die Kreuzung geschossen, offenbar bei rot, und hatte einen anderen Pkw, einen Kleinwagen, erwischt. Das Geräusch ging mir durch Mark und Bein. Es war tausendmal schlimmer als bei dem ersten Unfall. Viel lauter. Viel aggressiver.

Zeki zerrte mich hin. Rauch stieg auf. Menschen sprangen aus ihren Autos. Mit einem Windhauch spannte der Todesengel die unsichtbaren Flügel auf und bahnte uns einen Weg zu den Unfallwagen. Aus dem SUV kletterte ein junger Mann. Er blutete am Kopf, sah aber ansonsten unversehrt aus. Zu ihm mussten wir nicht.

Der andere Wagen war es. Es saßen vier Leute darin. Das Blech war verbogen, als wäre es aus Papier. Das viel größere SUV hatte es zermalmt. Der kleine Punto hatte ihm nichts entgegenzusetzen. Und er bot keinen Schutz für die Insassen.

»Schnell, Klara!«, sagte Zeki und schob mich vor sich. Ich konnte mich nicht rühren. Mein Blick klebte an den Frauen, dem Mann, dem Kind, etwa sieben Jahre alt.

Meine Augen saugten sich an dem Blut fest.

»Klara! Los, verdammt!« Zekis Stimme wurde immer lauter. Er versetzte mir einen Stoß, der mich taumeln ließ. »Jetzt mach schon!«

Ich hörte Sirenen. Ich hörte Stimmen.

Alles war wie unter Wasser.

Mein Sichtfeld verengte sich auf die vier Leute. Ich sah ihre Seelen. Und dann das graue Licht.

Hinter mir flippte Zeki komplett aus. »Klara!«

Eine Seele verschwand. Dann noch eine.

Ich hatte sie verloren, stellte ich erschrocken fest. Ich konnte mich immer noch nicht rühren.

Jemand zerrte mich vor, sodass ich durch das zerbrochene Seitenfenster griff. Zeki drückte mir die Hand der Mutter in die Finger. Ihre Seele war noch da. Ohne klaren Gedanken erschuf ich die Funken. Sie kamen quälend langsam. Neben mir erlosch die Seele des Kindes.

Mit letzter Kraft überführte ich die Mutter. Ich erlebte mit ihr zusammen den Moment, als sie das Baby zum ersten Mal im Arm hielt, da kamen die Rettungssanitäter und schoben mich beiseite.

Ich verstand nicht, was passiert war. Alles war wie im Nebel, viel langsamer als sonst. Ich kam nicht mehr mit.

Da kam der Schmerz. Ich versank in ihm, er verschlang mich wie Feuer. Ich wollte schreien, doch ich konnte nicht. Ich konnte gar nichts mehr. Undeutlich bekam ich mit, dass Zeki mich in seinen Armen barg.

Dann hörte ich eine bekannte Stimme, die ich noch nie zuvor wirklich gehört hatte: »Das war ein Fehlschlag auf ganzer Linie, Zedekiah.«

»Was willst du, Noam?«, knurrte Zeki.

Der Schmerz nahm noch weiter zu. Mir wurde schlecht.

Nur Zekis Berührung bewahrte ihn davor, unerträglich zu werden.

»Ich bin dir zugeteilt, erinnerst du dich nicht? Es ist meinee Aufgabe, dafür zu sorgen, dass du nicht schon wieder versagst.« Noams Stimme war mindestens so schneidend wie Zekis.

»Hast du Klara deswegen deine Hilfe angeboten?«, zischte mein Begleiter.

»Sie hat dir davon erzählt? Die Kleine ist wirklich seltsam. Egal. Warum soll sie für deine Unfähigkeit sterben?«

»Soll sie nicht«, zischte Zeki und drückte mich fester an sich. Meine Lider flatterten und ich sah Noams Gesicht. Er stand Zeki direkt gegenüber. Er sah genauso aus wie in meinen Träumen. Ich erkannte seine messerscharfen Gesichtszüge und die Adlernase.

Ebenso den abschätzigen Blick seiner Augen.

»Ist es schon wieder das gleiche Problem, Zedekiah?«, fragte Noam mit veränderter Stimme. Das Herablassende trat in den Hintergrund und das Lauern nahm zu. Ich konnte mich vor Schmerzen kaum konzentrieren, aber ich musste wissen, worum es ging.

Warum war Zeki strafversetzt worden?

»Nein.« Zekis Stimme war so rau, dass ich ihn fast nicht verstanden hätte.

»Daran kommen mir Zweifel, wenn ich sehe, wie liebevoll du sie im Arm hältst. Erinnere dich daran, was beim letzten Mal passiert ist. Es wäre eine Tragödie, wenn das schon wieder jemand ausbaden müsste, der auf dich angewiesen ist. Ich möchte nicht darüber nachdenken, was Jael dazu sagt, wenn das noch einmal passiert.«

Zekis Herz pochte gegen meine Wange. Ich spürte seinen Zorn, als wäre er mein eigener. Wollte Noam damit andeuten, dass Zeki jemanden geliebt hatte?

Jemanden, der seinetwegen gestorben war?

Der Schmerz nahm noch weiter zu. Er raubte mir den Atem und machte mich schwindelig.

Mein Körper brannte wie Feuer. Ich schaffte es nicht mehr lange. Schwarze Flecken tanzten vor meinen Augen. Ich war kurz davor, ohnmächtig zu werden.

»Danke für deine Anteilnahme, aber sie ist unbegründet«, knurrte Zeki. »Wir haben noch Zeit und Klara wird es schaffen. Und ich beweise dir, dass ich deinen Scheiß-Job genauso gut machen kann wie du. Und dass er einfach nur das ist: Ein Scheiß-Job für Engel, die nicht gut genug sind, um Sammler zu werden. Und wenn du das verstanden hast, kannst du dich bis in alle Ewigkeit in deinem Neid suhlen.«

Ich hörte Noams Erwiderung nicht mehr. Der Schmerz schlug wie eine Welle über mir zusammen und blies mir endgültig die Lichter aus.

NEUN

(Rot: 11/ Schwarz: 4)

Mein Schädel dröhnte, als ich zu mir kam. Die Zimmerdecke über war mir vertraut. Ich schloss die Augen, atmete durch und öffnete sie wieder. Ich war in meinem Schlafzimmer und lag in meinem Bett.

Der Schmerz war nicht ganz verschwunden, aber er war nur ein dumpfes Pochen. Das war auszuhalten.

»Klara?« Ich drehte den Kopf in Richtung der Stimme. Zeki saß auf dem Stuhl neben dem Bett, auf den ich abends meine Kleider warf. Normalerweise, jetzt fehlte der Wäschehaufen. Natürlich, immerhin wohnte ich hier seit über einer Woche nicht mehr.

Mein Herz verkrampfte sich bei diesem Gedanken.

»Hast du mich hergebracht?«, fragte ich heiser.

Zeki nickte. »Deine Freundin war zu Hause, aber eure Wohnung war leer. Er ist bisher nicht zurückgekommen.«

»Wie spät ist es?«, fragte ich.

»Zwölf Uhr. Am Freitag.«

Ich stöhnte. »Onie wird mich umbringen.«

»Ich habe ihr eine Nachricht zukommen lassen, dass du hier bist. Sie macht sich keine Sorgen um dich.«

»Danke.« Ich fragte lieber nicht nach, wie er das gemacht hatte. Stattdessen wunderte ich mich, wo Rickart war.

Dann fiel es mir ein: »Rickart ist bei seinen Eltern. Seine Mutter hat Geburtstag.« Eigentlich wollten wir zusammen fahren. Er hatte mich nicht einmal gefragt, ob ich ihn begleitete. Das war bis vor Kurzem selbstverständlich.

»Wie lange ist er weg?«, fragte Zeki.

»Das ganze Wochenende.«

»Das ist gut, dann kannst du hierbleiben und dich frei bewegen.« Er half mir hoch. »Wie geht es dir?«

»Nicht gut«, erwiderte ich nach kurzem Zögern. Es kostete mich Überwindung, dann zog ich meinen Pullover über den Kopf und betrachtete meine Arme. Die Rosen auf meinem rechten Arm waren fast alle gefüllt. Nur vier waren noch konturiert. »Elf Rote«, murmelte ich.

»Und vier Schwarze«, beendete er meinen Satz.

Ich nickte und sah meinen linken Arm an. Drei neue leere Rosen waren erschienen. Jetzt war nicht mehr viel freie Haut auf dieser Seite übrig. Ich bekam Gänsehaut und rieb meine Arme. Meine Haut brannte unter meinen Fingern.

»Willst du dich fertigmachen?«, fragte er.

Ich kam auf die Beine. Meine Bewegungen waren wie von einer alten Frau. Mir tat alles weh.

Zeki richtete sich mit einem Mal auf und runzelte die Stirn. »Warte kurz«, sagte er und verschwand.

Ich sank zurück auf das Bett und wusste nicht, was ich davon halten sollte. Mein Magen verkrampfte sich. Sein Verhalten konnte eigentlich nur eins bedeuten.

›Bitte nicht. Ich kann nicht mehr.‹

Mit schweren Gliedern zog ich meinen Pullover über und wartete. Mein Kopf schmerzte, der Druck auf meinen Schläfen nahm immer weiter zu.

Heute war der achtzehnte November. Sechzehn Rosen fehlten. Noch zwölf Tage. Ein Ding der Unmöglichkeit. Ich schaffte es nicht. Das hatte ich mir gestern bewiesen. Ich umklammerte meinen Arm, wo die drei neuen schwarzen Rosen waren. Die Bilder kamen hoch, ich bekam keine Luft mehr. Sie schnürten mir die Kehle zu.

»Klara?« Zekis Stimme holte mich zurück. Ich rang nach Luft und kam auf die Füße, verlor aber den Halt. Zeki fing mich auf. »Was ist denn los?« Ich bekam kein Wort heraus und klammerte mich an ihn. Er hielt mich fest. Der Kopfschmerz nahm ab, ich konnte wieder atmen. »Ich habe einen Auftrag für dich«, flüsterte er. »Und es eilt.«

»Wohin?« Meine Stimme war schwach.

»Zum Krankenhaus. Das wird nicht schön, sollte aber schnell gehen. Kein Blut dieses Mal.«

»Ich will es nicht wissen.« Ich wankte zur Garderobe und zog meine Jacke und meine Stiefel über. Jede Bewegung führte ich mit höchster Konzentration aus, um nur nicht an den Unfall denken zu müssen. Zeki nahm mich an der Hand und führte mich zum Krankenhaus. Ich folgte ihm wie eine Schlafwandlerin.

»Wer ist es dieses Mal?«, fragte ich matt.

Er zögerte. »Wir müssen auf die Kinderstation.«

Ich blieb stehen. »Das kann ich nicht.«

Er fasste meine Hand fester. »Ich weiß, dass du das denkst, aber das Kind wird sterben, ob du hingehst oder nicht. Du bist die Einzige, die etwas tun kann. Nein, du kannst es nicht retten, aber du kannst seine Seele davor bewahren, zu verlöschen. Darüber solltest du nachdenken, nicht darüber, wie traurig es ist, dass es sterben muss.« Er sah mich beschwörend an. »Du hast es in der Hand. Du hilfst und du rettest dich selbst.«

Ich ließ mich weiterziehen. »Es ist der Gedanke an die Eltern.« Ich musste wenigstens versuchen, es zu erklären.

»Das verstehe ich. Aber stell dir vor, du könntest ihnen sagen, dass du die Seele in den Himmel geleitet hast. Das bringt das Kind nicht zurück, aber es wäre vielleicht ein kleiner Trost. Daran musst du denken.« Sein Blick hielt mich fest. »Das wäre besser als immer zu klagen.«

Ich biss die Zähne zusammen und sammelte meine Kräfte. Es gefiel mir nicht, aber er hatte recht. Ich musste es tun. Ich hatte keine Wahl.

Wir erreichten das Krankenhaus und suchten die Pädiatrie. Mit jedem Schritt sank mein Mut und ich bekam es mit der Angst zu tun. Zeki schirmte mich wieder ab, dann stand ich am Bett des kleinen Mädchens. Elisa. Sie war vier. Ihr Name und ihr Geburtsdatum standen am Bett.

Sie atmete schwer und rasselnd, ihr Gesicht war bleich. Ihre dunklen Wimpern lagen auf ihren weißen Wangen.

»Was hat sie?«, flüsterte ich.

Zeki zuckte mit den Schultern. »So, wie sie atmet, klingt das nach einer Lungenentzündung. Ihr Gesicht glüht.«

Das stimmte. Ihre Hand auch, bemerkte ich, als ich sie nahm. Ich streichelte ihre kleinen Finger und wartete. Ein paar Funken tanzten bereits um mich. Elisa reagierte nicht auf meine Berührung. Mehr Funken sammelten sich um uns beide. Sie hüllten uns ein.

Ich konnte Elisas Seele nicht sehen.

Angst kam in mir hoch. Was, wenn ich sie nicht zu fassen bekam? Wenn ich versagte, obwohl ich hier an ihrem Bett saß und ihre Hand hielt?

Die Funken hüllten Elisa ein. Sie tanzten wie Glühwürmchen. Dann verschwanden sie plötzlich. Ich sah kein Bild. Es war einfach nur still.

Es dauerte ein paar Sekunden, bis ich verstand, dass das Atemgeräusch fehlte. Auf dem Monitor verschwanden die Ausschläge. Der Puls war null.

Der Alarm ging los.

Zeki half mir auf und wich mit mir neben die Tür zurück. Seine Flügel hüllten mich ein. Ich konnte meinen Blick nicht von Elisas Gesicht abwenden.

»Was ist passiert?«, fragte ich, obwohl es jeden Moment losgehen musste. Entweder färbte sich eine Rose rot oder schwarz.

»Ein stiller Übergang«, sagte Zeki leise.

Pfleger kamen ins Zimmer gestürzt. Ich ertrug es nicht und schlüpfte durch die Tür. »Ein stiller Übergang? Was bedeutet das?«, fragte ich. Meine Stimme zitterte.

»Dass ihre Seele schon so schwach war, dass sie sich nicht mehr manifestieren konnte.«

Ich blieb stehen und hielt mich an dem Geländer an der Wand fest. »Ich konnte ihr nicht einmal sagen, dass sie keine Angst haben braucht.«

»Das wusste sie sicher. Sie hat das Licht gespürt.« Zekis Stimme war sanft und seine Augen weich, als er sich jetzt vor mich stellte. Das bekannte Prickeln setzte ein, als sich Elisas Rose rot färbte. »Gut gemacht, Klara.«

Doch ich war fix und fertig. Mir war schwarz vor Augen. Zeki schlang seinen Arm um meine Taille und hielt mich fest. »Mach die Augen zu«, flüsterte er. Ich kniff die Lider zusammen und spürte einen Windhauch. Genau so waren wir von der Ostsee zurückgereist: Zeki konnte durch eine andere Ebene gehen und so Wege abkürzen. Er tat es nicht oft, weil es Energie kostete, aber jetzt war es notwendig.

Der Boden unter meinen Füßen veränderte sich. Ein bekannter Geruch stieg in meine Nase. Wir waren wieder zu Hause und standen in meinem Wohnzimmer.

Der Geruch kam von der Duftkerze, die ich dort aufgestellt hatte. Vanille und Sandelholz. Der Geruch erinnerte mich daran, dass in knapp einem Monat Weihnachten war.

»Willst du dich hinlegen?«, fragte er und ließ mich los.

»Ich muss ins Bad«, sagte ich und schleppte mich zur Tür. Ich warf meine Sachen auf den Badezimmerboden und krabbelte in die Dusche. Das heiße Wasser prasselte auf mich nieder. Ich starrte auf meine Arme. Auf die roten und schwarzen Rosen. Sie blieben, egal wie viel Wasser über sie lief. Wenigstens wusch es meine Tränen ab.

Ich brauchte lange, bis ich die Kraft fand, aufzustehen und nach einem Handtuch zu greifen. Mit wackeligen Beinen verließ ich das Bad. Zeki wartete im Flur auf mich.

Ich blieb stehen und wusste nicht, was ich sagen sollte. Sein Blick glitt über die Rosen. Langsam streckte er die Hand aus und berührte meine rechte Schulter. Der Hautkontakt raste wie ein Blitz durch meinen Körper.

»Bitte weine nicht«, sagte er leise. Erst jetzt bemerkte ich, dass Tränen über meine Wangen liefen. Er schlang die Arme um mich und ich lehnte mich an ihn. Seine Wärme hüllte mich ein und ließ meine Wangen pochen.

Ich konnte nicht mehr. Alles wuchs mir über den Kopf, Elisa war der letzte Tropfen, der das Fass überlaufen ließ.

Zeki drückte mich an sich und wiegte mich hin und her.

Die Erinnerung an Noams Worte kam zurück. Zeki hatte eine Linie überschritten. Hatte er sich in einen Schützling verliebt? Deutete Noam an, dass es bei mir auch so war?

Seine Berührung fühlte sich gut an. Tröstlich. Sie füllte die Kälte in meinem Inneren und erwärmte sie auf ein erträgliches Maß.

Undeutlich spürte ich, wie seine Hände über meine Arme glitten. Dann meinen Rücken hinunter.

An meiner Wange klopfte sein Herz. Schneller als sonst. Mein eigener Puls beschleunigte sich. Mir wurde warm. Ich versank in diesem Moment. Er auch?

Vorsichtig sah ich hoch. Unsere Blicke trafen sich. Ein verrückter Gedanke kam mir in den Sinn. Eine verrückte Frage. ›*Wie sich seine Haut wohl anfühlt, wenn sie auf meiner liegt? So nah wie möglich.*‹

Mein Herz klopfte so stark, dass ich es in meinen Wangen fühlte. Mir wurde unerträglich heiß. Ich wollte unbedingt, dass er mich berührte. Mehr. Und dann noch mehr.

Meine Lippen öffneten sich, ich wollte etwas sagen, aber ich wusste nicht, was.

Zeki beugte sich vor. Unsere Gesichter kamen sich zentimeterweise näher, dann legten sich seine samtweichen Lippen auf meine. Der Kuss ging mir durch Mark und Bein. Ich begann zu zittern.

Seine Berührung war so intensiv, dass jede meiner Zellen pulsierte. Das war beinahe zu viel für mich. Es war wie ein Rausch. Er war unkontrolliert und so stark, dass er drohte, mich wegzuschwemmen.

Seine Hände wanderten über meine Hüfte, dort, wo die Enden meines Handtuchs übereinanderlagen. Als seine Finger über meine nackte Haut strichen, war es wie ein Schock. Feuer raste durch meinen Körper und der Rausch wurde so überwältigend, dass meine Knie weich wurden.

Gänsehaut überzog meine Hüfte unter seinen Fingern. Die Berührung war ein Versprechen für so viel mehr. Ich wusste nicht, ob ich stark genug war, um es zu abzulehnen, denn ich wollte mehr davon. Er durfte nicht aufhören, mich zu berühren. Ich wollte ihn spüren. Ganz und gar.

»Zeki!«, keuchte ich an seinen Lippen. Er zuckte zurück und sah mich erschrocken an. Der Verlust unseres Körperkontakts fühlte sich an, als habe ich etwas verloren, das ich dringend brauchte. Mir wurde kalt und ich hielt mein Handtuch fest, das sonst hinuntergerutscht wäre.

Darunter war ich nackt. Meine Haut brannte.

Ich machte einen Schritt auf ihn zu, um ihn zu umarmen. Er konnte doch nicht einfach aufhören, mich zu küssen! Dann, wie eine Welle, schlug das schlechte Gewissen über mir zusammen.

Wie konnte ich ihn küssen? Ich hoffte doch, dass ich meine Beziehung zu Rickart noch retten konnte!

Zekis Brustkorb hob und senkte sich hektisch. »Es tut mir leid«, sagte er rau. »Das hätte nicht passieren dürfen.«

Ich nickte, kein Wort kam über meine Lippen. Ich schmeckte ihn noch. Mein ganzer Körper wollte, dass er mich noch einmal berührte. Jetzt. Sofort. So lange und so intensiv wie möglich.

Mein Herz hämmerte gegen meine Rippen. Ich musste raus aus dieser Situation.

›Ist es schon wieder das gleiche?‹, hatte Noam gefragt.

Was bedeutete das? Wie oft war es schon passiert? Und wie war es ausgegangen?

»Warum bist du strafversetzt worden?«, fragte ich leise.

Seine grauen Augen weiteten sich. »Du hast gehört, was Noam gesagt hat.« Ich nickte. Zeki biss sich auf die Unterlippe. »Ich will nicht darüber reden.«

Ich wartete stumm. Konnte meine Augen nicht von ihm abwenden. Mein Körper kochte. Zeki holte tief Luft. »Ich sollte ihre Seele überführen«, sagte er mit zusammengebissenen Zähnen und starrte aus dem Fenster. »Anna. Sie hieß Anna. Ich konnte nicht, stattdessen habe ich versucht, einen Weg zu finden, wie sie weiterleben kann, damit wir zusammen sein können. Das hat nicht funktioniert. Wir haben ihre Seele verloren. Für immer.«

Er wandte sich ab, doch sein Körper krümmte sich unter seinen Worten. Meine Eingeweide krampften sich zusammen, als ich seinen Schmerz sah. Er brauchte nicht mehr sagen, ich verstand ihn. Ich sah seinen Verlust. Die Trauer, die ihn immer noch verfolgte.

Jetzt sah er mich an. »Es tut mir leid, dass ich dich geküsst habe. Du hast weiß Gott andere Probleme. Es war ein Reflex, weil ich dich mag. Ich will, dass du es schaffst, Klara.« Er strich mir eine Haarsträhne aus der Stirn. Seine Berührung jagte Schauder über meinen Rücken.

»Du fühlst dich so ...« Ich brach ab, weil ich nicht wusste, wie ich es beschreiben sollte. Er lächelte schmal.

»Das ist der Todesengel. Ich leite Seelen weiter, dabei kann ich nie alles abgeben. Ich bin also, entgegen meinem Namen, voller Leben. Das muss für dich wie ein Drogentrip sein. Das geht vorbei. Auch das tut mir leid.« Er wich weiter vor mir zurück. »Ich tue dir keinen Gefallen, wenn ich zu lange bei dir bin. Ruh dich jetzt aus. Der nächste Auftrag wird in Kürze kommen.«

Er verschwand und ließ mich völlig verwirrt zurück.

Wo er mich berührt hatte, brannte meine Haut.

Ich schlief wie ein Stein und wachte erst am Samstagmittag auf. Zeki kam am Nachmittag zu mir, mit einem neuen Auftrag im Gepäck. Dieses Mal war es leicht. Es ging schnell und ich schaffte es, die Details auszublenden, sogar das Bild. Zumindest fast. Die Seele des jungen Mannes ließ sich widerstandslos überführen und eine dreizehnte rote Rose zierte meinen Arm.

»Gut gemacht«, sagte Zeki, doch ich war nicht bei der Sache. Ihn zu sehen brachte alle Erinnerungen an gestern wieder hoch. Er vermied es, mich zu berühren, obwohl wir uns beide danach verzehrten. Er wusste es. Ich wusste es.

Die Blicke waren überdeutlich.

Mein schlechtes Gewissen war riesig, ich hätte mich ohrfeigen können. Es war, als hätte ich Rickart betrogen.

Was, wenn Zeki nicht aufgehört hätte? Ich musste mir eingestehen, dass ich dazu nicht in der Lage gewesen wäre. Mit dieser Erkenntnis kam ich nicht gut klar. Ich wusste, dass es daran lag, dass Zeki ein Engel war. Es war diese Ausstrahlung, die immer stärker auf mich wirkte.

Doch abgesehen davon war da etwas zwischen uns, das sich nicht leugnen ließ.

Er mochte mich. Das beruhte auf Gegenseitigkeit.

Wenn Rickart nicht wäre, hätte ich mich auf ihn eingelassen. Bedenkenlos, egal, welche Konsequenzen das nach sich zog. Doch Rickart gehörte mein Herz. Und ich wollte ihn nicht aufgeben.

Ich verbrachte den Samstagabend damit, mich um ein paar Dinge in der Wohnung zu kümmern. Mein Blick blieb am Kalender hängen. Ich hatte nur noch zehn Tage.

Zehn Tage für vierzehn rote Rosen. Das bedeutete, dass ich mindestens eine Seele pro Tag überführen musste.

Hätte ich doch nur bei dem Autounfall nicht gepatzt! Die drei hätten einen großen Unterschied gemacht.

Ich hatte Angst davor, was Zeki noch unternahm, um mich zum Ziel zu bringen. Er war wildentschlossen, es Noam unter allen Umständen zu beweisen. Und er war ein Typ, der sich von Grenzen kaum aufhalten ließ.

Ich rollte mich auf unserer Couch zusammen und fühlte mich einsam. Um nicht in meinen Gedanken zu versinken stellte ich den Fernseher an und schlief schließlich ein.

Düstere Träume begleiteten mich, doch Noam ließ sich nicht blicken.

Das Knarren der Tür weckte mich.

Es war wieder hell im Raum, ich hatte die ganze Nacht auf dem Sofa verbracht. Verschlafen setzte ich mich auf und sah Rickart ins Wohnzimmer kommen. Er blieb stehen, als er mich entdeckte. »Hey.«

»Hey«, flüsterte ich. Tränen traten in meine Augen, weil ich so froh war, ihn zu sehen. Das schlechte Gewissen kehrte zurück. Ich kam auf die Beine und wankte zu ihm.

Ohne nachzudenken umarmte ich ihn und barg mein Gesicht an seiner Schulter. »Du bist endlich zurück.«

Er schlang die Arme um mich und hielt mich fest. Seine Wärme hüllte mich ein und schenkte mir einen Moment des Friedens. Ich könnte dem Ende des Monats leichter entgegenblicken, wenn zwischen uns alles in Ordnung wäre. Ich könnte meinen Frieden damit machen, wenn ich es nicht schaffte, aber wüsste, dass Rickart mich liebte.

Ich wollte nicht, dass er litt. Er tat es aber, genau wie ich.

Ich musste alles dafür tun, um meinen Auftrag zu erfüllen, damit wir wieder zusammen sein konnten.

Ich brauchte Gewissheit, also stellte ich mich auf die Zehenspitzen und küsste ihn.

Mein Körper reagierte auf ihn anders als gestern auf Zeki. Es war nicht so heiß, aber mir wurde warm. Es war friedlich und doch spürte ich die Verzweiflung wegen allem, was zwischen uns stand. Ich durfte nicht daran denken, was zwischen Zeki und mir passiert war.

Ich musste mich auf das Jetzt konzentrieren. Das hier war der Mann, den ich liebte. Der Mann, der zu mir gehörte.

Nichts anderes zählte.

Rickart erwiderte meinen Kuss. Zunächst vorsichtig, dann wurde es wie früher. Es war, als hätten wir uns Monate nicht gesehen. Erst jetzt konnte ich mir eingestehen, wie sehr ich ihn vermisste.

»Hast du hier auf mich gewartet?«, fragte er, als wir uns voneinander lösten. Es fiel mir schwer, ihn loszulassen.

»Ja. Ich musste nach Hause kommen. Du hast mir gefehlt«, sagte ich leise. Jetzt bemerkte ich, dass ich eins seiner Sweatshirts trug. Darüber hatte ich nicht einmal nachgedacht, sondern es einfach getan.

»Du mir auch«, sagte er leise. »Alle haben nach dir gefragt. Ich wusste keine Antwort. Es war schrecklich.«

Ich lächelte verzweifelt. »Das lässt sich nicht mehr ändern. Ich hoffe nur, dass du ihnen nicht gesagt hast, wir hätten uns getrennt. Ich hoffe ... Ich hoffe, dass du mich doch noch liebst, und dass wir ...«

»Ach Klara, ich ...« Ein Klopfen an der Wohnungstür unterbrach uns. »Erwartest du noch jemanden?«, fragte er. Ich schüttelte den Kopf, doch als er zur Tür ging, keimte ein Verdacht in mir, wer draußen stand.

Rickart öffnete und ich hörte Zekis Stimme: »Hallo, ist Klara da? Ich bin ihr Begleiter von der Seelsorge. Wir haben einen Termin.«

›Scheiße.‹

Rickart riss die Augen auf, offenbar überforderte Zekis Anblick ihn. Ich konnte mir denken, dass das alles nur noch schlimmer machte.

Ich kam auf die Beine und eilte zu ihnen hinüber. »Zeki, hey. War das heute?« Ich durfte ihn nur nicht ansehen. Meine Augen hefteten sich auf seinen Hemdkragen.

»Ja. Tut mir leid, dass ich euch störe, aber du weißt, dass die Termine wichtig sind.«

»Klara?«, fragte Rickart kratzig. Es brach mir das Herz, jetzt zu nicken. Gerade hatten wir einen Punkt gefunden, an dem wir miteinander reden konnten. An dem ich das Gefühl hatte, dass noch nicht alles verloren war.

Als ich jetzt in Rickarts Gesicht sah, war sein Misstrauen zurück. Und seine Wut. Er funkelte Zeki an. »Das kann sicher bis morgen warten, oder?«

»Nein, kann es nicht«, konterte Zeki. »Und wenn dir daran liegt, dass es deiner Freundin besser geht, solltest du sie gehen lassen. Ich mache auch nur meinen Job.«

Zekis Worte trafen ihn, das merkte ich sofort. Rickarts Miene wurde noch finsterer. Er trat zurück, mied meinen Blick. »Viel Spaß, ihr zwei.«

Ich wollte nicht gehen, doch ein Blick zu Zeki sagte mir, dass ich keine Wahl hatte.

»Neun Tage noch, Klara«, flüsterte er.

Neun Tage, vierzehn Rosen.

Ich riss meine Jacke von der Garderobe, schlüpfte in meine Stiefel und folgte ihm. Das schreckliche Gefühl hielt an, auch als ich später spürte, wie sich die vierzehnte Rose rot färbte. Das letzte Bild hing noch in meinem Kopf.

Wieder ein Kind, das anscheinend nicht mehr Teil eines Lebens gewesen war. Das kleine Gesicht und die Zahnlücken beim Lachen brannten sich in meinen Kopf.

Mein Blick verharrte auf dem jungen Mann, den ich begleitet hatte. Die Spritze, die ihn das Leben gekostet hatte, steckte noch in seinem Arm. Sein Tod war sinnlos, doch ich konnte und wollte mich nicht darauf konzentrieren.

Ich musste versuchen, dass es mir nicht so nahe ging.

»Es geht schon los«, sagte ich leise.

»Was?«, fragte Zeki.

»Dass ich abstumpfe. Dass mir die Leute nicht mehr so leidtun wie am Anfang.«

»Das ist Selbstschutz und gut so. So geht es Rettungskräften und Medizinern auch«, erwiderte er. »Und Todesengeln. Du kannst ihr Leben nicht retten, aber ihre Seelen.

Schon allein deswegen ist deine Aufgabe wichtig. Sie erfüllt einen höheren Zweck. Es geht nicht nur um dein Überleben.« Er betrachtete mich. »Aber dir geht es aus einem anderen Grund nicht gut, oder? Ist es wegen Rickart? Ich habe euch vorhin unterbrochen.«

Er sprach ›unterbrochen‹ seltsam aus. Ich meinte, Eifersucht in seiner Stimme zu hören. Manchmal war er bei all seinem Unverständnis erstaunlich sensibel. Oder hatte er vorher nur so getan, als ginge ihn alles nichts an?

Ich presste die Lippen zusammen und zuckte mit den Schultern. Ich wollte jetzt nicht darüber reden. Und ich wollte mich auf keinen Fall weiter rechtfertigen müssen. »Es lässt sich nicht ändern.«

»Die Hälfte hast du geschafft«, sagte er. Seine Stimme war merkwürdig kratzig. »Wir ziehen es durch und dann kannst du die Sache bereinigen.« Er ging voran und ich beeilte mich, ihm zu folgen. Ich wollte hier nicht allein bleiben. Nicht in dieser Umgebung des Elends und der zerplatzten Träume. Und dennoch hatte ich das Gefühl, dass ich viel zu gut hierher passte.

Ich kehrte nach Hause zurück. Das bange Gefühl in meinem Magen war noch da. Wartete Rickart auf mich? Konnten wir unser Gespräch trotz Zekis Auftauchen fortführen? Oder machte er wieder dicht und gab mir keine Chance, mich zu erklären?

Ich hatte Angst und meine Beine wurden mit jeder Treppenstufe schwerer. Frust wuchs in mir. Warum musste der Auftrag ausgerechnet jetzt kommen? Warum nicht zwei Stunden eher, als Rickart noch nicht zurück war? Ich hätte bei ihm bleiben können. Vorhin hatte ich endlich das Gefühl, dass wir einander wieder näherkamen.

Ich schluckte den Kloß in meinem Hals herunter.

Es war sinnlos, sich zu ärgern. Es ließ sich nicht ändern. Jetzt musste ich hoffen, dass Rickart da war und mit mir sprach. Ich musste ihm sagen, wie wichtig er mir war. Ich musste alles versuchen, um ihn zurückzugewinnen.

Ich schloss die Augen und nickte mir innerlich selbst zu. Mit Rickart an meiner Seite würde es mir leichter fallen. Ich fühlte mich wegen der Distanz zwischen uns schrecklich. Ohne sie könnte ich mich mehr auf meine Aufgabe konzentrieren. Das wäre ein weiterer Ansporn. Ich wollte, dass unsere gemeinsamen Pläne wahr wurden. Auch über den dreißigsten November hinaus.

Das musste ich ihm sagen. Das würde er verstehen.

Ich kam oben an und schloss die Wohnungstür auf.

»Rickart?« Mein Herz klopfte und ich suchte nach den richtigen Worten für unser Gespräch.

Niemand antwortete. Ich sah in allen Räumen nach, doch die Wohnung war leer.

Mein Herz rutschte in meine Magengegend. Das bedeutete nichts Gutes. Rickarts Wut und Frust wegen Zeki waren vorhin nicht zu übersehen. Zeki hatte gut geschaltet. Nichts zwischen uns wies auf den Kuss hin. Trotzdem war die Situation beinahe eskaliert.

Bei dem Gedanken an Zekis Lippen auf meinen klopfte mein Herz noch schneller und mir wurde wieder heiß. Ich wischte die Erinnerung energisch beiseite. Ich war wegen Rickart hier. Das mit Zeki war ein Moment der Schwäche.

Bei uns beiden.

Ich brauchte keine Wahl, ich wusste, wem mein Herz gehörte. Daran änderte ein heißer Kuss nichts. *So heiß ...*

Ich checkte mein Smartphone.

›*Bin bei Ben*‹, hatte Rickart geschrieben. ›*Komme morgen zurück. Brauche Zeit zum Nachdenken.*‹

Also doch. Er war sauer. Und er dachte schlecht von mir. Gerade jetzt, als ich dachte, es gäbe Hoffnung für uns.

Ich setzte mich auf unser Sofa und fühlte mich unglücklich. Ich wollte ihn sehen. Ihm alles sagen und mich erklären. Irgendwie. Notfalls mit der Wahrheit.

Wieder bekam ich keine Gelegenheit dazu.

Die Nacht war einsam und Gedanken quälten mich, mein Schlaf war unruhig. Am nächsten Morgen, Montag, ging ich zum ersten Mal seit einer Woche zur Uni. Ich musste mich dazu zwingen, doch allein in der Wohnung zu sitzen kam nicht infrage. Ich wusste nicht, wann Rickart zurückkam, doch ich wollte nicht auf ihn warten.

Die Gedanken machten mich verrückt. Irgendwas musste ich tun und wenn es nur das Haus verlassen war.

Die Unruhe in mir wuchs mit jeder Minute. Ich war schreckhaft und reizbar, als säße jemand in meinem Nacken. Unsichtbar. Drängend. Mir lief die Zeit davon.

Acht Tage. Dreizehn Rosen. Die vier schwarzen ängstigten mich. Die Erinnerung an den Schmerz war furchtbar, aber wahrscheinlich nur ein Vorgeschmack dessen, was mich erwartete, wenn ich mehr Überführungen verpatzte.

Ich saß zwar in der Uni, doch ich bekam kein Wort von dem, was die Profs sagten, mit. Meine Gedanken kreisten unaufhörlich, ich schaffte es kaum, die anderen zu grüßen.

Nach den Vorlesungen ging ich lange spazieren. Ich brauchte Bewegung, vielleicht bekam ich so den Kopf frei.

Ich hoffte, dass sich etwas ergab. Ein Auftrag.

Gleichzeitig hoffte ich, dass nichts passierte.

Ich fühlte mich wurzellos und zerrissen. In mir stritten die Gefühle, weil ich einerseits nicht wollte, dass jemand starb, andererseits wollte ich am Leben bleiben.

›Die Menschen sterben sowieso‹, hatte Zeki gesagt.

Jeden Tag starben Menschen. Das bedeutete nicht, dass ich dabei sein wollte. Das bedeutete nicht, dass ich wollte, dass dieses Thema mein Leben beherrschte.

Jemand trat mir in den Weg. Ich sah auf und blickte in Zekis Gesicht. Es war angespannt. Bei seinem Anblick flatterte mein Herz. Unerwünscht und doch so stark, dass ich es nicht ignorieren konnte.

»Hier bist du«, sagte er. Seine Stimme war immer noch seltsam, wie gestern, als er gegangen war. »Ich habe nach dir gesucht.«

»Ich dachte, du findest mich immer«, erwiderte ich leise. Der Impuls, ihn zu umarmen, erwachte und wurde immer stärker. Ich fühlte mich so verloren, dass ich Halt brauchte.

Ich fürchtete nur, dass Zeki ihn mir nicht geben wollte. Ich sah immer noch sein erschrockenes Gesicht vor mir, nachdem wir uns geküsst hatten.

Der Kuss ...

Wieder schoss die Hitze durch meine Eingeweide. Ich kämpfte sie nieder. Das durfte nicht wieder passieren.

»Ich habe einen Auftrag.« Er reichte mir die Hand. Ich ergriff sie und es ging mir etwas besser. »Wie geht es dir?«

»Einigermaßen. Ich bin unruhig«, antwortete ich.

»Das verstehe ich. Uns läuft die Zeit davon. Eine Woche ist verdammt wenig Zeit.« Sein Blick traf meinen und hielt ihn fest. »Das heute wird hart, Klara. Wir müssen versuchen, die Patzer wieder gutzumachen.«

»Was bedeutet hart, Zeki?«

»Dass alles, was du bisher erlebt hast, ein Dreck dagegen ist. Schalte dich aus, soweit du kannst. Verschließ deine Gefühle in dir und versuch, nicht nachzudenken. Blende alles aus, was möglich ist. Ich bin bei dir und leite dich.«

Ich bekam Angst. Zekis Worte ließen mich das Schlimmste vermuten. »Wenn du weißt, was passiert, warum verhinderst du es dann nicht?«, fragte ich dünn.

Er hob die Augenbrauen, um seinen vollen Mund erschien ein harter Zug, der mich schmerzte. »Weil ich es nicht kann. Eins kannst du dir für dein Leben merken: Was geschehen soll, wird geschehen. Du kannst es vielleicht hinauszögern, aber nicht verhindern. Etwas hinauszuzögern kostet Kraft und Mühe, die an anderer Stelle wertvoller wären. Versuche nicht, das Schicksal zu ändern. Glaub mir, das macht alles nur schlimmer.« Er wandte sich um und lief los, meine Hand hielt er noch immer.

Seine Worte hallten in meinem Kopf nach. Ich wusste, was er meinte. *Anna.* Ich hatte mir ihren Namen gemerkt. Ich spürte seinen Schmerz. Mitleid durchflutete mich und ich drückte seine Hand. Er vermied es, mich anzusehen. Das machte es leichter, doch nun wuchs meine Angst.

Wir gingen an einen Ort, den ich bereits kannte: eine Konzerthalle. Ich hatte hier auch schon ein paar Bands gesehen, die letzte im Sommer. Die Akustik war nicht die Beste, dafür waren die Karten bezahlbar für Studenten.

Wir kamen an einem Plakat vorbei, das eine Band ankündigte. Sie spielte heute Abend, den Namen hatte ich noch nie gehört und das Plakat sprach mich auch nicht an. Doch wir waren nicht wegen des Konzerts hier. Mein Magen war ein Eisklumpen, als ich mich umsah. Ein paar Fans lagerten bereits vor der Halle, doch sie war verschlossen.

Hier kamen wir nicht hinein.

»Passiert es da drin?«, fragte ich.

»Ja, während des Konzerts. Wir haben noch Zeit, um uns vorzubereiten. Heute haben wir Glück im Unglück«, erwiderte er. Zeki führte mich zu einem Seiteneingang und schirmte mich mit seinen Flügeln ab.

Wir warteten, bis jemand von der Crew die Tür öffnete und herauskam. Sie fiel langsam genug zu, dass wir hinter ihm in das Gebäude schlüpfen konnten.

»Das wäre geschafft. Das Konzert fängt in einer Stunde an«, sagte Zeki. »Wir müssen die Zeit nutzen, um uns die Halle anzusehen und einen Überblick zu verschaffen.«

Wir erreichten die Konzerthalle und sahen uns um. Sie war unbestuhlt, wir konnten uns frei bewegen.

Wir schritten die Halle einmal ab und prägten uns die Fluchtwege ein. Bald hatte ich den Zuschauerraum und die Bühne aus jedem Blickwinkel gesehen.

»Gut«, sagte Zeki mit grimmiger Zufriedenheit. »Dort hinten ist ein passender Platz, an dem wir warten können. Er ist außerhalb der Zuschauermassen und wir haben die Halle im Blick. Wenn es losgeht, werden wir es sofort mitbekommen und können handeln.«

»Was wird passieren?«, fragte ich. Meine Stimme zitterte. Es war schrecklich, wie nüchtern an die Sache herangingen. Als würde ich darauf lauern. Es herbeisehnen. Ich biss mir auf die Lippe. Aber genau so war es doch.

»Das weiß ich auch nicht genau. Ich weiß auch nicht, wie viele Seelen du überführen musst. Tovi sagte nur, dass es mehrere sein werden und dass der Auftrag hart ist. Er hat ihn mir nicht gern gegeben, es aber doch getan, weil er von unserer Situation weiß. Klara, ich weiß, dass das einerseits eine Tragödie wäre, aber andererseits könnte es sein, dass du heute Abend deine Mission erfüllst oder dem Ende zumindest einen großen Schritt näherkommst.«

Ich blieb stehen und starrte ihn an. »Aber das bedeutet, dass heute dreizehn Menschen hier sterben.« Ich schlug die Hand vor den Mund. »Zeki, wir müssen den Veranstalter dazu bringen, das Konzert abzusagen!«

»Was habe ich dir vorhin gesagt?« Er packte meine Hand, zog mich zu sich heran und sah mir in die Augen. »Das Schicksal ist unveränderlich. Versteh das bitte!«

Doch ich fühlte mich wie taub. Angst kroch durch meinen Körper. Am liebsten wollte ich rennen. Ich wollte irgendwen ansprechen und ihn dazu bringen, dass das Konzert verhindert wurde.

Zeki fasste meine Hand fester und zog mich in eine Ecke des Saales. »Klara, hör damit auf. Bitte. Es bringt nichts. Es verbraucht deine kostbare Energie. Und am Ende wird es doch passieren.«

Ich hatte einen riesigen Kloß im Hals. Die Türen wurden geöffnet und die ersten Fans trafen ein. Mit einem Eisklumpen im Bauch sah ich zu, wie sich die Halle füllte.

Ich rechnete mit dem Schlimmsten.

Und ging davon aus, dass es noch schlimmer wurde.

ZEHN

(Rot: 14/ Schwarz: 4)

Der Saal füllte sich und die Band trat auf. Ich blendete die Musik aus und behielt die Fans im Auge. Sie waren ahnungslos. Feierten die Musik ihrer Lieblingsband.

Sie wussten nicht, dass heute noch etwas Schlimmes passierte. Die Glücklichen. Ich hätte gern mit ihnen getauscht.

Stattdessen stand ich mit pochendem Herzen an unserem Beobachtungspunkt, immer darauf gefasst, dass es gleich losging. Was immer es war.

Zeki stand mit verschränkten Armen neben mir, er war mindestens so angespannt wie ich. Ich wollte einfach nur weg. Der Druck war immens. Meine Angst auch. Am schlimmsten war die Ungewissheit, was es sein würde.

Drehte jemand durch und attackierte die Leute? Stürzte ein Teil der Halle ein? Meine Fantasie ließ mich zum Glück im Stich, bevor ich noch mehr Ideen bekam.

Die Bühnenshow bestand aus zuckenden Lichtern und Nebeleffekten. Es wurde immer wieder stockfinster in der Halle, wenn ein besonders dramatischer Moment erreicht war. Einmal zuckte ich heftig zusammen, weil eine Pyrotechnik losging und alles in Dunst hüllte.

Dann kam ein Spotlight auf den Leadsänger. Mein Herz schlug mir bis zum Hals. Das gehörte zur Show. Das war geplant.

Ein schneller Song begann und die Menge flippte aus. Sie tanzten wild und sangen laut mit. Neben mir spannte Zeki alle Muskeln an und verlagerte seinen Stand.

Warum?

Da sah ich es: Rauch stieg zwischen den Tanzenden auf. Eine rote Wolke erhob sich. Dann gab es einen ohrenbetäubenden Knall. Das kannte ich von Fußballspielen im Fernsehen: Bengalos!

Ein paar Sekunden schienen alle wie gelähmt. Die Band kam aus dem Takt, der Frontmann brüllte etwas in sein Mikrofon, das ich nicht verstand.

Jemand schrie auf und der Nebel verdichtete sich. Ich vermutete dass eine der Fackeln zu Boden gefallen war und jemanden verletzt hatte.

Wieder schrie jemand.

Die Musik stoppte jäh. »Hört mit der Scheiße auf, verdammt!«, rief der Frontmann wütend, doch es war zu spät: Der Nebel war so dicht, dass ich die Leute kaum noch sah. Es waren noch mindestens drei weitere Fackeln an. Dann erscholl ein Alarm, vielleicht von der Brandmeldeanlage.

Jetzt kam Panik auf. Es war, als verändere sich die Stimmung in der Halle in einer Sekunde. Die Ausgelassenheit verschwand und machte nackter Angst platz.

Menschen schrien und es kam Bewegung in die Menge.

Zeki drängte mich in unsere Ecke zurück. Licht ging an, doch es war diffus, der Nebel verzerrte alles und machte die Lage unübersichtlich. Der Lärm war ohrenbetäubend. Die Menschen rannten blind auf die Ausgänge zu. Der Sänger rief immer wieder in sein Mikrofon, dass die Leute sich beruhigen sollten.

Der rote Rauch füllte die Halle. Es roch verbrannt. Es knallte erneut. Und dann noch einmal.

Zeki knurrte und zog mich an der Wand entlang zur Bühne. »Zeki, was ...«, begann ich, doch ich ahnte, was auf mich wartete. Die Menschen waren wie von Sinnen, sie rannten wie eine Stampede auf die Ausgänge zu. Die Türen verkeilten sich, es schrien immer noch Leute.

Zeki packte meine Hand und zerrte mich zur Bühne. Dort lag eine Frau auf dem Boden. Ein paar Meter weiter eine zweite. Ich blieb stehen und starrte sie an. Erinnerte mich an die ganzen Konzerte, die ich schon besucht hatte.

So etwas konnte immer passieren. Nur ein paar Idioten reichten dazu. Ich fühlte mich überfordert.

Zeki packte mich an der Schulter. »Mach einfach unseren Job!«, sagte er hart und schob mich vor.

Ich musste. Ich wollte. Ich hatte keine Wahl, also rannte ich los, umrundete ein paar andere Menschen und kam vor der ersten Frau auf die Knie.

Es ging schnell. Sie hatte die Böller voll abbekommen. Ich konzentrierte mich auf ihr Gesicht, wischte ihr etwas Blut von der Wange. Mein Herz hämmerte so laut, dass ich nichts anderes hörte. Ich nahm ihre Hand und erschuf die Funken. Da war es schon vorbei. So schnell, dass ich das Letzte Bild kaum wahrnehmen konnte. Nur einen Sonnenaufgang schnitt ich mit.

Zeki zerrte mich hoch und ich stolperte zu der Zweiten. Sie war gestürzt und unter die Leute gekommen. Wieder versuchte ich, ihre Verletzungen auszublenden. Ich konnte nur für sie da sein. Ihr irgendwie zeigen, dass sie nicht allein war. Die Funken stoben um uns herum wie ein Wirbelsturm aus Glühwürmchen. Das Bild war intensiver, es zeigte mir ihre Eltern und wie sie sie beide umarmten.

Ich zerrte ihre Seele in das Licht, dann war sie verschwunden und ihr lebloser Körper alles, was von ihr übrig war.

Tränen rannen über mein Gesicht, als Zeki mich wieder auf die Füße zog und zu dem nächsten Körper auf dem Boden schubste. Und dann zu noch zwei Weiteren. Die Funken blieben einfach da, sie tanzten um mich wie eine Wolke, die auf ihren Einsatz wartete. Doch mit jeder Seele wurden sie schwächer.

Meine Sicht verschwamm, ich taumelte nur noch. Ich hatte keine Kraft mehr, meine Knie waren weich und mein Atem brannte in meiner Kehle. Blind sah ich mich um, ich wusste nicht, wohin ich gehen sollte.

Zeki zerrte wieder an mir. »Klara, verdammt, komm weiter! Scheiße!«, fluchte er. Sanitäter kamen angerannt. Ich warf einen Blick über meine Schulter. Überall saßen Verletzte. Ich sah ein Mädchen weinen, dessen Freund eine Kopfwunde hatte.

›Nein, er nicht‹, dachte ich und wusste nicht einmal, woher ich diese Gewissheit nahm. Daneben lag ein weiterer Junge auf dem Boden.

›Er‹, schoss es mir durch den Kopf.

Zeki zog mich zu ihm, doch die Sanitäter kamen mir zuvor. Ich kam an den Sterbenden nicht ran. Meine Beine fühlten sich an wie aus Gummi.

Zeki packte meine Hand und zerrte mich zurück. Seine Miene war wutverzerrt. Ich starrte auf meine blutverschmierten Hände. Sie zitterten unkontrolliert. Wie viele waren es noch? Wie viele hatte ich nicht geschafft?

Dann kam der Schmerz. Er brannte wie Säure in meinem Körper und war noch viel schlimmer als alles, was ich zuvor erlebt hatte. Ich sah in Zekis silbergraue Augen, dann wurde ich ohnmächtig.

Meine Lider flatterten, als ich zu mir kam. Mein Körper bestand aus Schmerz. Ich wusste nicht, wo ich war, aber das war egal. Ich konnte mich ohnehin nicht konzentrieren. Das Zimmer, in dem ich lag, kannte ich nicht.

Ich konnte mich kaum rühren, es dauerte, bis sich meine Erinnerungsfetzen zusammenfügten. Dann kam alles zurück: Das Konzert. Die Panik. Die Toten.

Ich hob meine Arme. Mein Rechter war voll, doch auch auf dem Linken hatte sich etwas getan. Ich bekam Gänsehaut, als ich die neuen Roten sah. Und mir wurde schlecht, als ich die neuen Schwarzen sah. Es kostete mich Kraft, sie zu zählen: Neunzehn Rote. Sieben Schwarze.

Ich hatte fünf Seelen überführt. Und drei verloren.

Jetzt verstand ich Zekis Gesichtsausdruck, bevor ich ohnmächtig wurde. Es war keine Wut. Es war Angst. Verzweiflung. Diese Gefühle kamen auch über mich.

Ich drehte mich auf die Seite und rollte mich zu einem Päckchen zusammen. Dabei streifte mein Blick ein Bild an der Wand. Onie und ich. Jetzt wusste ich endlich auch, wo ich war: Zeki hatte mich zurück in Onies Wohnung gebracht und in ihr Bett gelegt.

»Zeki?«, flüsterte ich. »Bist du da?«

Niemand antwortete. Warum war ich allein?

Ich rief nach Onie, obwohl ich ahnte, dass sie nicht hier war, sonst läge ich auf der Couch. Bestimmt war sie bei Jasper. Ich wusste nicht einmal, wie spät es war. Wie viel Zeit ich verloren hatte.

Irgendwie schaffte ich es, mich aufzusetzen. Mein Körper brannte wie Feuer, gerade nahm der Schmerz wieder zu. Ich keuchte und krümmte mich zusammen. Ich brannte aus. Es war, wie Zeki gesagt hatte: Mit jeder Seele, die ich überführte, verlor ich mehr Energie. Und ich hatte keine Idee, wie ich sie wiederbekommen sollte.

Schweiß rann über mein Gesicht und vermischte sich mit meinen Tränen. Mein Atem ging stoßweise und ich war kurz davor, erneut das Bewusstsein zu verlieren. Ich verlor mich in dem Schmerz. Er löschte alles andere aus, machte das Denken unmöglich. Mein Schädel dröhnte und mein Körper fühlte sich an, als fließe Feuer durch meine Venen. Ich konnte mich nicht bewegen, nicht einmal schreien.

War es das? Fühlte es sich so an, zu sterben?

»Zeki«, flüsterte ich wieder, doch ich rechnete mit keiner Antwort. Ich war auf mich allein gestellt.

Der Schmerz in meinem linken Arm nahm zu, doch ich schaffte es nicht, ihn mir anzusehen. Die Angst war zu groß, dass ich einen Auftrag verpasst hatte. Sieben schwarze Rosen. Noch zwei und es war vorbei. Endgültig.

Ich zog die Beine noch enger an. In meinem Zustand konnte ich nichts tun. Ich war außer Gefecht gesetzt. Und niemandem eine Hilfe.

»Zeki«, flüsterte ich noch einmal.

Gänsehaut überzog meine schmerzende Haut, als Finger über meine Wange strichen. »Hey.« Seine Hand war kühl, er linderte meine Qualen ein wenig.

Er streichelte meinen linken Arm und hob ihn an. Zwischen seinen Augenbrauen bildete sich eine Falte, dann hellte sich seine Miene auf. »Es hat funktioniert.«

»Was denn?«, fragte ich matt. Es tat gut, ihn zu sehen. Seine Berührung half ein wenig.

»Ich habe einen Deal gemacht. Mit Tovi. Er hat dir drei Seelen zugeschanzt, ohne dass jemand etwas merkt. Du konntest ja auch nicht. Gut, dass es funktioniert hat. Der Transfer ist nicht einfach, aber er konnte es so drehen, dass nicht einmal Noam etwas bemerkt. Jetzt sind es zweiundzwanzig Rote. Klara, nur noch fünf in sieben Tagen. Wir sind wieder im Spiel.«

Es dauerte, seine Worte zu verstehen. »Drei Seelen ...«

»Fast geschenkt«, nickte er.

»Aber wie?«, fragte ich.

»Dir das in allen Einzelheiten zu erklären führt zu weit. Akzeptier einfach, dass Tovi das für uns gemacht hat.«

Ich wollte ja, aber in mir regte sich Widerstand. Ich kam auf die Beine und wankte aus Onies Schlafzimmer. Ich sollte nicht mit Zeki im Bett liegen. Schon gar nicht, weil es sich gut anfühlte, wenn er meine Haut streichelte.

Ich brauchte einen klaren Kopf.

»Ist den Menschen denn geholfen worden?«, fragte ich.

»Ja, ihre Seelen wurden geleitet.« Zeki folgte mir. Ich sah seine Verwirrung. Er verstand nicht, warum ich keine Luftsprünge vor Freude machte und ihm auf Knien dankte.

Ich wollte ja, aber ich schaffte es nicht. In mir war alles leer und gleichzeitig so übervoll, dass ich nicht wusste, wohin mit mir. Ich wollte rennen. Gleichzeitig wollte ich mich für immer in Onies Bett verkriechen.

Ich schnappte einen meiner Pullover aus meiner Reisetasche und zog ihn schnell über. Ich wollte mir die drei neuen Roten nicht ansehen. Ich konnte es auch nicht.

»Ich verstehe dein Problem nicht.« Er lehnte gegen den Türrahmen. »Freust du dich nicht, dass du dem Ziel nähergekommen bist? Nur noch fünf und du hast es geschafft. Ich dachte, du freust dich, dass ich dir helfe.« Seine Stimme war vorwurfsvoll, ich hatte ihn verletzt.

»Das tue ich, aber zu welchem Preis? Was musstest du Tovi versprechen, damit er dir hilft?«, fragte ich. »Und ich kann es nicht leiden, dass über Menschen wie über eine Ware gesprochen wird.«

»Klara, verdammt. Darum geht es doch gar nicht«, sagte er und schnaubte frustriert. Jetzt sah er wieder aus wie bei unserem Kennenlernen. »Ich weiß nicht, warum du dich so sperrst. Dir läuft die Zeit davon. Und was die Sache mit Tovi angeht: Das ist geregelt und muss dir keine Sorgen machen. Es geht einfach nicht anders. Und wenn du damit nicht endlich deinen Frieden machst, machst du es dir nur unnötig schwer. Versteh doch, dass wir nah dran sind.«

»Ähm, störe ich?«

Mir wurde heiß und kalt zugleich, als ich Onie hinter Zeki stehen sah. Sie war leise hereingekommen und stand jetzt mit weit aufgerissenen Augen in ihrem Flur. Ihren Haustürschlüssel hatte sie noch in ihrer Hand.

Scheiße. Gott sei Dank waren wir nicht mehr in ihrem Schlafzimmer. Dann wäre alles aus.

»Nein, tust du nicht«, sagte ich kratzig. »Ich denke, für heute ist alles gesagt, oder, Zeki?«

Er warf mir einen Blick zu. »Ja. Für heute. Ich melde mich.« Er drückte sich an Onie vorbei. »Entschuldige die Störung, Leonie.« Dann war er zur Tür heraus.

Onie sah ihm hinterher, ihr Gesicht war zu einem hilflosen Grinsen verzerrt. Langsam, wie eine gruselige Puppe, drehte sie sich mir zu. Ihre braunen Locken waren zerzaust, die Augen weit aufgerissen.

»Klara, *what the fuck*?«

»Das wüsste ich auch gern«, flüsterte ich und sank in ihre Sofakissen. Ich fühlte mich elend. Mir tat immer noch alles weh und mein Schädel brummte. Onie ließ mich nicht aus den Augen. Sie hatte Redebedarf. Und ich konnte keine ihrer Fragen ehrlich beantworten.

Es dauerte, bis ich sie davon überzeugt hatte, dass Zeki nicht dem organisierten Verbrechen angehörte und ich ihm keine Nieren besorgen musste.

»Er hat mich bei einem Programm angemeldet«, erzählte ich ihr mit aller Geduld, die ich aufbrachte. Das kostete mich die letzte Kraft, aber es musste sein. »Speziell für Traumapatienten. Es soll mir helfen, wieder in die Spur zu bekommen. Aber es ist echt hart. Jeden Tag warten andere Aufgaben auf mich, die mich stabilisieren sollen. Gestern waren wir auf einem Konzert von einer Band, die ich nicht kannte. Es ging darum, mich auf neue Dinge einzulassen.«

»Ich hoffe, ihr wart nicht in der Sporthalle. Dort gab es eine Massenpanik mit Toten«, sagte Onie. Ich zauderte und ihre Augen wurden noch größer. »Du warst da?«

»Ich habe Erste Hilfe geleistet«, sagte ich leise. »Es war furchtbar. Ich hatte noch nie solche Angst. Darum ging es eben auch. Zeki versucht zu helfen und meistens funktioniert es, aber er ist kompromisslos und ungeduldig. Er hat sich in den Kopf gesetzt, dass ich das Programm schaffen soll. Ich muss auch, sonst fliege ich raus.«

»Aber das ist doch keine Hilfe für Leute, denen es psychisch nicht gut geht!«, sagte Onie erbost. »Wem hilft es denn, wenn er so unter Druck gesetzt wird, dass er nicht mehr klar denken kann?«

»Ich weiß. Aber der Erfolg hinterher spricht wohl für sich.« Ich starrte aus dem Fenster. Es war schon Nachmittagg. Ich verschlief die Tage, weil ich so erschöpft war, und konnte mich nicht mehr daran erinnern, wann ich das letzte Mal von morgens bis abends richtig wach war.

»Heute ist der vierundzwanzigste November, oder?«
Onie checkte ihr Smartphone. »Genau. Dienstag.«

»Sechs Tage dauert das Programm noch.«

Sechs Tage, fünf Seelen. Ja, das war machbar. Wenn ich nicht wieder versagte.

»Klara, ich hab kein gutes Gefühl dabei. Kannst du Zeki nicht sagen, dass du aufhören willst?«, fragte Onie.

»Das ist nicht so einfach.«

»Wer ist Tovi?«, fragte sie. Verdammt, wie viel hatte sie von dem Gespräch mitbekommen? Das Eis, auf dem ich mich bewegte, wurde immer dünner.

»Ein Freund von ihm, der sich um das Programm kümmerte.« Ich zögerte und rang mit mir, was ich ihr erzählen konnte. »Ich habe zwei Etappen nicht geschafft. Zeki hat es mit Tovi so gedreht, dass ich trotzdem noch dabei bin. Tovi ist dafür zuständig, die Etappen zu erfassen und den Status zu überblicken.«

Ich hatte ein schlechtes Gewissen, weil mir die Lügen so leicht über die Lippen gingen. Weil die Erklärungen mittlerweile so gut waren, dass sie Onie den Wind aus den Segeln nahmen. Sie raufte ihre Locken.

»Verdammt, das gefällt mir nicht.« Onie war ernsthaft verzweifelt, dabei wusste sie gar nicht, *wie* schlimm die Lage war. »Willst du nicht lieber Rickart anrufen?«

»Was soll Rickart denn machen?« Ich erzählte ihr von Sonntag. Von unserem Kuss und Zekis Auftauchen.

Onie seufzte, als ich von Rickarts Reaktion berichtete. »Schon gut, ich verstehe, warum du nicht willst.«

»Es ist nicht, dass ich nicht will«, berichtigte ich sie. »Ich will unbedingt. Ich will, dass wir wieder zusammen sind. Aber er unterstützt mich nicht. Er macht es mir nicht leichter. Im Gegenteil. Er ist eifersüchtig und wenn ich zu ihm gehe, wird er viel Zeit dafür verlangen, alles zu verstehen. Wenn Zeki dann noch einmal auftaucht, werden wir uns wieder streiten. Das schaffe ich gerade nicht. Ich muss jetzt durchhalten und ihn hinterher überzeugen.«

Onie sah mich zweifelnd an. »Ich hoffe, du weißt, dass es das nicht einfacher macht. So hat er viel zu viel Zeit zum Nachdenken. Da kann man nur auf dumme Gedanken kommen.«

»Ich weiß. Kannst du einfach an meiner Seite bleiben? Und mich hier noch bis Ende des Monats wohnen lassen? Ich denke, wenn ich das Programm geschafft habe, bekomme ich das mit Rickart hin. Seit Sonntag habe ich wieder Hoffnung, dass ich ihm noch nicht egal bin.«

»Du warst ihm nie egal, Klara. Wie kommst du darauf?«, fragte sie sanft.

Wieder fehlten mir die Worte.

Wir verbrachten den Nachmittag auf der Couch.

Ich entschuldigte mich bei Axel und Yuko, weil ich es nicht zu meiner Schicht schaffte. Ich war nicht in der Lage, im Café auszuhelfen, meine Kraftreserven waren leer. Ich kam kaum vom Sofa hoch und döste immer wieder ein.

Onie kochte und zog sich früh in ihr Schlafzimmer zurück, weil sie am nächsten Tag eine Klausur schrieb. Ich dämmerte bald auf dem Sofa weg.

Mitten in der Nacht schreckte ich aus dem Schlaf hoch. Ich war schweißgebadet und mein Herz hämmerte gegen meine Rippen. Hatte ich schlecht geträumt? Ich konnte mich nicht erinnern, aber mein Puls war so hoch, dass ich nicht wieder einschlafen konnte.

Die Uhr zeigte halb drei. Ich schloss die Augen und stöhnte, dann stand ich auf. Es war zwecklos, ich fand keine Ruhe. Leise, um Onie nicht zu wecken, schlich ich durch die Wohnung, spürte einen starken Drang, rauszugehen. Ich hatte meinen Mantel schon in der Hand, als ich verstand, was los war. Ich schüttelte den Kopf. Wo wollte ich denn hin?

Ohne klaren Gedanken zog ich Mantel und Stiefel an und verließ die Wohnung. Erst viel später, als ich allein durch die Nacht ging, wurde mir klar, was ich tat.

Zumindest, *dass* ich es tat, nicht, warum.

Mein Kopf schwirrte. Alle Gedanken, die ich bis hierher verdrängt hatte, kamen wieder hoch.

Ich durfte mich davon nicht fertigmachen lassen. Wenn die Angst mich lähmte, hatte ich verloren.

Ich folgte der Straße ohne Ziel. Es war anders als sonst, es gab keinen unsichtbaren Faden, dem ich folgte. Ich fühlte mich ruhelos und verloren. Durch Zekis Einsatz bestand wieder Hoffnung. Sowohl das Konzert als auch sein Deal mit Tovi hatten uns wieder ins Spiel gebracht.

Ich fühlte mich dennoch schlecht. Ich hatte Angst, dass der Schwindel aufflog. Dass uns die drei Seelen wieder aberkannt wurden. Dann war es aus.

Ich hatte auf dem Konzert mein Bestes getan, mehr war nicht möglich. Dass mir die drei, die ich nicht geschafft hatte, dennoch angelastet wurden, war unfair und ich haderte damit. Es war nicht so wie bei dem Autounfall, als ich den Blackout hatte. Das war auch hart, aber vielleicht machbar. Aber neun Seelen in der kurzen Zeit?

Ich starrte auf den Boden, auf dem Frost glitzerte. Der Asphalt war verschwunden, stattdessen lief ich auf Sand. Daneben bedeckte der Nachtfrost Grashalme.

Ich sah mich um. Ich war im Stadtpark, dabei sollte ich ihn lieber meiden, wenn ich Ärger aus dem Weg gehen wollte. Trotz aller Sorgen durfte ich das Offensichtliche der Realität nicht vergessen: Ich war eine Frau, die mitten in der Nacht allein durch Barmbek lief. Das war keine gute Idee und ich musste aufpassen, um nicht noch größeren Ärger zu bekommen.

Außerdem ging es mir nicht gut, ich hätte kaum eine Chance, mich zu wehren. Mit jeder Minute wurden meine Schritte langsamer. Mein Atem ging schwerer. Ich wusste nicht, wie ich die letzte Woche überstehen sollte.

Wo auch immer die Kraft hergekommen war, die mich aus dem Haus getrieben hatte, sie versiegte gerade und ich fühlte mich wieder so schlapp wie zuvor.

Jemand kam mir entgegen. Ein Mann mittleren Alters. Er torkelte. Ich machte ihm Platz, mied seinen Blick, um keinen Ärger zu provozieren. Er taumelte an mir vorbei und griff sich plötzlich ans Herz. Mit einem Keuchen ging er in die Knie.

In meinem Kopf schrillten sämtliche Alarmglocken. Ich zögerte nicht und eilte zu ihm. Sein Atem ging heftig, sein Gesicht war kreidebleich und schweißüberströmt. Seine dunklen Augen sahen mich flehend an.

›*Das hier ist kein Auftrag*‹, entschied ich und biss die Zähne zusammen. ›*Der Mann ist krank. Und ich muss ihm helfen. Hier geht es um keine Seele, sondern um sein Leben.. Tu was, Klara!*‹

Ich zückte mein Handy und rief einen Krankenwagen. Es dauerte nicht lang, da waren in der Ferne die Sirenen zu hören. Jetzt, bei Nacht, waren sie umso schriller. Ich redete leise auf den Mann ein und versuchte, ihn zu beruhigen.

Er würde nicht sterben. Nicht heute Nacht. Ob er ein Auftrag für mich war oder nicht, spielte keine Rolle.

Der Rettungswagen kam an und Sanitäter übernahmen seine Versorgung. Ich wich zurück und sah ihnen dabei zu. Mein Kopf war wie leergefegt. Meine Arme prickelten.

»Interessante Aktion«, erklang eine bekannte Stimme hinter mir. Ich bekam Gänsehaut und drehte mich um.

Hinter mir stand Noam, die Arme vor der Brust verschränkt. Sein Lächeln war herablassend und mitleidig, die dunkle Augenbraue hatte er spöttisch gehoben. »Man könnte meinen, du hättest deinen Auftrag immer noch nicht verstanden.«

»Er war kein Auftrag für mich. Was hätte ich denn tun sollen?«, fragte ich und ballte die Hände zu Fäusten.

»Vielleicht ein paar Minuten warten.«

Ich sah ihn sprachlos an. Seine Kaltschnäuzigkeit verschlug mir die Sprache.

»Mir ist da übrigens etwas Interessantes aufgefallen«, sagte er und verringerte die Distanz zwischen uns. »Wenn ich mir jetzt deine Arme anschaute, was sähe ich dann, Klara? Wie viele rote Rosen hast du mittlerweile?«

Er belauerte mich. Er wusste etwas.

»Zweiundzwanzig«, erwiderte ich. Meine Stimme war brüchig, ich bekam Angst. Wenn er es herausfand, war ich geliefert. Dann war ich so gut wie tot, keine Ahnung, was sie mit Zeki machen würden.

Noams silberne Augen verengten sich. »Interessant, findest du nicht auch? Diese drei Seelen, die heute dazukamen ... Was für ein Glücksgriff.«

›Er weiß es!‹

Mein Herz schlug mir bis zum Hals, ich wich vor ihm zurück. Er beobachtete mich wie eine Schlange eine Maus. Lauernd. Bereit, zuzuschlagen, sobald sich die Gelegenheit bot. Ich wartete mit angehaltenem Atem, dass er mir genüsslich die Konsequenzen meines Handelns erklärte. Mir die drei Roten wegnahm. Oder sie zu Schwarzen machte. Dann starb ich noch heute Nacht.

»Was hast du zu deiner Verteidigung zu sagen?«

»Dir sage ich gar nichts«, stieß ich hervor. Ich würde ihm nicht noch Munition geben. Ich ballte die Hände zu Fäusten und wappnete mich. Ich würde mich nicht vor ihm rechtfertigen. Er hatte mir nichts zu sagen und war nicht mein Richter. Und auf keinen Fall würde ich Zeki weiter hineinreiten.

Er packte mich am Arm. »Ich weiß, dass das nicht mit rechten Dingen zugegangen ist!«, raunte er in mein Ohr. Die Gänsehaut überzog meinen ganzen Körper, so stark, dass sie schmerzte. Ich war schockstarr. »Und sobald ich herausgefunden habe, wie Zedekiah es gemacht hat, sorge ich dafür, dass ihr die entsprechende Strafe bekommt.«

›Er hat keine Beweise!‹ Ich riss die Augen auf und starrte in sein Gesicht. In die silbergrauen Augen, die mich wütend musterten. Sie waren nicht einmal hasserfüllt, ich sah fast nur Frust. Was war sein verdammtes Problem? Warum konnte er mich nicht einfach in Ruhe lassen?

Ich riss mich los und wich vor ihm zurück. »Kümmere dich um deine eigenen Angelegenheiten, Noam! Ich habe dir nichts zu sagen.«

Er ließ mich nicht entkommen. Mir brach kalter Schweiß aus. Seine Nähe war unangenehm. Bedrohlich. Ich wusste, dass er mir nicht wehtun würde, aber ich bekam Angst um Zeki. Noam ließ keinen Zweifel daran, dass er alles tun würde, um uns bloßzustellen.

»Das *sind* meine Angelegenheiten. Mindestens so sehr wie deine«, zischte er. »Ich bin Teil deiner Mission, ob es dir gefällt oder nicht.«

»Es gefällt mir nicht. Und ich glaube nicht, dass dein Leben von meiner Mission abhängt.« Mein Herz klopfte so laut, dass ich meine eigene Stimme kaum hörte. Meine Kehle schnürte sich zu.

Noams Augen verengten sich. »Nein, das nicht. Und eigentlich bist du dafür zu bedauern, dass du das Pech hattest, Zedekiah zugeteilt zu werden. Du bist schlussendlich die Leidtragende für sein Versagen.« Er trat noch näher an mich heran. Hinter mir war eine Hauswand, ich konnte nirgendwohin. Sein Atem strich über mein Gesicht. »Ich habe noch nie einen Seelensammler verloren, Klara. Und bei mir stand noch nie jemand sechs Tage vor Ende der Mission mit sieben schwarzen Rosen da, obwohl ich immer mehrere gleichzeitig betreue. Noch nie, hörst du? Ich mache den Job seit über dreihundert Jahren. Es war ein dummer Fehler, mein Angebot abzulehnen, aber das hast du sicher schon verstanden. Wenn Zedekiah nicht noch fünf weitere Seelen aus dem Hut zieht, wird es eng für dich. Schade eigentlich. Ich mag deinen Biss. Wie du dich durchkämpfst, ist beeindruckend. Deine Mission wäre normalerweise ein Selbstgänger, wahrscheinlich hätten wir nicht einmal eine Woche zusammen gebraucht.«

Er trat zurück, ein maliziöses Lächeln umspielte seinen Mund, bei dem es mir eiskalt den Rücken hinunterlief. »Wer weiß, vielleicht überraschst du uns ja. Sechs Tage hast du noch. Ich werde interessiert zuschauen.«

»Danke, aber auf dein Interesse lege ich keinen Wert.« Ich wich zur Seite aus und brachte endlich ein bisschen Raum zwischen uns.

Noam legte den Kopf schief und ließ mich nicht aus den Augen. »Du solltest nicht unterschätzen, welchen Einfluss wir auf dein Leben nehmen können.«

»Ist das jetzt auch noch eine Drohung? Reicht es nicht schon, was ihr mit mir macht? Wollt ihr jetzt auch noch meine Freunde ins Spiel bringen?« Meine Stimme wurde immer lauter. Der Rettungswagen fuhr gerade ab, der Todesengel und ich waren allein. Es war mir egal, ich platzte vor Wut. »Du bist das Letzte, weißt du das? Und ich bin froh, dass ich dein Angebot abgelehnt habe! Lieber beiße ich mich mit Zeki durch, als von jemandem wie dir abhängig zu sein!« Noam holte Luft, um mir zu antworten, da überzog Gänsehaut meine Arme.

»Ich denke, es reicht jetzt.« Zeki stand neben uns und stellte sich jetzt vor mich. Ich war so wütend, dass ich am liebsten um ihn herumgegangen wäre, um Noam weiter anzuschreien, doch er griff nach meinem Arm und hielt mich fest. ›Warte. *Das ist meine Sache.*‹

Ich zuckte zusammen. Hatte er das gesagt? Gedacht? Oder hatte ich einfach seine Körpersprache interpretiert?

Ich blieb stehen und wartete. Zeki redete in einer fremden Sprache mit Noam. Ich verstand die beiden nicht, doch der Tonfall war alles andere als freundlich. Noam schnaubte verächtlich, dann hörte ich Schritte.

»Denk an meine Worte, Zedekiah. Und du wirst es noch bereuen, Klara! Versprochen! Die letzte Rose ist immer die schlimmste!«, rief er über seine Schulter.

Dann war er verschwunden.

Zeki drehte sich zu mir um. Seine Miene war verzweifelt. Was auch immer Noam zu ihm gesagt hatte, es hatte ihn getroffen und wütend gemacht. »Was machst du denn bloß?« Er klang nicht sauer, eher ratlos.

»Ich drehe anscheinend durch«, flüsterte ich und sah zu Boden. Die Wut wich einem leeren Gefühl und ich kam mir klein und töricht vor. Der Streit mit Noam brachte mich nicht weiter. Ich vergeudete nur weitere Energie.

Zeki hob mein Kinn an. Wieder prickelte seine Berührung auf meiner Haut und Wärme füllte meinen Körper, die viel zu schnell zu Hitze wurde.

Ich erinnerte mich an unseren Kuss. Ich wollte, dass er sich wiederholte. Jetzt. Sofort. Ich wollte, dass er weitermachte. Und dann weiter. Und weiter.

Es kostete mich Kraft, ihn anzulächeln und langsam einen Schritt zurückzumachen. Ich wollte ihn nicht verletzen, aber wenn ich mich seiner Berührung nicht entzog, konnte ich nicht widerstehen. Zwischen uns durfte nichts mehr passieren. Egal, wie sehr ich es wollte. Vor allem jetzt, nach dieser schrecklichen Nacht.

Rickart. Ich musste an Rickart denken. An den Mann, dem mein Herz gehörte.

Er bemerkte es trotzdem und ich sah ihm an, dass es ihm genauso schwerfiel wie mir. Verdammt, das machte es nicht leichter. Zu wissen, dass er sofort mitmachen würde, machte die Sache nur noch verlockender.

»Ich bringe dich nach Hause«, sagte er und drehte sich weg. »Du musst dich ausruhen. Morgen geht es weiter.«

»Noam sagte, dass wir es nicht schaffen«, murmelte ich. Mittlerweile fror ich erbärmlich und ich war todmüde. Meine Beine fühlten sich bleischwer an. Warum hatte ich die Wohnung verlassen? »Meinst du, er hat mich zu sich gelockt?«

Zeki knurrte. »Diesem Idioten ist alles zuzutrauen.«

»Das habe ich auch schon bemerkt.«

»Wir schaffen es, Klara. Das verspreche ich dir.« Zeki blieb stehen und nahm meine Hand. Wieder prickelte die Berührung, doch dieses Mal hatte ich mich im Griff.

Ich schaffte ein schmales Lächeln.

Sein Gesicht war aufrichtig, als er zurücklächelte. Er meinte es ernst. Trotzdem wurde ich das Gefühl nicht los, dass auch er mehr hoffte als glaubte.

ELF

(Rot: 22/ Schwarz: 7)

Zeki brachte mich nach Hause und versprach mir, sich um alles Weitere zu kümmern. »Morgen steht der nächste Auftrag an«, sagte er. »Ich werde alles vorbereiten, damit es für dich so einfach wie möglich wird.«

»Danke«, murmelte ich. Ich wusste nicht, was ich sonst dazu sagen sollte. Es war notwendig und unvermeidlich.

»Versuch, noch ein bisschen zu schlafen. Und bitte treib dich nicht mehr draußen herum«, sagte er sanft.

»Versprochen.« Ich beobachtete, wie er verschwand, dann schleppte ich mich auf Onies Couch und sank in einen tiefen Schlaf, aus dem ich erst am Mittag erwachte.

Onie war schon zur Uni gegangen und ich ließ mir Zeit damit, mich fertigzumachen. Mir blieb nichts anderes übrig, als auf Zeki zu warten. Auf den nächsten Auftrag, bei dem ich hoffen musste, dass Zeki sein Versprechen hielt.

›Ich mache es dir so einfach wie möglich.‹

Das war immer noch schlimm genug, aber ich würde es tun. Ich musste meine Gefühle deswegen ebenso in mir verschließen wie diese unheimliche Anziehungskraft zwischen Zeki und mir.

Ich konnte sie mir nicht erklären. Sie war so stark, dass ich ihr kaum widerstehen konnte. Ich verstand nicht, woher sie kam. Ich wollte mich nicht so fühlen. Und doch ließ ich mir selbst keine Wahl.

Er sagte es nicht, doch ich spürte, dass es ihm genauso ging. Er hielt sich zurück, aber gäbe ich ihm ein Signal ... Ich sollte nicht darüber nachdenken. Sechs Tage noch, dann war die Mission vorbei und wir sahen uns nie wieder.

Hoffentlich.

Hoffentlich nicht.

Ich biss mir auf die Lippe. Ich drehte wirklich durch.

Außerdem hatte ich noch mehr Probleme, denn das Gespräch mit Noam ging mir nicht mehr aus dem Kopf. Es verdrängte sogar das Verlangen nach Zeki. Mich beschäftigten Noams Worte, aber auch seine Wut, die er einfach an mir ausließ. Es konnte doch nicht sein, dass er mir meine Ablehnung dermaßen nachtrug. Dass er mich so bedrängte und mir drohte. Ein eiskalter Schauder rann über meinen Rücken. Ich hatte Angst davor, dass er seine Drohung wahrmachte. Dass die Engel auf Rickart zugriffen. Auf Onie. Auf meine Eltern in Flensburg.

Ich starrte auf meine Arme und bemühte mich, ruhig zu atmen. Das war Unsinn. Übertrieben.

Egal, was Noam behauptete, Zeki war an meiner Seite, nicht er. Ich vertraute Zeki und ich hatte bei Noam kein gutes Gefühl, trotz seiner Versprechen, dass er der bessere Helfer für mich wäre. Seit letzter Nacht war ich von Unruhe erfüllt. Noam war so wütend, ich konnte nicht glauben, dass meine Ablehnung der alleinige Grund dafür war.

Er ahnte, dass mit den letzten drei Seelen etwas nicht stimmte. Er würde weiter versuchen, herauszufinden, was es war. Ich hoffte, dass Tovi so ein guter Freund war, wie Zeki glaubte.

›Mit mir an deiner Seite hättest du deine Mission innerhalb einer Woche erfüllt.‹

Was für eine Arroganz. Und dennoch glaubte ich ihm, dass er in seinem Job gut war. In seinem Eigentlichen zumindest. Als Zekis Vorgesetzter taugte er nichts. Als unser Unterstützer auch nicht. Er war nicht auf meiner Seite.

Zeki hingegen schon. Auch für Zeki hing viel davon ab, dass ich es schaffte. Er würde auch alles dafür tun.

Ich versuchte, das Gespräch abzuschütteln, doch es klebte wie Spinnenweben an mir. Und immer war da die Angst vor dem, was noch kam.

›Am Montag habe ich es auch geschafft, fünf Seelen zu überführen‹, redete ich mir selbst gut zu. ›Und ich habe noch fünf Tage.‹ Aber ich musste den Tatsachen ins Auge sehen, dass ich am Montag auch drei Seelen verloren hatte.

Genau wie bei dem Autounfall. Ich war am Ende meiner Kräfte. Ich wusste nicht, wie lange ich noch durchhielt.

Ich biss mir auf die Unterlippe. Es musste eben gehen. Ich hatte keine Wahl.

›Die letzte Rose ist immer die schlimmste!‹, hatte Noam gerufen. Mir lief es eiskalt den Rücken hinunter, wenn ich daran dachte.

Ich machte mich fertig und aß eine Kleinigkeit. Dann wartete ich weiter. Ich wusste nun, dass Zeki mich nicht automatisch fand, deswegen musste ich hierbleiben, damit wir keine Zeit verloren. Das schuf neue Möglichkeiten, über die letzte Nacht nachzudenken. Über das Gespräch, das wir auf dem Rückweg geführt hatten:

Ich sah Zeki an, dass Noams Auftauchen ihn verunsicherte. Es waren noch ein paar Straßen bis zu Onies Wohnung. Ich musste die Zeit nutzen, um mit ihm zu reden.

»Warum ist Noam wieder zu mir gekommen?«, fragte ich ihn. Er lief neben mir, meine Hand hielt er noch immer.

Der Kontakt half mir, weiterzugehen. Ich war so müde, dass meine Bewegungen fahrig waren.

»Ich vermute, dass er deine Aktivitäten genau überwacht«, erwiderte Zeki angespannt.

Ich nickte. »Er hat mich auf die drei Seelen von heute angesprochen.« Zeki biss die Zähne zusammen.

»Das habe ich mir schon gedacht.«

»Er vermutet nur. Er hat keinen Beweis«, erwiderte ich. »Ich habe nichts gesagt.«

»Das ist gut. Von Tovi wird er nichts erfahren.« Zeki atmete durch. »Ich denke, dass er mit Jael gesprochen hat.«

»Eurem Boss?«, fragte ich vorsichtig. Zeki nickte finster.

»Er muss ihr Bericht erstatten. Ich denke, dass er ihr gesagt hat, dass es nicht gut läuft und es nicht seine Schuld ist. Vielleicht erwägt sie bereits weitere Strafen für mich.«

»Was bedeutet das?«, fragte ich leise.

»Dass ich meinen eigentlichen Job als Sammler noch später zurückbekomme. Wenn überhaupt«, knurrte er.

»Aber wenn wir Erfolg haben, bekommst du deinen Job zurück, oder?«, fragte ich.

»Ich hoffe es.« Zeki mied meinen Blick.

»Warum hat Jael dir ausgerechnet diese Aufgabe als Strafe aufgebrummt? Und obendrein mit Noam als Betreuer?«, fragte ich und mied das Thema, warum er überhaupt bestraft wurde. Das interessierte mich mehr, aber ich wollte ihm nicht wehtun. Ich ahnte, worum es ging.

Anna. Ich trug ihren Namen mit mir, als wäre sie eine meiner Rosen. Ich wusste, dass sie tot war. Ihre Seele war verloren, seinetwegen. Ich ahnte, wie sehr Zeki sie geliebt hatte. Damit wusste ich eigentlich alles und doch waren es nur Vermutungen. Die Sache war viel schmerzhafter als alles, was zwischen Rickart und mir passierte.

Der Verlust ihrer Seele war sicher der Hauptgrund für Zekis Strafe, doch ich vermutete, dass er mit seinen Gefühlen gegen so viele Regeln verstoßen hatte, dass sie ihn deswegen noch härter bestraften. Und er litt immer noch. Diese Wunde wollte ich nicht aufreißen.

»Vor dem Gespräch mit Jael, in dem sie über meine Verfehlung mit mir sprechen wollte, hatte ich einen Streit mit Noam«, erwiderte Zeki. Er betonte ›Verfehlung‹ so, dass es etwas ganz anderes bedeutete. So viel mehr. So viel mehr Schmerz und Gefühle. Es bestätigte meine Vermutung. Ich drückte seine Hand, weil mir die Worte fehlten.

»Worüber habt ihr gestritten?«

»Über die Sammler. Noam wollte auch einer werden, hat es aber nicht geschafft. Dennoch meinte er, mich darüber belehren zu müssen, wie ich meine Aufgabe zu erfüllen hätte. Er kritisierte mich. Das konnte ich nicht auch noch auf mir sitzen lassen. Nicht von ihm. Also habe ich ihm die Meinung gesagt. Dabei habe ich ihm an den Kopf geworfen, dass er keine Ahnung von meinem Job hat, weil er nur diese minderwertige Aufgabe als Sucher hat. Unglücklicherweise fand der Streit direkt vor Jaels Büro statt. Sie hat mich gehört und fand, dass es die ideale Strafe für mich wäre, mich genau diesen Job machen zu lassen. Und als Krönung hat sie Noam zu meinem Aufseher gemacht. Damit bin ich am meisten bestraft.«

Wir erreichten Onies Haus und er verließ mich.

Dieses Gespräch beschäftigte mich noch immer, auch jetzt, viele Stunden später.

Ich setzte mich auf Onies Couch und rollte mich in meine Decke. Zeki wollte seinen alten Job zurück. Unbedingt.

Ich hatte den Eindruck, dass er nicht viel Freude an seinem Dasein als Engel hatte. Die Aufgabe als Sammler war alles, was er hatte.

Wenn er versagte und ich meine Mission nicht erfüllte, rückte die Rückkehr zu diesem Job in weite Ferne.

Mein Leben war mir wichtiger, aber ich wollte auch ihm helfen. Wenn wir zusammenhielten, hatten wir beide eine Chance.

Ich schlang die Arme um meinen Oberkörper, weil ich fror. Es war leicht, sich das alles vorzunehmen, aber die Umsetzung lastete tonnenschwer auf mir. Mein Körper war kraftlos. Es wurde immer schlimmer. Ich wusste nicht, wie ich weitermachen sollte.

Ich wollte, aber meine Glieder ließen mich im Stich.

»Klara?« Zekis Stimme ließ mich aufblicken. Er stand vor mir an der Couch. Wieder war er mitten in Onies Wohnung erschienen. Jetzt ging er in die Hocke. Seine Augen waren voll Sorge. »Geht es dir nicht gut?«

Ich schüttelte den Kopf. Zeki legte seine Finger an meine Schläfe. Es ging mir dadurch etwas besser, aber bei Weitem nicht gut. »Ich habe einen neuen Auftrag für uns. Zwei Seelen. Schaffst du das?«

»Ich habe doch keine Wahl«, flüsterte ich.

Er sah mich mitleidig an und schüttelte den Kopf. »Nein, hast du nicht.«

Ich quälte mich auf die Füße. Mir war schwindelig und ich fühlte mich schrecklich schwach. Zeki schlang den Arm um meine Taille und begleitete mich wie eine alte Frau zur Tür. Mir graute vor dem, was mich erwartete.

Ich schaffte die Überführungen. Gerade so.

Zeki musste mich hinterher in Onies Wohnung schleppen und dann schnell verschwinden, weil sie zurückkam.

Sie sah mich auf dem Sofa liegen und flippte aus, als ich es kaum schaffte, sie zu begrüßen.

Ich war außerstande, aufzustehen. Meine Arme brannten, doch die Rosen waren rot. Immerhin. Obwohl ich ihr versicherte, dass ich nur müde war, war Onie fassungslos und wütend. Ich konnte sie nur mit Mühe davon abhalten, einen Rettungswagen zu rufen.

»Das war doch wieder dieses Programm, oder?«, rief sie. »Dieses Scheißprogramm, wegen dem du aussiehst wie halb tot! Versprich mir, dass du damit aufhörst. Bitte. Ich kann das nicht mitansehen. Es sieht aus, als würdest du sterben. Das kann doch nichts mit einer Psychotherapie zu tun haben. Es müsste dir doch besser gehen, verdammt. Was machen die mit dir, dass es dir so schlecht geht? Wenn ich Zeki das nächste Mal sehe, trete ich ihm in den Arsch. Klara!« Tränen traten in ihre Augen und sie streichelte meine Hand. Es brach mir das Herz, sie so zu sehen.

»Ich kann nicht mit dem Programm aufhören. Ich habe es schon fast geschafft. Sie haben mir gesagt, dass es kurz vor dem Erfolg noch einmal bergab geht, weil es so anstrengend ist. Aber dann werde ich das Trauma überwinden. Ich muss mich ihm stellen. Danach geht es mir besser«, flüsterte ich und schloss die Augen. Mein Kopf fühlte sich an, als würde ein Zug hindurchrasen.

Ich musste das hinkriegen. Ich war so nah dran.

Es musste gehen. Irgendwie.

Ich schaffte es bis Freitagmittag nicht mehr aus dem Bett. Onie kam immer wieder zu mir und redete auf mich ein, doch dann gab sie auf.

Sie sah, dass ich mich nicht erholte. Sie sah, dass ich das Haus nicht verließ. Und dass es mir nicht besser ging. Sie glaubte mir nicht mehr, was ich ihr erklärte, und war wütend deswegen. Das verstand ich, doch ich konnte nichts daran ändern. Ich konnte mich nicht darum kümmern.

Ich hatte keine Schmerzen, aber mir fehlte einfach die Kraft. Sie brachte mir Essen und Trinken und ich bekam ein schlechtes Gewissen, weil sie mich pflegen musste.

»Das ist selbstverständlich«, wehrte sie ab, nachdem ich mich entschuldigte. »Du würdest das auch für mich tun.« Ja, das würde ich. Ich hoffte nur, dass Onie nie in meine Lage kam.

Am Nachmittag musste sie los. Sie hatte einen Arzttermin, auf den sie ewig gewartet hatte. »Geh da unbedingt hin«, drängte ich sie. »Ich laufe schon nicht weg.«

Sie nickte, doch ich sah ihr an, wie ungern sie mich allein ließ. Trotzdem fiel mir ein kleiner Stein vom Herzen, als die Tür hinter ihr ins Schloss fiel.

Ich hatte das Gefühl, dass Zeki heute wieder zu mir kam. Drei Rosen, dreieinhalb Tage. Wenn es heute wieder zwei waren, hatte ich es so gut wie geschafft.

Ich hoffte es. Dafür war ich bereit, meine letzten winzigen Energiereserven aufzuwenden. Zeki war an meiner Seite. Das musste reichen.

Ich schrak aus einem Halbschlaf hoch, als es an der Tür klingelte. Wer konnte das sein?

Zeki kam direkt zu mir ins Zimmer und Onie hatte einen Schlüssel. Jasper würde anrufen, bevor er herkäme.

Mit klopfendem Herzen schleppte ich mich in den Flur und öffnete. Vor mir stand Rickart.

Seine Augen weiteten sich. »Klara, mein Gott.«

Ich ließ ihn herein und wusste nicht, was ich sagen sollte. Ich musste zurück aufs Sofa, meine Kräfte schonen. Rickart folgte mir, er ließ mich nicht aus den Augen, als fürchtete er, dass ich jeden Moment hinfiel.

Ich war froh, als ich wieder die Polster unter mir spürte.

Mein Kopf fühlte sich bleischwer an.

»Onie hat mir gesagt, dass es dir schlecht geht, aber ich dachte, sie übertreibt«, sagte er.

Daher wehte also der Wind.

Ich schaffte ein schmales Lächeln. »Tut sie auch. Ich komme wieder in Ordnung. Mach dir keine Sorgen.« Aber es tat gut, ihn zu sehen. Ich hatte befürchtet, dass er nach dem letzten Mal den Kontakt abbrach. Doch er war hier. Und sein Blick sagte mir, dass nichts verloren war.

Mein Magen verkrampfte sich. Wenn es mir gelang, die letzten drei Rosen zu bekommen.

Mein Körper fühlte sich an, als hätte ich eine schwere Krankheit knapp überstanden: matt und dünn. Alles fiel mir schwer. Wie sollte ich es so schaffen?

»Was hast du?«, fragte er. Er kannte mich zu gut. Ich konnte mich noch nie verstellen. Und ihm gegenüber hatte ich das auch nie getan.

»Ich bin so schrecklich müde«, flüsterte ich und legte den Kopf auf meinen Arm. Rickart streichelte meine Wange. Die Berührung fühlte sich gut an, vertraut und tröstlich. Ich öffnete die Augen und sah in sein Gesicht. Er sah so besorgt aus. So frustriert, weil er mir nicht helfen konnte.

»Onie sagt, dass das an diesem Programm von der Seelsorge liegt«, sagte er. »Was ist das für ein Programm?«

»Es hilft mir, mental stark zu werden«, rang ich mir ab. »Es ist anstrengend, weil ich mich mit Dingen beschäftigen muss, die unangenehm sind und mir Angst machen.«

»Warum tust du es dann?«, fragte er. Er hatte diesen harten Zug um den Mund, der Ärger bedeutete. Mir fehlte dafür die Kraft.

»Weil ich keine andere Wahl habe, wenn ich will, dass es mir wieder besser geht«, flüsterte ich.

»Man hat immer eine Wahl«, korrigierte er mich.

»Nein, Rickart, die habe ich nicht.«

»Natürlich! Sieh dich doch an! Du bist kaum noch ein Schatten deiner selbst. Wie willst du so irgendwas schaffen? Du kannst ja nicht mal stehen!« Er ballte die Hände zu Fäusten. »Wenn ich diesen Kerl in die Finger kriege, kann er was erleben!«

»Er kann nichts dafür«, widersprach ich matt. »Er hilft mir. Ohne ihn ginge es mir viel schlechter.«

Doch Rickart glaubte mir nicht. »Klara, sieh es doch ein: Du brauchst niemand Fremdes, der dich durch Programme peitscht, die dir nicht guttun. Wir schaffen das auch gemeinsam. Ich wünschte nur, du würdest mich nicht aus deinem Leben ausschließen. Wir haben uns immer alles gesagt. Ich weiß nicht, was damals passiert ist, als diese Rosen aufgetaucht sind, aber mittlerweile ist es mir egal. Ich will einfach nur, dass es dir wieder gut geht. Lass mich dir doch bitte helfen!«

Gedanken rasten durch meinen Kopf. Ich wollte Rickart bei mir haben. Ich wollte, dass unsere Beziehung noch eine Chance hatte. Aber er konnte mir nicht helfen, egal, wie sehr er es versuchte. Wenn ich ihm das sagte, wollte er mich nicht mehr sehen.

Ich schlang die Arme um seinen Nacken und drückte mich an ihn. »Ich bin so froh, dass es dich gibt«, sagte ich in seine Halsbeuge. »Ich liebe dich.«

Er hielt mich fest. Seine Umarmung half ein bisschen, sie brachte einen Teil meiner Kraft zurück. Er war klein, aber ich brauchte ihn dringend.

»Kommst du mit nach Hause?«, fragte er in mein Haar.

»Ich muss mich noch ein bisschen ausruhen. Heute Abend werde ich da sein. Versprochen.« Die Worte kamen einfach aus mir heraus, aber sie fühlten sich richtig an.

Endlich ein Schritt in die richtige Richtung. Endlich fühlte ich mich ihm wieder nahe.

Rickarts Miene flackerte, dann nickte er. Ich sah, dass er mit sich rang, doch ich spürte ein Prickeln im Nacken, das mich dazu trieb, ihn loszuwerden.

Ich kannte es. Es bedeutete, dass es Zeit für den nächsten Auftrag wurde. Ich musste unbedingt meine Kräfte sammeln, damit ich das durchstand. Und vermeiden, dass Rickart und Zeki einander noch einmal begegneten.

Rickart stand auf und betrachtete mich zweifelnd. »Du siehst wirklich nicht gut aus.«

»Das ist nicht das, was ich hören möchte«, versuchte ich einen Scherz.

Rickart nickte mit zusammengepressten Lippen und küsste mich. »Bis heute Abend.« Er warf mir noch einen langen Blick zu. Ich sah, wie schwer es ihm fiel, mich hier zurückzulassen. Ich wollte nicht, dass er ging, aber er musste. Mein Auftrag wurde immer drängender.

»Ich freue mich drauf«, flüsterte ich und beobachtete, wie er die Wohnung verließ. Kaum war die Tür hinter ihm ins Schloss gefallen, erschien Zeki.

»Ich dachte schon, du schickst ihn gar nicht mehr weg.«

Ich funkelte ihn an. »Du hast gelauscht?«

Zekis schwarze Braue hob sich spöttisch. Ich durchschaute ihn trotzdem. Ihm gefiel das alles nicht. »Was bleibt mir denn anderes übrig? Du spürst es doch auch, oder? Wir müssen uns beeilen.«

»Zeki, ich ...« Ich kämpfte mich auf die Beine. Er musste mich stützen, damit ich mich aufrechthielt. Es wurde immer schlimmer. Es war, als hätte mich auch noch das letzte Bisschen Kraft verlassen.

»Ich weiß, aber es muss sein.« Er hob mich hoch.

Ich hing wie eine Stoffpuppe in seinen Armen. Meine Glieder waren bleischwer. In meinem Inneren zog sich alles zusammen und wurde zu einem kalten Klumpen. Wie sollte ich das schaffen?

Mein Kopf rollte gegen seine Schulter, es ging nichts mehr. Mein Körper gehorchte mir nicht. »Wohin müssen wir?«, flüsterte ich. Meine Stimme war kaum hörbar.

»Ich kümmere mich darum«, sagte er angespannt. Ich spürte den Lufthauch, als er seine Flügel um uns legte.

»Zeki, mir geht es nicht gut«, flüsterte ich. Meine Lider flackerten und mein Schädel dröhnte. Übelkeit stieg in mir auf, um mich herum drehte sich alles.

»Klara, halte durch!«, hörte ich Zekis Stimme durch das Dröhnen. »Bitte, du kannst jetzt nicht ...«

Doch ich hörte den Rest des Satzes nicht mehr. Dunkelheit legte sich um mich und ich verlor das Bewusstsein.

Meeresrauschen.

Salzige Luft umwehte mein Gesicht. Ich spürte ein wenig Frieden. Ein Bisschen Leichtigkeit. Das hatte ich vermisst.

Vielleicht war ich doch noch da, unter all dieser Angst und der schrecklichen Erschöpfung, die wie ein kaltes Tier durch meinen Körper kroch. Irgendwo, tief in mir drin, war ich noch dieselbe wie vor der Mission.

Vielleicht konnte ich wieder ich selbst werden, wenn ich es schaffte. *Wenn ...*

Die Brandung war tröstlich. Sie kam und ging, eine beruhigende Monotonie. Ich wollte gern hierbleiben. Meine Sorgen vergessen. Wenigstens für eine Weile.

Doch der Schmerz kam zurück.

Mein linker Arm brannte wie Feuer.

Ich ahnte, weswegen.

»Ich habe es nicht geschafft«, murmelte ich mit geschlossenen Lidern. Meine Stimme zitterte.

»Ja«, antwortete Zeki. Ich schlug die Augen auf. Es dauerte einen Moment, bis ich mich an das Licht gewöhnt hatte. An den bleigrauen Himmel über uns. Eine kühle Brise strich über mein Gesicht.

Wir waren wieder an dem Strand, an den er mich schon einmal gebracht hatte. Der Todesengel saß neben mir, seine unsichtbaren Flügel hüllten uns ein. Ich streckte die Hand danach aus und strich vorsichtig über die Federn. Ich erinnerte mich, wie sich die schwarze Feder anfühlte, die damals in meinem Bett gelegen hatte.

War sie überhaupt von Zeki? Oder doch von Noam?

Zeki erschauderte unter der Berührung und ich ließ die Hand sinken. Ich sollte es uns nicht noch schwerer machen. Seine Nähe erschwerte mein Denken. Sie lenkte mich von den Problemen ab, erschuf aber das neue, dass ich ihn berühren wollte. Nicht nur die Flügel. Auch seine Haut. Wieder kam die Erinnerung an unseren Kuss hoch.

»Du hast jetzt acht schwarze Rosen.« Zeki starrte aufs Wasser und riss mich aus meinen Gedanken. Es war wie eine eiskalte Dusche. Das half, um mich zusammenzunehmen. »Uns steht das Wasser bis zum Hals, Klara.«

»Ich habe versagt«, flüsterte ich und schloss die Augen. »Es ist vorbei. Es tut mir so leid, Zeki.«

»Es ist noch nicht vorbei«, widersprach er. »Aber es ist verdammt eng.«

Und hier herumzuliegen brachte mich nicht weiter. Ich rappelte mich mühsam auf und rieb mir die Stirn. Mein Kopf fühlte sich zentnerschwer an, aber der Wind klärte meine Gedanken. Ich durfte Zeki nur nicht berühren.

»Ich weiß nicht, wie ich das schaffen soll.«

»Ich helfe dir.«

»Aber beim letzten Mal warst du da und konntest nichts tun. Wenn ich es nicht hinbekomme, lasse ich uns beide im Stich.« Ich starrte hinaus aufs Meer und fühlte mich elend. »Wie spät ist es?«

»Samstagmittag.«

Der Schreck fuhr wie ein Blitz durch meine Eingeweide. Rickart. Er hatte gestern vergebens auf mich gewartet.

Tränen stiegen in meine Augen. Mein nächster unverzeihlicher Fehler. Ich hatte ihn versetzt, nachdem ich ihm ein Versprechen gegeben hatte. Das wäre meine Chance gewesen.

Aber was hätte uns ein Treffen gebracht? Ich schaffte es nicht. Meine Mission war gescheitert. Vielleicht war es besser, dass wir uns nicht ausgesprochen hatten. Vielleicht machte es ihm die Sache etwas leichter.

Er musste ohnehin ohne mich leben.

»Drei Tage noch«, flüsterte ich.

»Dreieinhalb«, korrigierte Zeki und stand auf. Er zog mich mit sich hoch. »Und du wirst einen Teufel tun, jetzt aufzugeben, hörst du?«

»Leichter gesagt als getan«, murmelte ich.

Zeki schlang die Arme um mich, seine Wärme hüllte mich tröstend ein. Wieder kamen die Gedanken zurück, die ich nicht wollte. Ich musste sie mit aller Kraft beiseiteschieben. Die Angst half dabei.

»Ich habe noch lange nicht aufgegeben«, versprach der Todesengel. »Komm jetzt, die nächste Chance wartet.«

Ich schloss die Augen, als er uns teleportierte.

Erneut kam die Übelkeit in mir hoch, doch sie war nichts gegen die Angst, erneut zu versagen. Ich sammelte all meine Kraft und bemühte mich um Zuversicht. Es gab noch eine kleine Chance. Sie war winzig, aber vorhanden.

Daran musste ich festhalten. Irgendwie.

Zeki brachte uns in ein Wohnhaus. Ich hatte keine Ahnung, wo es sich befand. Mir war schwindelig und ich musste mich an ihm festhalten, aber ich stand. Immerhin. Ich biss die Zähne zusammen, Trotz stieg in mir hoch. Ich wollte nicht kampflos aufgeben.

»Wohin?«, fragte ich. Zeki legte die Hand an eine Wohnungstür und wieder spürte ich, wie sich seine Flügel um uns legten, um neugierige Blicke abzuhalten.

»Hier sind wir richtig.« Er mobilisierte seine Kräfte und wir betraten die Wohnung durch die geschlossene Tür.

Ich sah mich um. Mein Herz klopfte bis in meine Kehle. Was erwartete mich hier? Welchem Grauen musste ich mich dieses Mal stellen?

»Wer ...«, begann ich, da sah ich sie schon.

Sie lag auf ihrem Sofa. Das Bild wirkte friedlich, doch dann sah ich die Flaschen und die Tabletten.

Meine Kehle schnürte sich zu. Sie war vielleicht drei, vier Jahre älter als ich. Was musste passieren, dass jemand keinen anderen Ausweg mehr sah?

Zeki schob mich zur Couch und ich ließ mich neben ihr nieder. Meine Hände zitterten, als ich ihre nahm. Sie waren noch warm. Ihr Brustkorb hob und senkte sich leicht, doch in ihrem Mundwinkel sammelte sich Schaum.

Ich betrachtete ihr Gesicht. Sie war hübsch, aber auch das half ihr nicht mehr. Und wir waren hier, weil es zu spät für sie war.

Ein paar erste Funken tanzten vor meinen Augen, da löste sich ihre Seele von ihrem Körper.

Sie blinzelte und sah mich an. »Wer bist du denn?«

»Klara. Ich bin hier, um dir zu helfen«, antwortete ich.

»Helfen? Wobei?« Sie runzelte die Stirn. Ich deutete mit dem Kinn hinter sie, auf ihren Körper. Sie drehte sich um und riss die Augen auf. Dann lächelte sie.

»Es hat geklappt, oder?«

»Ja, hat es.« Sie schloss seufzend die Augen.

»Gott sei Dank. Ich hatte schon Angst, dass es wieder nicht funktioniert. Endlich.«

Ich wollte fragen, aber ich ließ es. Ich sollte nicht so viel über sie wissen. Sie hatte ihr Ziel erreicht, ihre Sorgen waren vorüber. Wenn ich sie fragte und ihnen Aufmerksamkeit schenkte, begleiteten sie mich länger als sie selbst.

Die Funken verdichteten sich um uns herum und setzten sich auf ihren Körper. Sie lächelte friedlich. »Ich hatte gehofft, dass es so ist. Es fühlt sich schön an. Endlich ist mir wieder warm. Danke, Klara.«

Es war leicht. Ich hüllte sie in meine Funken und zeigte ihr die Richtung. Sie folgte mir widerstandslos und schenkte mir zum Abschied ein weiteres Lächeln.

Sie steht auf einem Berg. Unter ihr Weite. So viel Raum. Sie breitet die Arme aus und lacht befreit. So hat sie sich die Freiheit immer vorgestellt. Die Mühe des Aufstiegs hat sich mehr als gelohnt. Sie ist endlich frei. Ohne Zwang. Ganz sie selbst. In diesem Moment geben sogar die inneren Dämonen Ruhe. Sie legt den Kopf in den Nacken, schließt die Augen und atmet. Es ist der perfekte Moment.

Dann war es vorbei. Ihre Atmung verstummte und sie lag da mit einem friedlichen Gesichtsausdruck.

Mein Arm prickelte, als sich ihre Rose rot färbte. *Lydia, siebenundzwanzig Jahre.* Ich blinzelte die Tränen weg.

»Gut gemacht«, sagte Zeki. Ich drehte mich zu ihm um und rang mir ein Lächeln ab. Er half mir auf.

»Wir schaffen das, Klara.«

Ich wusste, dass er es ernst meinte, doch ich schaffte es nicht, die gleiche Zuversicht zu zeigen wie er.

Jetzt, wo ich stand, merkte ich, dass fast gar nichts mehr ging. Es war wieder wie gestern.

Ich verzweifelte. So schlecht wollte ich mich nicht fühlen. Meine Augen reagierten empfindlich auf Licht. Meine Ohren schmerzten von allem außer Zekis Stimme. Und mein Körper fühlte sich wie ein leeres Gefäß.

Ich wollte alles versuchen. Aber wenn ich nicht starb, weil ich versagte, starb ich, weil mein Körper streikte.

Mein Blick fiel wieder auf Lydia.

Sie sah so friedlich aus.

Ich hoffte nur, dass für mich nicht auch der Tod zum letzten Ausweg wurde.

Momentan fühlte es sich so an.

ZWÖLF

(Rot: 25/ Schwarz: 8)

Ich lag wie ein nasser Sack auf ihrer Couch, als Onie nach Hause kam. »Klara, bist du da?«, rief sie und hielt abrupt in der Wohnzimmertür. Erst betrachtete sie mich sprachlos, dann weiteten sich ihre Augen. »Oh Gott, wie siehst du denn aus?«, stieß sie hervor.

Ich rang mir ein Lächeln ab. »Beschissen, fürchte ich. So, wie ich mich fühle.« Ich hustete, mein Hals war staubtrocken. Onie kam zu mir und reichte mir mein Wasserglas vom Tisch. Ich trank es in einem Zug aus. Dadurch legte sich der Schwindel ein wenig.

Sie betrachtete mich. So ernst hatte ich sie in den siebzehn Jahren unserer Freundschaft noch nie gesehen.

»Ich rufe jetzt einen Arzt«, sagte sie und schüttelte heftig den Kopf, als ich protestierte. »Vergiss es. Du siehst aus wie ein Gespenst. Das kann ich nicht länger mitansehen!«

Ich beobachtete sie, wie sie den Notruf wählte. Es quälte mich. Ich wollte nicht, dass Fremde kamen und mich angafften. Ausfragten. Doch es war zu spät. Onie hatte ganze Arbeit geleistet und ihnen begreiflich gemacht, wie dringend es war.

Ich lag auf dem Sofa und starrte an die Decke. Alle Worte nützten nichts, dass die Ärzte kamen, ließ sich nicht mehr vermeiden.

Der Rettungswagen traf nach kurzer Zeit ein. Die Ärztin untersuchte mich gründlich, konnte jedoch nichts feststellen. Sie hörte mich ab, maß den Blutdruck, redete mit mir.

Nichts von dem, was ich ihr sagte, half ihr, eine Diagnose zu stellen. Onie stand unruhig daneben und kaute auf ihrer Unterlippe. Ich sah ihr an, dass es sie schier umbrachte, wie langsam es voranging.

»Sie sind also müde«, fasste die Ärztin zusammen.

»Todmüde«, bestätigte ich.

»Essen Sie?«, hakte sie nach.

»Es schmeckt mir gerade nicht besonders, aber ja.«

»Trinken Sie ausreichend?«, fragte sie weiter.

»Ich habe ständig Durst. Ich bin nur manchmal zu müde, um etwas zu trinken«, erwiderte ich. Sie presste die Lippen zusammen und dachte angestrengt nach. Ich sah förmlich, wie die Rädchen in ihrem Kopf arbeiteten.

»Erzähl von den Tattoos!«, rief Onie. Sie hielt es nicht mehr aus.

Die Ärztin sah mich zweifelnd an. »Was für Tattoos?«

Ich sammelte meine Kräfte, um ihr zu antworten. »Mir ist etwas Seltsames passiert: Ich bin tätowiert worden, ohne es zu bemerken. Mein Freund und ich haben deswegen Anzeige erstattet. Ich habe eine posttraumatische Belastungsstörung und ein Trauma deswegen und bin in seelsorgerischer Behandlung, damit ich die Sache verarbeiten kann«, erklärte ich und versuchte, so nüchtern wie möglich zu klingen. Sie sollte nicht denken, dass ich ein Drama daraus machte. Sie sollte einfach verschwinden. Und vorher Onie sagen, dass sie nichts machen konnte.

»Haben Sie zerstörerische Gedanken?«, fragte die Ärztin wachsam. Anscheinend dachte sie, sie hätte endlich einen Anhaltspunkt.

Auch das noch. Ich wollte sie einfach nur loswerden.

»Nein. Ich möchte einfach einen Weg finden, damit es mir wieder besser geht. Die Therapie hilft mir, aber sie ist anstrengend«, beteuerte ich.

Sie atmete tief durch und fischte ein Medikament aus ihrem Koffer. »Das ist zur Beruhigung, damit Sie schlafen können. Gönnen Sie sich Ruhe. Gehen Sie an die frische Luft. Verfolgen Sie Ihre Therapie. Mehr kann ich leider nicht für sie tun.«

»Aber das kann doch nicht alles sein«, protestierte Onie. »Sehen Sie sie sich doch an! Es geht ihr nicht gut!«

»Ja, das sehe ich, aber sie ist ansprechbar und kann sich selbst versorgen. Ich habe keinen Grund, mit Ihrer Freundin ein Krankenhausbett zu belegen, das jemand anderes dringender braucht. Seien Sie für sie da. Sie tut aus meiner Sicht alles, was sie kann.« Die Ärztin schenkte mir ein schmales Lächeln und zog mit den Sanitätern ab. Erleichterung durchflutete mich, als sie den Raum verließen.

Onie blieb an der Haustür stehen und sah ihnen nach. Als sie sich schließlich umdrehte, sah ich zornige Tränen in ihren Augen. »Klara, ich weiß nicht, was ich sagen soll.«

»Ich doch auch nicht«, seufzte ich und kuschelte mich in mein Kissen. »Ich weiß, dass du dir Sorgen machst, aber mehr geht momentan nicht. Leider. Bald geht es mir wieder besser. Versprochen.«

»Und ich weiß nicht, ob ich das glauben kann«, sagte sie. Sie stellte mir eine neue Flasche Wasser hin. »Ich bin nebenan. Ruf, wenn du etwas brauchst. Und bitte, nimm die Tablette und schlaf, damit es dir besser geht.«

Ich versprach es, doch ich brauchte das Medikament nicht. Es dauerte nur Sekunden, bis ich eingeschlafen war.

Ich stehe am See im Stadtpark.

Schon wieder dieser Ort. Das Wasser ist grau. Trüb. Es kräuselt sich, als ein Windhauch aufkommt.

»Hallo Klara«, sagt jemand neben mir. Ich kenne diese Stimme nicht und drehe mich dem Sprecher zu.

Neben mir steht ein Mann in schwarzer Kleidung. Sein Haar ist blond, an den Seiten kurzrasiert, doch der Wind zerzaust die längeren Strähnen am Oberkopf. Seine Züge sind freundlich, doch seine grauen Augen blicken ernst. Er ist ein Todesengel, dessen bin ich mir sofort sicher.

»Hallo«, erwidere ich und versuche, herauszufinden, wer er ist.

»Es ist knapp«, sagt er und blickt auf seine Uhr. Auf dem Ziffernblatt flimmert ein Countdown. Noch 68 Stunden und ein paar Minuten. »Dir fehlen immer noch zwei Seelen und du hast keinen Spielraum mehr. Die acht Schwarzen sind ein schlechter Ausgangspunkt. Leider. Ich weiß, dass nicht mehr drin war, aber es ist trotzdem schlecht.«

Ich bekomme eine Ahnung, wer er ist und was er von mir will. »Tovi?«, frage ich dennoch vorsichtshalber nach.

Er nickt, seine Mundwinkel zucken. »Erraten.«

Er blickt ernst, dennoch kann ich nicht anders, als ihm dankbar für seine Hilfe zu sein. Trotzdem bekomme ich Angst. Und eine Frage drängt sich auf: »Wo ist Zeki?«

Wieder zucken seine Mundwinkel. »Zeki. Ich habe schon gehört, dass du ihn so nennst. Irgendwie passt der Name zu ihm. Er ist beim Personalgespräch mit Jael. Sie will wissen, warum es bei dir so schlecht läuft. Sie überlegt, ihn abzuziehen.«

»Aber das will ich nicht«, beteuere ich.

»Ehrlich nicht? Wenn Noam übernimmt, könntest du es schaffen - trotz des desolaten Zustandes, in den ihr dich gebracht habt.« Er betrachtet mich und schüttelt den Kopf. »Zedekiah ist ein Idiot. Er hat keine Ahnung, was er tut. Wie es dir geht, ist der beste Beweis dafür, dass er den Job unterschätzt hat.«

»Wenn Noam übernimmt, wird Zeki dann für alle Zeit degradiert?«, frage ich.

»Vermutlich ja.«

»Was muss er dann tun?« Diese Frage habe ich mich nie getraut, Zeki zu stellen.

»Ich weiß es nicht genau. Vielleicht wird er zur Löschung berufen. Das bedeutet, am Chaostor die verlorenen Seelen zu verabschieden. Ein schrecklicher Job. Nur Vergänglichkeit«, antwortet Tovi und meidet den Blickkontakt. Ich spüre seinen Frust. Seine Angst, dass seinem Freund dieses Schicksal blüht.

»Ich möchte das nicht für ihn«, sage ich.

»Du solltest für dich wollen, dass du lebst«, erwidert er.

»Dann bist du hier, um mir zu raten, nach Noam zu rufen?« Gänsehaut bildet sich auf meinen Armen. Mein letzter Kontakt zu Noam ist noch präsent in meinem Kopf. Unangenehm präsent. Ich habe Angst davor, wie die Zusammenarbeit ablaufen würde. Ob er sich für meine Ablehnung rächen will.

Tovi seufzt frustriert. »Ich bin hier, weil ich ... es auch nicht weiß. Ich will nicht, dass Zedekiah ... Zeki degradiert wird. Die Ewigkeit ist für einen Engel buchstäblich das: ewig. Ich habe alles getan, was ich konnte, aber ...«

»Deine Mittel sind begrenzt«, beende ich seinen Satz, als er stockt. »Ich verstehe und ich danke dir. Ohne dich

wären wir schon verloren. Aber jetzt hängt alles von mir ab. Von meiner Loyalität.«

»Die niemand verlangen kann. Es geht um dein Leben.«

»Das weiß ich. Aber ich bin nicht überzeugt, dass Noam mir besser helfen könnte. Und ich vertraue Zeki. Ich will, dass er an meiner Seite ist«, erkläre ich ihm.

»Das grenzt an Dummheit«, sagt er mir ins Gesicht. Das tut weh, aber ich gewöhne mich langsam daran.

Ich zucke mit den Schultern. »Meine Entscheidung. Vielleicht ist sie dumm, aber sie fühlt sich richtig an.«

Er lächelt mir zu, dieses Mal ist es ehrlich und echt. »Ich hoffe, dass ihr es schafft, ihr beiden Dummköpfe. Und ich glaube, Zeki hatte Riesenglück, dass du es bist. Ich wünsche dir alles Gute, Klara.«

Ich will noch etwas fragen, doch Tovi verschwindet und der Traum löst sich auf wie Nebel im Wind.

Ich blinzelte in fahles Tageslicht. Mein Schädel fühlte sich an, als würde er jeden Moment platzen.

»Klara«, flüsterte eine Stimme neben mir. Ich drehte den Kopf und sah Zeki neben mir auf dem Sofa sitzen. Er streckte die Hand aus und strich mir eine Haarsträhne aus dem Gesicht. Durch seine Berührung ging es mir etwas besser. Ich schloss die Augen und genoss sie. Nur einen kleinen Moment, das konnte ich mir erlauben.

»Onie?«, fragte ich.

»Schläft noch«, antwortete er. »Aber wir müssen gleich los. Ich habe einen Auftrag für dich. Den Vorletzten.« Er streichelte mein Gesicht. Mir wurde endlich warm.

»Du warst bei Jael«, flüsterte ich. Keine Ahnung, warum mir das gerade einfiel, aber ich musste mich vergewissern, dass er noch an meiner Seite war.

Seine Augen weiteten sich. »Woher weißt du davon?«

»Tovi kam im Traum zu mir. Ist das so ein Todesengel-Ding? Und kann jeder von euch einfach in meine Träume marschieren?«, fragte ich.

Zeki schüttelte den Kopf. »Nein, das kann nicht jeder. Ich kann es nicht und ich dachte, Noam hätte die Befugnis von Jael bekommen. Aber Tovi ... was wollte er?«

»Mir sagen, dass es knapp wird.«

Er biss sich auf die Lippe. »Als wüsstest du das nicht.«

»Was wollte Jael?«, fragte ich. Er sah mir in die Augen.

»Mir sagen, dass es knapp wird.«

Wir grinsten einander an wie zwei Haifische. »Sie halten uns wirklich für Einfaltspinsel«, stellte ich fest.

»Anscheinend. Komm, wir haben nicht viel Zeit, um sie eines Besseren zu belehren.« Er zog mich hoch und warf mir meine Jeans zu. Ich zerrte sie über meine Beine und strich mein Haar aus meinem Gesicht. Ich musste furchtbar aussehen. Verwahrlost. Es war egal. Für unser Überleben spielte mein Aussehen keine Rolle.

Im Rausgehen schnappte ich mir wenigstens einen Kaugummi und hoffte, dass meine Energie später reichte, um mich einigermaßen frisch zu machen.

Zeki half mir die Treppe hinunter und schlang unten seinen Arm um meine Taille. Ich schmiegte mich an ihn. »Wie spät ist es?«

»Acht Uhr früh. Es ist Sonntagmorgen.« Er klang wie eine Zeitansage. Seine Nervosität war deutlich zu spüren.

»Und wohin gehen wir?«, wollte ich wissen.

»Zum Ring 2«, sagte er angespannt. Ich hatte kaum noch Kraft in den Beinen, er musste mich mehr tragen als stützen. Ich fühlte mich schrecklich.

»Tovi hat gesagt, dass mein Zustand unsere Schuld ist«, murmelte ich. Zeki drückte mich enger an sich.

»Ja, das habe ich auch erfahren.«

»Was haben wir denn falsch gemacht?«

Er biss die Zähne so fest zusammen, dass sich seine Halsmuskeln anspannten. »Du hast nichts falsch gemacht«, grollte er. »Ich habe nicht auf Noam gehört, als er mir erklärte, was ich zu tun habe. Ich müsste dich mit meiner Energie unterstützen. Ich habe ihm nicht zugehört und das Ganze als unnötig abgetan. Und dafür bezahlst du jetzt. Dein Zustand ist meine Schuld. Ganz allein meine. Du musst mich dafür hassen, dass ich dir das antue.«

»Tue ich nicht.« Meine Stimme brach, Schwindel überkam mich. »Aber lass uns dafür sorgen, dass es aufhört.«

»Das wird es«, sagte er grimmig. »Versprochen.«

Ich wusste, dass er recht hatte. Es gab keinen anderen Weg. Entweder, wir schafften es, oder ich starb. So oder so hatte dieser Zustand bald ein Ende.

Wieder musste ich an Lydia denken. An die Weinflaschen und die Tabletten. Ich wollte nicht, dass mich jemand finden musste. Ich wollte nicht, dass Rickart und Onie Kummer hatten. Dass meine Freunde und Familie um mich trauern mussten. Aber so ging es nicht weiter.

»Wie viele Stunden noch?«, fragte ich.

»Fünfundsechzig«, erwiderte Zeki, ohne mich anzusehen. Ich schluckte. Das war verdammt wenig Zeit für jemanden, der sich kaum auf den Beinen halten konnte. Aber viel Zeit für jemanden, der einen wildentschlossenen Todesengel an seiner Seite hatte.

Zeki schleppte mich die Straße entlang. Meine Sicht war verschwommen, aber plötzlich wurde es heller. Ein warmer Luftzug zeigte mir, dass er uns mit seinen Flügeln abschirmte. Die Wärme tat gut.

Ich blinzelte in das Licht. Über mir türmten sich Metallskelette auf. Scheinwerfer warfen ihr grelles Licht auf den Boden und auf die Stahlkonstruktion. Eine Baustelle!

Mir lief es kalt den Rücken hinunter.

Das konnte nur einen Unfall bedeuten. Einen hässlichen.

»Zeki ...«, begann ich, doch er zerrte mich weiter, tiefer zwischen die Stahlträger, zwischen die lauten Maschinen. Eine Wochenendbaustelle.

Männer kamen an uns vorbei, sie sahen gestresst aus. Mir wurde schlecht. Bunte Flecken tanzten vor meinen Augen.

»Klara, halte durch, verdammt!«, fluchte Zeki. Ich versuchte es ja, aber es wurde immer schwieriger. Mein Magen rebellierte.

Dann kam der Knall. Er war ohrenbetäubend.

Eine Sirene ging los. Ich hörte die Schreie trotzdem. Sie trafen mich wie Nadelstiche.

Menschen rannten an uns vorbei. Scheinwerfer wurden geschwenkt und auf etwas anderes gerichtet.

Zeki hob mich hoch und trug mich mit langen Schritten weiter. Das Geschaukel regte meinen Magen noch mehr auf. Ich sah in sein Gesicht, es war wie versteinert.

»Da ist es«, presste der Todesengel hervor. Er beugte sich vor, machte sich kleiner. Dann wurde es um uns immer dunkler. Wo waren wir, dass die Scheinwerfer uns nicht erreichten? Ich sah nichts mehr, doch er schob uns voran. Mein Gesicht streifte etwas Kaltes, Hartes. Metall, vielleicht ein Stahlträger. Ich wollte nicht darüber nachdenken. Ich kniff die Augen zusammen und schmiegte mich an ihn.

»Klara, mach jetzt nicht schlapp!«, drängte Zeki. »Wir sind gleich da.«

Er ging in die Knie und nahm meine Hand, legte sie auf etwas Warmes. Ich spürte Stoff. Dann Haut. Sie war warm und haarbedeckt. Ein Arm.

Mir war so schlecht, dass ich die Augen lieber zu ließ.

»Du musst ihn ansehen, es geht nicht anders!«, drängte Zeki. Über uns schepperte es. Die Bauarbeiter versuchten, was auch immer über uns war, zu bewegen. Ein metallisches Knirschen ertönte. Hoffentlich brach jetzt nicht alles zusammen. Wenn Zeki uns evakuieren musste, bevor ich fertig wurde ... dann war eh alles egal.

Ich öffnete die Augen.

Ich konnte den Kopf des Mannes nicht sehen. Ich dachte lieber nicht darüber nach, warum nicht. Stattdessen suchte ich nach seiner Seele. Da, ein leises Glimmen!

»Hallo?«, flüsterte ich.

»Hallo?«, kam eine leise Stimme zurück.

»Ich bin Klara, wie heißt du?« Mir war so übel, dass ich an den Worten würgte.

»Marek. Was ist passiert?«

»Du hattest einen Unfall. Ich bin hier, um dir zu helfen.«

Mir wurde schwarz vor Augen. Mein Atem ging stoßweise und mir brach kalter Schweiß aus. Ich konnte nicht mehr. Ich schaffte es nicht.

Wenn ich Mareks Seele verlor, war ich tot.

»Zeki ...«, flüsterte ich erstickt, doch was sollte er tun?

»Das Licht, verdammt!«, sagte er und fasste mich enger. Er legte seine Hand auf meine. Ich suchte nach den Funken, doch da waren keine. Ich fand sie nicht.

»Wie willst du mir helfen?«, fragte Marek.

»Ich gebe dir das Licht«, rang ich mir ab, doch meine Stimme war kaum noch ein Flüstern.

Ich fand keinen Funken.

Zeki drückte mich so fest, dass mir beinahe die Luft wegblieb. »Klara, verdammt ...«

Ich schüttelte hilflos den Kopf. »Ich kann nicht!«

»Du musst!«

»Welches Licht?«, fragte Mareks Seele. Irrte ich mich, oder verblasste er bereits? Mein Herz hämmerte gegen meine Rippen, ich war schweißgebadet.

»Wenn du das Licht nicht selbst findest, kann ich dir nicht helfen! Klara, bitte, du musst. Du kannst jetzt nicht aufgeben!« Zekis Stimme wurde immer lauter. Seine Verzweiflung erdrückte mich.

»Aber das will ich doch auch gar nicht!«, schluchzte ich. »Ich kann es nicht! Ich finde es nicht! Zeki, ich ...« Ich brach ab und kämpfte mit meinen Tränen.

Verzweifelt suchte ich nach dem Licht in mir, nach dem warmen Funken, der sonst immer da war. In mir war nur Kälte, ich fror. So sehr. Es schüttelte mich durch.

»Ich kann nicht!«, presste ich hervor.

Mareks Seele flatterte. Er starb. Er ging, ohne dass ich seine Seele überführen konnte.

Ich würde ihm folgen, gleich. Ich hatte schon viel zu viel Zeit verloren.

Warme Lippen legten sich auf meine. Ich schloss die Augen und saugte die Wärme gierig auf. Da war er, dieser Funke, nachdem ich mich sehnte! Da war ...

Ein Leuchten erschien und wärmte meine Wange. Es wuchs zu einem Strahlen.

Mareks Hand zuckte, sie wurde noch wärmer. Irgendwo am Rande meines Bewusstseins erschien das Letzte Bild, doch ich ignorierte es. Ich war vollkommen versunken in dem Kuss.

Mareks Hand in meiner erschlaffte vollkommen.

Es war mir egal.

Ich verlangte nur nach diesen Lippen. Nach der Wärme, die sie mir gaben. Der Halt, den mir der starke Körper gab, der mich umschlang.

Ich brauchte ihn. Ich brauchte ...

Er löste sich von mir. Es war wie ein Schock. Als habe er mich in Eiswasser gestoßen. Ich rang panisch nach Luft. Die Eiseskälte kam zurück. Ich zitterte am ganzen Körper.

»Klara?«

Ich schluchzte. Er presste mich an sich, küsste mich aber nicht erneut. Ich war kurz davor, durchzudrehen.

»Es tut mir so leid«, flüsterte er in mein Ohr. »Ich wusste nicht, wie ich es sonst machen soll. Bitte verzeih mir. Es tut mir so leid.«

Ich brach zusammen. Meine Stirn sackte gegen seine Schulter und ich weinte hemmungslos.

Zeki hob mich hoch und trug mich davon.

Der Schmerz an meinem Arm bewies, dass ich Mareks Seele überführt hatte. In letzter Sekunde.

Zeki brachte mich zu unserer Wohnung. Sie war leer und ich war froh, in meinem eigenen Bett zu liegen.

»Eigentlich müsstest du unter die Dusche, aber ...« Zeki brach ab. Ich wusste, was er dachte: Er brachte es nicht fertig, mich auszuziehen. Seine Augen glänzten seltsam.

Der Kuss ... Nicht nur mein Körper schrie danach, ihn zu wiederholen. Ihm ging es genauso.

Ein gefährliches Spiel, das immer verlockender wurde.

Ich streckte die Hand nach seinem Gesicht aus, doch er fing sie ein. »Das ist nicht gut für dich. Ich hätte dich nicht küssen dürfen. In deinem Zustand ist Körperkontakt das schlimmste, was ich dir antun kann. Es tut mir leid.«

»Aber sonst hätte ich dem Mann nicht helfen können«, flüsterte ich. Meine Lippen brannten. Das Verlangen, ihn zu berühren, wurde immer größer.

Zeki wandte sein Gesicht ab. »Auch das ist meine Schuld. Eine Seele noch, Klara. Du hast es fast geschafft.«

»Aber wie soll ich das machen?«, fragte ich. Die Verzweiflung kam zurück. »Ich habe es vorhin kaum hinbekommen. Ohne deine Hilfe ...«

»Ich kann das nicht wieder tun«, unterbrach er mich. »Das geht nicht! Es wird immer schlimmer. Es ist wie eine Drogensucht, von der du nicht mehr herunterkommst. Ich habe es schon viel zu lange laufen lassen. Wir brauchen zu lange und es wird immer schlimmer.«

Mein Blick glitt über seinen Körper. Über die starken Schultern, die langen Arme. Die breite Brust und die schmalen Hüften. Er bemerkte es und schnaubte.

»Herrgott, Klara, sieh dich doch an.« Seine Stimme war leise. Er hielt sich nur mit Mühe zurück.

»Ich sehe *dich* an«, flüsterte ich.

»Dann hör auf damit. Ich kann auch nicht ewig gegenhalten«, knurrte er. »Du musst schon mithelfen.«

»Kann ich nicht.«

»Dann gehe ich jetzt.« Er stand auf.

»Nein! Bitte nicht! Lass mich jetzt nicht allein!«, flehte ich und umklammerte seine Hand. Ich musste ihn dazu bringen, dass er bei mir blieb! Wenn er ging, verlor ich auch noch den letzten Rest meiner Energie.

Meinen Verstand hatte ich schon verloren.

Ich zerrte an meinem Oberteil und versuchte, es loszuwerden. Ich musste ihm einen Grund geben, zu bleiben.

»Klara, hör auf damit!« Er hielt mein Handgelenk fest. »Du weißt nicht, was du da tust!«

»Doch, ich weiß es genau!« Ich zog ihn zu mir. In mir war alles in Aufruhr. Meine Gedanken schwirrten, mein Herz raste. Ich war am Ende meine Kräfte, doch mein Körper mobilisierte die allerletzten Reserven.

Er durfte nicht gehen. Um nichts in der Welt ertrug ich es, wenn er mich jetzt verließ.

»Bitte hör auf!« Er war stärker als ich und hielt mich fest. Ich konnte meine Hände nicht bewegen. Tränen schossen in meine Augen. Ich war wütend, weil er mich abwies. Und tief in mir regte sich Scham. Ich ignorierte sie entschlossen. Ich hatte ein Ziel.

Seine Augen waren aufgerissen, ich sah Verzweiflung in ihnen. Und Schuld. Sie überwog sein Verlangen, mir nachzugeben. Er riss sich los und wich zurück. »Scheiße ... das wollte ich nicht. Es tut mir so leid.«

Ich schob die Decke beiseite und zog endlich meinen Pullover aus. Meine Arme waren voller roter und schwarzer Rosen. Nur eine einzige war noch leer. Zekis Blick saugte sich an ihnen fest. Ich schob den Träger meines Tops über meine Schulter und zeigte ihm alle. »Es muss dir nicht leidtun. Bitte, bleib einfach bei mir.«

Er schüttelte den Kopf. »Ich kann das nicht tun«, sagte er beschwörend, doch sein Blick verriet mir, wie schwer es ihm fiel. Nur noch ein Bisschen und er knickte ein. Ich schob die Träger meines Tops noch weiter hinunter.

Nur noch ...

Im Hausflur ging eine Tür auf. Ich zuckte zusammen und wich erschrocken zurück. Ich blickte zu Zeki, doch er verschwand gerade. Er ließ mich einfach zurück. Ich hätte heulen können und stieß ein zorniges Geräusch aus.

»Klara?« Rickarts Stimme war wie eine Ohrfeige.

Ich schlug die Hand vor den Mund und taumelte zurück zum Bett. Oh Gott, Rickart! Was war nur los mit mir?

Heiße Scham erfüllte mich. Was war gerade mit mir passiert? Ich hatte mich Zeki an den Hals geworfen. Verzweifelt. Als wäre das meine einzige Rettung. Langsam klärte sich mein Kopf und meine Wangen wurden brennend heiß. Was musste Zeki von mir denken?

Und Rickart ... Meine Augen füllten sich mit Tränen.

Was tat ich uns beiden nur an?

Rickart öffnete die Schlafzimmertür. Er blieb stehen, als er mich sah. Sein Blick wanderte über meine nackten Arme und die bunten Rosen. Verständnislos. Ratlos.

»Klara?« Seine Stimme zitterte, als er meinen Namen sagte. Ich öffnete den Mund, doch kein Laut kam heraus.

Ich wusste nicht, was ich sagen sollte, ich war viel zu schockiert über das, was ich gerade getan hatte. Erst jetzt verstand ich, welche Konsequenzen das nach sich gezogen hätte. Zumal Rickart nun hereingekommen war.

Mit weichen Knien sank ich aufs Bett und starrte auf meine Arme. »Nur noch eine«, flüsterte ich.

Rickart kam zu mir und ging vor mir in die Knie. Ich sah in sein Gesicht. Mein Herz flatterte. *Dieses* Gesicht liebte ich. Diese grünen Augen und diese rotbraunen Haare. Und nie hatte ich einen anderen gewollt.

Ich schämte mich abgrundtief. Ich konnte Zeki nie wieder unter die Augen treten. Und Rickart auch nicht.

»Onie hat mir erzählt, dass sie einen Krankenwagen gerufen hat«, sagte Rickart. Seine Stimme war belegt. Ich nickte stumm. Meine Lippen waren wie versiegelt und in mir brannte die Scham. »Die Ärztin konnte dir nicht helfen.« Ich schüttelte den Kopf. »Kann ich dir helfen?«

»Kannst du mich einfach festhalten?« Meine Stimme zitterte noch mehr als seine und war so leise, dass ich sie selbst kaum hörte.

Er schlang wortlos die Arme um mich und drückte mich an sich. Ich schloss die Augen und saugte seine Wärme in mir auf. Es tat so gut, in seiner Nähe zu sein. Es war so schön, dass wir heute nicht stritten. Dass er einfach für mich da war und mir nicht einmal vorhielt, dass ich vorgestern nicht zu ihm gekommen war.

So brauchte ich ihn. Das war es, was er mir geben konnte.

Rickart hielt mich ewig fest. Irgendwann ließen wir uns auf der Matratze nieder und seine Lippen fanden meine. Es war, als käme ich nach endlosen Wochen des Herumirrens nach Hause. Ich wollte nichts anderes.

Wenn dies die letzten Tage meines Lebens waren, wollte ich sie mit ihm verbringen. Dem Mann, den ich liebte.

Mein Körper war schwach, aber ich schaffte es, ihm zu zeigen, was ich fühlte. Es stand nichts zwischen uns. Gar nichts. Ihn interessierten die Tattoos nicht mehr, es war egal, was vorgefallen war. Ich wusste nicht, was Rickart zu diesem Sinneswandel bewegte, aber ich nahm ihn dankend an. Vielleicht hatte er die gleiche Angst, mich zu verlieren, die auch in mir war. Ich wollte ihm zeigen, dass ich nur seinetwegen hier war. Dass alles andere verblasste.

Aus den Küssen wurde mehr.

Ich hatte ihn so vermisst. Jede Berührung schickte kleine Blitze durch meinen Körper und es war, als könne mir Rickart einen Teil meiner verlorenen Kraft zurückgeben. Genug, um zu erwidern, was er mir gab.

Seine Lippen wanderten über meinen Körper, sogar über meine Arme. Er küsste jede einzelne Rose, stellte keine Fragen. Unsere Blicke hielten uns aneinander fest.

Alles andere war egal. Ich blendete es aus. Sogar, wie knapp die Zeit war. Ich wollte jede Sekunde genießen.

Später, als er mich in seinen Armen hielt und ich seinen Herzschlag an meinem spürte, fühlte ich mich friedvoll.

Es war, als wäre ich am Ende einer Reise angekommen. Bei ihm. Dort, wo ich begonnen hatte.

»Ich habe dich so vermisst«, sagte ich leise.

»Ich dich auch. Es tut mir leid, wie es gelaufen ist«, flüsterte er. »Ich habe es dir so schwer gemacht. Onie hat mir erzählt, dass du alles versuchst, um es hinzubekommen. Wie viel Mühe du dir gibst. Ich habe das nicht gesehen.«

»Ich hätte es dir selbst erzählt«, wisperte ich.

Er zog mich enger an sich. »Ich weiß. Es tut mir leid. Die Rosen ... Die Namen und die Farben ...«

»Menschen, denen ich begegnet bin.« Ich starrte an die Decke, um die Erinnerungen auszublenden.

»Ist da auch noch eine für mich übrig?«, fragte er.

Mein Herz setzte einen Schlag aus.

›Niemals!‹, wollte ich schreien und spürte, dass ich Panik bekam. Ich wusste genau, wie er seine Frage meinte, doch ein ungeahntes Angstgefühl breitete sich in mir aus. Die Angst, ihn zu verlieren war so stark, dass mir die Tränen in die Augen schossen.

Nur mühsam gelang es mir, mich unter Kontrolle zu halten. Ich durfte ihm diese Angst nicht zeigen. Ich durfte diesen Moment nicht kaputtmachen.

»Dir gehört mein Herz«, brachte ich über die Lippen. »Das ist besser als jede Rose.«

Er lächelte und küsste mich erneut.

Ich verdrängte die Angst und kuschelte mich an ihn. Es gab noch eine Chance. Sie war klein, aber sie existierte.

Zwei Tage. Eine Seele.

Das bekam ich hin. Ich musste.

DREIZEHN

(Rot: 26/ Schwarz: 8)

Am Morgen brachte Rickart Kaffee ans Bett. Er war schon angezogen und hatte seine Uni-Tasche in der Hand.

»Ich hab gestern ganz vergessen, dass heute eine Klausur ansteht«, sagte er und strich mein zerzaustes Haar zurück. »Lass dir Zeit. Ich komme nach der Vorlesung zurück und dann nehmen wir uns den Nachmittag für uns, okay?«

»Gerne. Falls ich losmuss, melde ich mich«, versprach ich. »Ich muss auch noch meine Sachen von Onie holen. Wenn... es okay ist, dass ich hier bin«, fügte ich hinzu.

Rickart küsste mich. »Natürlich. Ich kann die Sachen für dich holen. Dann kannst du dich schonen.«

»Danke, aber ich will mit ihr reden. Ich schulde ihr eine Erklärung«, sagte ich.

»Okay. Dann halte mich einfach auf dem Laufenden.« Er küsste mich wieder, drückte mir den Kaffeebecher in die Hand und verließ mit einem Lächeln die Wohnung.

Ich sah ihm nach und fühlte mich zum ersten Mal seit langer Zeit gut. Nicht, als könne ich singen und tanzen, aber leichter als vorher. Ich wagte etwas Hoffnung.

Das hatte ich verdient nach den letzten Wochen.

»Klara?«

Mein Herz stolperte, als ich Zekis Stimme hörte. Sofort war dieser Drang wieder da. Ich schüttelte den Kopf, um ihn freizubekommen, und sah ihn an.

Er stand neben der Tür. Auf Abstand. Wachsam. Der Drang wurde trotzdem stärker. Er spürte es. Ich spürte es.

Mir blieb nicht viel Zeit, bevor es schlimmer wurde. Ich verlor die Kontrolle. Stück für Stück. Verdammt.

»Was passiert mit mir, Zeki?«, fragte ich mit höchster Konzentration. »Du hast gesagt, dass etwas schiefgelaufen ist. Dass du etwas hättest tun müssen, aber Noam nicht zugehört hast. Kannst du es mir erklären? Schnell, solange mein Gehirn noch funktioniert? Ich stehe neben mir.«

»Das ist meine Schuld«, antwortete er leise. »Ich hätte am Anfang eine Verbindung zu dir schaffen müssen. Dann ginge es dir jetzt nicht so schlecht und du hättest diese ... Symptome nicht.«

»Symptome?« Meine Kehle war trocken und mein Blick saugte sich an seinem Körper fest. An seiner schimmernden Haut, die wie poliertes dunkles Holz glänzte. An den silbernen Augen. Den vollen Lippen.

Er beobachtete mich. »Genau das ist es, was mit dir passiert. Meine Himmelsenergie macht dich süchtig. Durch den Kuss habe ich alles noch verschlimmert.« Er ballte die Hände zu Fäusten. »Das mache ich wieder gut, das verspreche ich dir.«

Ich zuckte hilflos mit den Schultern. »Geht es nicht vorbei, wenn ich die letzte Seele überführe?«

»Das kann ich nicht versprechen. Aber du hast ja schnell wieder einen Ersatz gefunden.«

Irrte ich mich, oder war er eifersüchtig?

»Das meinst du nicht ernst, oder? Bei allem, was du mir gesagt hast, machst du mir Vorwürfe?«, fuhr ich ihn an. Ich kam auf die Beine und ging zu ihm. Mit jedem Schritt schrumpfte meine Wut. Ich wollte ihn einfach nur spüren. Zeki wich vor mir zurück. »Bleib da, Klara.« Ich blieb stehen. Es fiel mir schwer, doch ein Rest Verstand war noch da. Es war besser, auf Abstand zu Zeki zu bleiben.

Er hielt meinem Blick noch einen Moment stand, dann unterbrach er den Kontakt. »Nein, ich mache dir keine Vorwürfe«, sagte er, doch seine Worte waren nicht ehrlich. Mein Herz verkrampfte sich und ich unterdrückte den Impuls, zu ihm zu rennen und mich an ihn zu pressen.

Stattdessen suchte ich ein paar Kleidungsstücke zusammen, denn ich trug nur meinen Slip und ein dünnes weißes Spaghetti-Top. Es war für uns beide besser, wenn ich mich anzog. Je mehr, desto sicherer.

Zeki atmete auf, als ich den Knopf meiner Jeans schloss. »Besser.« Ja, für mich auch. Er sah mir wieder ins Gesicht. Zwischen seinen Augenbrauen erschien eine Falte. »Es dauert nicht mehr lange. Morgen läuft deine Mission ab.«

»Ich weiß.« Ich blickte zur Uhr. »Vierzig Stunden noch. Schaffen wir das, Zeki? Die letzte Seele. Das ist doch viel Zeit für eine Überführung, oder?«

Er nickte langsam. »Ja, das schaffen wir. Ich habe den Auftrag bereits bekommen. Er hat ein wenig Vorlauf.«

Ich runzelte die Stirn. »Warum?«

»Weil die Seele sich in einem momentan intakten Körper befindet. Der Tod tritt erst später ein.«

»Das verstehe ich nicht. Warum so ein Aufriss?«

Zeki mied meinen Blick. »Weil die letzte Seele immer die schwierigste ist.«

»Das hat Noam mir auch schon angedroht.«

Ich bekam es mit der Angst zu tun. »Kenne ich ihn?«

Er schwieg und atmete tief durch.

Mir riss der Geduldsfaden. »Zeki?«

Er sagte immer noch nichts, hob hilflos die Schultern. Das miese Gefühl in meinem Magen wurde schlimmer.

»Zeki!«, schrie ich ihn an. »Rede mit mir, verdammt!«

»Scheiße ... Klara, es ist Rickart.«

Ich starrte ihn an. In meinem Kopf war eine Leere, die nichts mit meinen Symptomen zu tun hatte.

Seine Worte ergaben keinen Sinn. Gar keinen.

Ich stieß ein hilfloses Lachen aus, doch Zeki verzog keine Miene. Ich konnte den Ausdruck seines Gesichts nicht deuten. Zu viele verschiedene Gefühle stritten darin. Es war mir auch egal, was da für ihn zusammenkam, ich sah nur eins: Es war sein Ernst.

»Zeki ... Nein.« Ich schüttelte den Kopf. »Das ist unmöglich. Hörst du? Rickart ist vierundzwanzig, er ist kerngesund. *Kerngesund* verstehst du das? Er ist ein Sportler! Er geht viermal die Woche zum Sport, er gibt sogar Unterricht! Es ist UNMÖGLICH!« Meine Lunge fühlte sich wie ein Vakuum an, als ich die Worte hinausgeschrien hatte.

»Klara, es tut mir leid.«

»Nein, komm mir nicht so! Es tut dir leid? Das kannst du vergessen! Du gehst jetzt sofort zu wem auch immer und sagst denen, dass das ein Irrtum ist, verstanden? Ich komme mit, wenn es hilft. Ich sage es denen, damit sie es begreifen. Die haben sich offenbar in der Akte geirrt. Rickart! Das ist doch lächerlich.«

Ich wurde hysterisch. Ich bekam keine Luft mehr. Um mich drehte sich alles und mein Herz raste.

Zeki kam zu mir und hielt mich fest.

Ich war so aufgebracht, dass nicht einmal die Sucht dagegen ankam. »Klara, bitte beruhige dich. Lass uns in Ruhe darüber sprechen.« Er streichelte mich, doch nicht einmal das zeigte Wirkung. Ich war außer mir.

»Da gibt es nichts zu reden. Ich mache da nicht mit!«

»Dann sterbt ihr beide!« Seine grauen Augen bohrten sich in meine. Ich versuchte, mich von ihm loszureißen.

»Es stirbt niemand, Zeki. Ich steige aus. Ich werde bei diesem kranken Spiel nicht mehr mitmachen! Verstehst du das? *Ich bin raus.*«

Er hielt mich eisern fest. »Das geht nicht und das weißt du auch. Atme bitte einmal kurz durch und lass uns reden. Lass es mich dir erklären.«

»Ich will deine Erklärung nicht hören. Ich habe dir schon gesagt, dass ein Fehler vorliegt.« Ich riss mich endlich von ihm los. »Und eins sage ich dir: Wenn es eine Möglichkeit gibt, das zu verhindern, dann werde ich sie nutzen. Rickart wird nicht sterben.«

»Doch, das wird er!«, fuhr der Todesengel mich an. »Das Schicksal lässt sich nicht ändern, hörst du?«

»Aber das akzeptiere ich nicht!«, schrie ich.

»Das ist dem Schicksal scheißegal, Klara!« Zeki rang die Hände und drehte mir den Rücken zu. Er atmete heftig. Ich sah, dass ihn das Ganze auch mitnahm.

Das war mir egal. Ich wollte, dass er sich etwas einfallen ließ, um Rickart zu retten.

»Von wem kam die Info?«, fragte ich eiskalt.

»Von Tovi, aber das macht keinen Unterschied«, sagte er. »Er hat nichts zu entscheiden.«

»Wer entscheidet?«, fragte ich weiter.

Zeki presste die Lippen zusammen.

Jetzt, da ich ruhiger wurde, kam auch die Sucht zurück.

Mein Blick saugte sich an seinem Mund fest. Erinnerungen an unsere Küsse kamen hoch. Ich wich zurück, damit es besser wurde.

»Klara, keine Ahnung, was für ein System dahintersteckt. Ich weiß es wirklich nicht. Wir führen aus. Wir wissen, welche Seelen so wertvoll sind, dass sie erhalten bleiben sollen. Eine solche Seele besitzt Rickart. Es ist deine Aufgabe, sie zu überführen. Dich zu weigern ist sinnlos. Das führt dazu, dass seine Seele ins Chaos geht und die Lebensenergie verpufft. Wenn du sie überführst, kann seine Seele wiedergeboren werden, nachdem sie gereinigt wurde. *Das* ist deine Aufgabe. Nur das.«

»Nein, es ist nicht nur das«, sagte ich bebend. »Ihr verlangt von mir, dass ich mein Leben ohne den Mann verbringe, den ich liebe. Und ihr wollt, dass ich daran auch noch aktiv mitwirke.«

»Dein Auftrag ist keine Aufforderung zum Mord!«, fuhr Zeki mich an. »Er wird sterben, Klara. Das ist unveränderlich. Du begleitest, was unvermeidlich geschehen wird.«

»Und wie *geschieht* es?«, spie ich aus. Ekel erfüllte mich.

Zekis Augenlid zuckte. »Das weiß ich nicht.«

»Aber Tovi weiß es«, mutmaßte ich. In mir keimte ein Funken Hoffnung. Wenn ich wüsste, was passierte, könnte ich ihn beschützen. Ich könnte ihn rechtzeitig zum Arzt bringen. Dafür sorgen, dass er das Haus nicht verließ, wenn es ein Unfall war.

Ich hatte noch eine Chance.

Zeki erriet meine Gedanken. »Klara, bitte, ich verstehe, dass du ihn retten willst, aber es ist sinnlos«, wiederholte er. »Das Schicksal lässt sich nicht abwenden. Das hat es noch nie.« Er kam zu mir und nahm meine Hände.

Der Drang wurde wieder stärker. Ich kämpfte dagegen, doch es war schwer.

»Versteh doch, dass du nur eine Wahl hast: Du erledigst deine Aufgabe, oder du stirbst. Welchen Sinn hätte das?«

»Welchen Sinn hat Rickarts Tod?«, konterte ich.

»Den, dass du weiterleben kannst, wenn du seine Seele rettest«, versetzte Zeki. »Ganz einfach.«

»Ich möchte wissen, was mit ihm passiert«, forderte ich, ohne auf ihn einzugehen.

»Klara, du kannst es nicht verhindern«, beharrte er.

›Das werden wir sehen‹, dachte ich voller Wut, doch zu toben brachte mir nichts. Ich musste Informationen sammeln. Und dann das angeblich Unmögliche tun.

»Ich will wenigstens vorbereitet sein«, sagte ich. Meine Stimme zitterte. »Bitte, sag es mir, damit ich es nicht versaue. Das schuldest du mir.« Zeki sah mich zweifelnd an, dann biss er sich auf die Unterlippe.

»Und du wirst seine Seele überführen?«, hakte er nach.

»Ich werde verhindern, dass sie im Chaos landet.«

»Das beantwortet die Frage nicht«, beharrte er.

»Wenn der Fall eintritt, werde ich alles dafür tun, dass seine Seele im Himmel landet«, sagte ich. Das war mein Ernst. Wenn alle Stricke rissen, musste ich wenigstens das für ihn tun. Und dann einen Ausweg für mich finden.

Zeki zögerte kurz, dann nickte er geschlagen. »Ich habe dir die Wahrheit gesagt: Ich weiß nicht, was passiert. Aber ich werde zu Tovi gehen und sehen, was ich tun kann.«

»Danke.« Ich umarmte ihn. Die Sucht trieb mich dazu, mich eng an ihn zu schmiegen.

Ich legte meinen Körper an seinen, genoss seine Wärme. Mein innerer Aufruhr legte sich. Ich wollte ihn nur noch spüren. So nah wie möglich.

Meine Hände wanderten unter sein Hemd. Als meine Finger seine nackte Haut berührten, seufzte ich auf.

Zeki holte tief Luft und schob mich von sich. »Tu das nicht.« Seine Augen schimmerten silbrig und sein Atem war tiefer als sonst. Es fiel ihm schwer, mich aufzuhalten.

»Geht es dir auch wie mir? Betrifft es dich umgekehrt auch?«, fragte ich. Er wich noch einen Schritt zurück.

»Was es ist, spielt keine Rolle. Ich muss mich von dir fernhalten, damit es nicht noch schlimmer für dich wird.«

»Wenn es hinterher nicht aufhört«, begann ich, als ein völlig verrückter Gedanke durch meinen Kopf schoss. »Kannst du dann ...«

Er drehte sich um und stürmte aus dem Schlafzimmer. Die Tür fiel so laut ins Schloss, dass mir der Knall durch Mark und Bein ging.

Es dauerte, bis sich die Hitze in meinem Inneren abbaute und sich mein Kopf wieder klärte.

Mir wurde eiskalt, als ich verstand, was ich gerade gesagt hatte. »Scheiße«, murmelte ich und presste meine Hände an meine Schläfen.

Wenn es noch schlimmer wurde, verlor ich einfach alles.

ZEKI

Mein Herz hämmerte so stark gegen meine Rippen, dass ich befürchtete, es spränge mir aus der Brust.

Ich schüttelte den Kopf, um ihn freizubekommen. Vergeblich. Meine Gedanken rasten, doch ich bekam keinen einzigen zu fassen.

Der Dimensionssprung rauschte an mir vorbei, doch ich fühlte mich nicht besser, als ich durch die Himmlischen Flure rannte. Kein bisschen.

Klaras Gesicht verfolgte mich. Der manische Ausdruck in ihren Augen. Der trotzig verzogene Mund. Ich spürte noch immer ihre Wärme. Die Stellen meines Körpers, an denen sie mich berührt hatte, brannten wie Feuer.

Es brachte mich um. Ich wusste nicht, ob es möglich war, aber es schien, als sei die Sucht beidseitig. Ich wollte es mindestens so sehr wie sie. Nur dass ich widerstand. Noch.

Ich konnte nicht dafür garantieren, dass ich durchhielt.

›Schon wieder, Zedekiah?‹, hatte Noam gesagt. Ich hätte diesen Idioten ohrfeigen können. Er wusste doch gar nicht, was geschah. Er und seine ach so tolle Erfahrung von dreihundert Jahren. Ihm war das nie passiert. Ihm würde das auch nicht passieren.

Sein Inneres war kalt geblieben, als die Gefühle kamen. Meines nicht.

Als die emotionale Schranke fiel, traf es mich wie ein Blitz. Ich hatte immer noch Probleme, mit den Gefühlen zurechtzukommen. Mehr als die anderen. Das wurde mir zum Verhängnis. Erneut.

Ich biss die Zähne zusammen. Klara brauchte mich. Vor allem jetzt. Vor allem bei dem letzten Auftrag. Es tat mir leid, egal, was sie sagte. Deswegen blieb ich bei ihr. Deswegen versuchte ich jetzt alles, um ihr zu helfen.

Egal, wie schwer es mir fiel.

Ich erreichte den Trakt, der mein Ziel war, und riss die Tür auf. Mehrere irritierte Augenpaare richteten sich auf mich, nicht wenige unfreundlich.

›Scheißegal.‹

»Was willst du denn schon wieder hier?«, fragte jemand.

Ich ignorierte ihn und ging zwischen den Tischen durch bis in die richtige Ecke. Der Schreibtisch aber war leer.

»Wo ist Tovi?«, fragte ich einen blonden Grundengel, der an mir vorbeihastete. Ihre Haare waren beinahe so hell wie Klaras.

Ich drehte durch. Klara ging mir nicht aus dem Kopf. Nie.

»Er ist in einer Besprechung«, sagte sie spitz.

Ich fluchte unterdrückt und ballte die Fäuste. Ich musste mit Tovi sprechen. Schnellstmöglich.

Klara hatte etwas vor. Sie dachte, es gäbe einen Ausweg.

Wenn Tovi mir die Todesursache nannte, konnte ich sie vielleicht doch noch davon überzeugen, dass es sinnlos war. Wenn es eine Gehirnblutung wäre oder ein Aneurysma, müsste sie einsehen, dass es nichts gab, was den Tod ihres Freundes verhindern konnte. Dann musste sie seine Seele überführen.

Und danach würde sie weiterleben.

Sie könnte ... Ich könnte ... Ich könnte mit ihr ...

Ihre Worte hallten in meinem Kopf nach wie ein endloses Echo. »*Wenn es hinterher nicht aufhört, kannst du dann ...*«

Bei mir bleiben? Rickarts Platz einnehmen? Mir sagen, was du für mich empfindest? Dafür sorgen, dass wir zusammen sein können? Tun, was wir beide in diesen Momenten unbedingt wollen?

Mein Gehirn entwarf endlos viele Vorschläge, wie der Satz geendet hätte, wenn ich nicht gegangen wäre.

Ich hätte bleiben sollen.

Nein, es war gut, dass ich gegangen war. Wäre ich nicht gegangen, sondern hätte gehört, wie der Satz zu Ende ging, hätte ich vielleicht die Beherrschung verloren.

Und alles noch schlimmer gemacht.

Klara war nicht bei Sinnen. Das war meine Schuld. Nur meine. Ich hätte gleich am Anfang zu ihr gehen und eine Verbindung schaffen müssen, durch die wir besser zusammenarbeiten könnten. Diese hätte sie stabilisiert und dafür gesorgt, dass es ihr besser ging, indem ich sie mit meiner Energie versorgte. Sie hätte sichergestellt, dass sie ihre Mission erfüllte. Ohne den Verstand dabei zu verlieren.

Stattdessen hatte ich darauf gepfiffen, was Noam mir erklärte, und ihm gesagt, ich käme auch allein klar. Sein Job sei nicht halb so wichtig oder kompliziert wie meiner. Er sei nicht halb so qualifiziert wie ich.

Ich hatte die Aufgabe unterschätzt.

Jetzt stand ich so nah an der endgültigen Degradierung, dass ich mir fast sicher war, dass es sich nicht mehr verhindern ließ. Jael glaubte nicht daran, dass ich es schaffte, das hatte sie mir ins Gesicht gesagt.

»Zweimal versagt, Zedekiah«, war ihr vernichtendes Resümee. »Eine schlechte Leistung für einen, der sich für den Besten hält. Wie heißt es so schön? Hochmut kommt vor dem Fall.« Dabei hatte sie mich freudlos angelächelt. »Ich hätte es nicht für möglich gehalten, dass wir beide einmal dieses Gespräch führen.«

»Ich auch nicht«, erwiderte ich mit zusammengebissenen Zähnen.

Und jetzt stand ich hier und es war das Schlimmste passiert, was hätte eintreffen können. Warum Rickart? Jeder x-beliebige andere Mensch hätte es doch auch getan.

»Weil die Mission eine besondere Frage beantwortet«, hatte Tovi gesagt, als er mir den Namen nannte und ich ihm diese Frage stellte.

»Welche?«, wollte ich wissen.

»Ob Klara ein Todesengel werden kann.«

Auch dieser Satz geisterte seitdem dauernd in meinem Kopf herum. Selbst wenn sie versagte, bestand noch eine letzte Chance für uns. ›Für sie‹, korrigierte ich mich, denn für mich war es dann vorbei.

Es gab keinen anderen Weg, als dass Klara Rickarts Seele überführte und ihre Mission erfüllte.

Für niemanden von uns.

Wenn sie bestand, bekam ich eine weitere Chance, zu beweisen, dass ich integer war. Dass mein Fehlverhalten einmalig war. Meine Schlechtleistung bei Klara war ein temporärer Zustand. Danach würden wir uns nie wiedersehen und sie konnte von den Symptomen geheilt werden.

Es gab kein »Wir«. In keinem einzigen Szenario, egal, wie fieberhaft mein Kopf danach suchte.

Je eher ich das verstand, desto besser.

Tovi kam zurück. Er blieb stehen und hob die blonden Brauen, als er mich sah. »Was machst du denn hier?«

»Ich muss mit dir sprechen«, erwiderte ich rau.

»Worüber?«

»Über die letzte Seele.«

Tovi behielt mich im Auge. »Du hast es ihr gesagt.«

»Ja.«

»Und sie hat so reagiert, wie ich es dir prophezeit habe.«

»Ja.«

»Warum hast du es getan?«

»Weil ich das Gefühl hatte, es ihr zu schulden.«

»Aber warum? Du hast es für euch nur noch schlimmer gemacht. Jetzt hat sie Zeit, um nachzudenken. Du weißt, wie Menschen sind.« Tovi schüttelte den Kopf. »Ich verstehe dich nicht.« Wieder dieser Blick. »Denn der einzige Grund, den du haben könntest, verbietet sich von selbst.«

Ich fühlte mich von ihm festgenagelt.

Er durchschaute mich, als lägen meine Gedanken offen vor ihm. Natürlich kannten wir uns seit Jahrhunderten, aber ich dachte, ich hätte mich besser unter Kontrolle.

Noch ein Fehler in einer langen Reihe.

»Was willst du wissen?«, fragte Tovi schließlich, als ich beharrlich schwieg.

»Die Todesursache.«

Seine Augenbrauen zogen sich zusammen. »Warum?«

»Ich habe Klara so weit, dass sie es macht. Aber sie will sich nicht überraschen lassen, um sicherzugehen, dass sie es schafft.«

Tovi sah mich zweifelnd an. »Welche Rolle spielt das? Er stirbt, sie überführt seine Seele.«

»Sie liebt ihn«, erwiderte ich, meine Zunge brannte beim Sprechen. »Sie weiß, was sonst mit seiner Seele passiert.«

»Zedekiah, ich muss dich nicht daran erinnern, dass sich das Schicksal nicht ändern lässt, oder?«, fragte Tovi. »Ich kenne dich. Du bist kurz davor, etwas Dummes zu tun.«

»Bin ich nicht«, schwor ich. »Ich will, dass sie es schafft, damit ich meinen Job wiederbekomme und sie überlebt. Wenn sie dazu wissen muss, was mit ihm passiert, soll sie doch. Ich habe schon so viel Schaden angerichtet, dass ich ihr diesen Knochen zuwerfen kann.«

»Klara ist nicht Anna.«

Die Worte fuhren wie Pfeile durch meine Brust.

»Das weiß ich, Tovi.«

»Ich wollte dich nur daran erinnern.« Tovi setzte sich an seinen Tisch und öffnete sein Register. »Richter, Klara. Sundgren, Rickart. Todesdatum: 30. November. Todesursache: Vergiftung. Genauer geht es nicht.«

»Danke, das reicht«, sagte ich.

Eine Vergiftung war nicht so unabänderlich wie ein Aneurysma, aber es musste reichen, damit Klara verstand, dass sie nichts tun konnte, als ihre Mission zu erfüllen.

»Zeki«, rief Tovi mir nach. Ich drehte mich um.

Erst Sekunden später merkte ich, dass er mich bei dem Spitznamen gerufen hatte, den ich Klara verdankte. Wieder schmerzte mein Herz. »Es geht um euch beide. Vergiss das nicht.«

»Werde ich nicht«, grollte ich und ließ ihn stehen.

KLARA

Ich wartete stundenlang auf Rickart, bis ich es nicht mehr aushielt. Ich musste irgendwas tun. Also meldete ich mich bei Onie und holte meine Sachen bei ihr ab. Sie war erleichtert, dass Rickart und ich uns versöhnt hatten.

»Die Sache mit euch hat mich fertiggemacht«, gestand sie mir. »Ich habe mir solche Sorgen gemacht, dass ihr es nicht mehr hinbekommt.«

»Ich habe zwischendurch auch nicht mehr daran geglaubt«, erwiderte ich und rieb mir den Nacken.

»Umso besser, dass ihr miteinander gesprochen habt. Du siehst auch besser aus als gestern.« Sie strich mir eine Haarsträhne aus dem Gesicht.

Ich lächelte, obwohl ich mich genauso erschöpft wie gestern fühlte. Nur der unbedingte Wille, Rickart zu retten, hielt mich aufrecht.

Ich suchte fieberhaft nach Hinweisen.

Ich versuchte verzweifelt, mich zu erinnern, ob irgendwas bei ihm auf eine Krankheit hindeutete.

Aber es war, wie ich Zeki gesagt hatte: Rickart war kerngesund. Er ernährte sich bewusst und er kannte seinen Körper. Wenn ihm etwas komisch vorkäme, würde er das ansehen lassen. In seinen Kursen waren genug Sportmediziner, an die er sich problemlos wenden konnte.

Es konnte keine Krankheit sein. Das bedeutete im Umkehrschluss, dass es sich um einen spontanen Grund handeln musste. Einen Unfall. Und das bedeutete wiederum, dass Rickarts Tod sich verhindern ließ, wenn ich auf ihn achtete. Ich musste dafür sorgen, dass Hilfe in der Nähe war, wenn etwas passierte, sodass er gerettet wurde.

Sobald wir die Nacht zum ersten Dezember überstanden hatten, war meine Deadline überschritten und ich hatte es geschafft. Dann war Rickarts Tod überwunden und sie konnten stattdessen meine Seele haben. Ich hoffte, dass das reichte. Es musste einfach reichen.

Ich brachte meine Sachen nach Hause und wartete. Mittlerweile war es früher Nachmittag. Rickart müsste schon zurück sein.

Ich rief ihn an, doch er antwortete nicht. Ich schrieb ihm und war erleichtert, als der Status auf ›gelesen‹ umsprang. Er war nicht tot. Wahrscheinlich war ihm etwas dazwischengekommen. Trotzdem wurde ich immer unruhiger.

Ich hielt es zu Hause nicht mehr aus und schrieb ihm, dass ich ihn abholen kam. *›Wir können ja zusammen etwas essen gehen.‹*

Wieder las er es, antwortete aber nicht. Was war da los?

»Scheiße«, murmelte ich, als ich in den Bus stieg. »Schick doch wenigstens nen ›Daumen hoch‹.«

Mir wurde schwindelig und ich musste mich festhalten, um in der Kurve nicht zu taumeln. Ich bekam Angst, dass ich zu spät kam. Dass Rickart doch etwas zugestoßen war. Der Weg zur Uni war endlos. Die Unruhe brannte wie Säure in mir. Die Minuten dehnten sich ewig aus und als wir auch noch an einer Baustelle halten mussten, weil ein Bagger die Straße blockierte, drehte ich beinahe durch.

Ich musste mich setzen, hielt es aber nicht aus.

Vor meinen Augen tanzten Lichtpunkte, mein Körper fühlte sich merkwürdig an. Eine Panikattacke? In meinem jetzigen Zustand konnte das nur eine Katastrophe werden.

Endlich fuhren wir weiter, aber es waren noch viele Stationen bis zur Uni. Viel zu viele.

Wieder checkte ich mein Telefon. Rickart hatte immer noch nicht geantwortet. Ich rief ihn wieder an, aber er ging nicht ans Handy.

Mittlerweile rechnete ich jeden Moment damit, dass sich die Polizei oder ein Krankenhaus bei mir meldete.

Ihm musste etwas passiert sein!

Tränen füllten meine Augen und ich biss mir auf die Unterlippe. Ich wollte aussteigen und rennen, doch das war Unsinn. Ich war zum Warten verdammt.

›Ich bin auf dem Weg zur Uni. Ist alles okay bei dir?‹, schrieb ich ihm.

Dieses Mal änderte sich der Status nicht auf ›gelesen‹.

Ich unterdrückte ein Schluchzen.

Sollte ich nach Zeki rufen? Aber was sollte er tun? Wenn ich den Zeitpunkt verpasste ... dann starb ich ohnehin.

Aber es war Zekis Aufgabe, mich rechtzeitig zu Rickart zu bringen. Er war nicht hier. Es war noch nicht so weit.

›Es ist noch nicht so weit.‹

Ich hielt mein Handy so fest, dass meine Hände zitterten.

Endlich erreichte der Bus meine Haltestelle. Kaum dass die Türen sich geöffnet hatten, sprang ich hinaus und rannte los. Ich wusste ungefähr, in welchem Gebäude er sich befand. Es lag am anderen Ende des Geländes.

Meine Beine fühlten sich wie Gummi an. Die Lichtpunkte vor meinen Augen wuchsen. Mir wurde schlecht. Ich konnte kaum noch etwas sehen, die trübe Novembersonne brannte in meinen Augen.

»Klara!«

Ich blieb abrupt stehen. Mein Magen verwandelte sich in einen Eisklumpen.

›Nein, oh bitte nicht.‹

Zeki kam auf mich zu. Ich spürte, wie der Drang wuchs.

›Bitte, bitte nicht.‹

Wenn er hier war, bedeutete das, dass es jetzt passierte. Jetzt. Hier.

Tränen rannen über meine Wangen. Ich konnte mich nicht rühren und musste auf ihn warten.

Er erreichte mich und musste mich am Arm packen, damit ich nicht in mich zusammensackte.

Die letzte Kraft verließ mich.

Ich schluchzte. »Nein!«

»Hey, beruhige dich bitte«, sagte er leise und zog mich ein Stück mit sich. Er drückte mich auf eine Bank und trat dann zwei Schritte zurück. Ich weinte und barg mein Gesicht in meinen Händen.

»Ich kann das nicht tun, Zeki! Bitte, ich kann nicht!«

»Es ist noch nicht so weit«, sagte er angespannt.

Mein Kopf ruckte hoch. »Nicht?«

Wilde Hoffnung wuchs in mir. Ich hatte noch ein bisschen Zeit. Ich konnte Rickart finden und beschützen. Ich konnte doch noch dafür sorgen, dass er überlebte.

»Aber ... warum bist du dann hier?«, fragte ich. Er stand noch zu nahe. Mein Gehirn vernebelte sich bereits wieder.

»Weil du mich um etwas gebeten hast«, sagte er ruppig. »Und ich wollte nach dir sehen.«

Ich sah ihn an und zeigte ihm meine leeren Hände. Mein verzweifeltes Gesicht. »Sieh mich doch an.«

Dann verstand ich seine Worte. Mein Herz pochte, als der Hoffnungsschimmer wuchs. »Du hast es herausgefunden«, flüsterte ich. Zeki nickte. Sein Mund war verkniffen.

Ich wollte diese weichen Lippen wieder küssen.

Ich riss meinen Blick von ihm los. Wenn ich den Blickkontakt mied, konnte ich mich leichter im Zaum halten.

Aber ich wollte ihn unbedingt ansehen.

»Ja, habe ich. Rickart stirbt an einer Vergiftung.«

Ich starrte ihn an. »Eine Vergiftung?«, fragte ich dünn. »Was für eine? Ein Biss? Verdorbenes Essen?«

»Das weiß ich nicht«, unterbrach er mich. »Das steht nicht in der Akte.«

»Akte ...«, wiederholte ich und fühlte mich hohl. Es gab bereits eine Akte, in der Rickarts Tod vermerkt war.

»Wann?«, fragte ich.

»Morgen. Nein, ich habe keine Uhrzeit und auch keinen Ort«, kam er weiteren Fragen unwirsch zuvor. »Und Klara, mehr Informationen kann ich auch nicht beschaffen. Ich werde es spüren, wenn der Zeitpunkt sich nähert. Und du solltest dich bereithalten, deine Aufgabe zu erfüllen. Du hast keine zweite Chance. Wenn du Rickarts Seele nicht überführst, seid ihr beide verloren.«

Ich nickte mechanisch. *Morgen.*

Mein Gehirn ratterte. *Vergiftung.*

Was könnte Rickart vergiften?

Ich musste mich informieren, wie ich vorzugehen hatte, wenn es passierte. Ich musste schauen, ob es Gegengifte gab, die ich bis morgen beschaffen konnte. Dann musste ich meine Vorbereitungen eben breit streuen, damit ich für alles bereit war.

Ich musste ihn nach Hause bringen und überwachen, was er tat. Ich musste unsere Wohnung absuchen und alle Gefahren ausschließen. Es gab dort nichts, was gefährlich werden konnte, aber wer wusste schon, was die Vergiftung auslöste? Ich musste mit allem rechnen.

Mühsam kam ich wieder auf die Beine. »Danke.«

»Klara«, drängte Zeki. »Du siehst nicht aus, als würdest du dich damit abfinden.«

»Kann ich nicht«, sagte ich. »Du könntest es auch nicht.«

Er ballte die Hände zu Fäusten.

Jemand rief meinen Namen. Ich sah Rickart auf uns zukommen. Er hatte Zeki gesehen. Sein Gesicht war angespannt. Das alte Misstrauen kehrte zurück.

»Ich gehe«, sagte Zeki. »Aber Klara, noch einmal: Das Schicksal lässt sich nicht ändern. Niemals. Denk daran.«

Er drehte sich um und ließ mich zurück.

Ich sah ihm nach und unterdrückte den Drang, ihm nachzulaufen und mich in seine Arme zu werfen. Ich wollte nicht, dass er ging. ›*Tu das nicht. Bleib bei Rickart!*‹

Es war schwer. Ich musste meinen Blick gewaltsam losreißen und mich wieder meinem Freund zuwenden.

Rickart erreichte mich und sah dem Todesengel nach. »Zeki, oder?«

»Ja.«

»Was wollte er?«

»Mich erinnern, dass mein Programm morgen endet«, erwiderte ich erschöpft. Ich nahm seine Hand.

»Ich konnte dich nicht erreichen.«

»Die Klausur ist um zwei Stunden verschoben worden und fand in einem anderen Raum statt. Ich musste suchen und bin beinahe zu spät gekommen. Danach bin ich Professor Kreiser über den Weg gelaufen und habe die Chance genutzt, mit ihm über meine Hausarbeit zu sprechen. Da konnte ich nicht ans Telefon gehen. Tut mir leid, dass du dir Sorgen gemacht hast.« Er strich über meine Wange, bemerkte die Tränen und beugte sich zu mir herunter. »Hey, es tut mir wirklich leid. Oder weinst du nicht meinetwegen?« Sein Blick zuckte in die Richtung, in die Zeki verschwunden war.

»Ich habe mir furchtbare Sorgen um dich gemacht. Es ist alles gerade sehr viel für mich«, sagte ich und bemühte mich um ein Lächeln. »Aber jetzt bist du ja da, also wird es besser.«

Rickart zog mich auf die Beine. »Ich bin froh, wenn dein Programm zu Ende ist«, flüsterte er in mein Ohr. »Dann wird alles endlich wieder gut.«

Ich drückte mein Gesicht gegen seine Brust und kämpfte mit den Tränen. Nichts war gut.

Übermorgen war einer von uns tot.

Die Erkenntnis traf mich wie ein Schock.

Bisher hatte ich den Gedanken daran verdrängt. Rickarts Tod zu verhindern war mein einziges Ziel. Ich hatte außer Acht gelassen, was das für ihn bedeutete. So wie ich nicht ohne ihn leben wollte, galt vielleicht das gleiche für ihn. Er würde leiden. Aber er würde leben.

Meine Beine gaben unter mir nach und erneuter Schwindel erfasste mich. Ich wollte das alles nicht mehr.

Ich wollte diese Scheiße nicht machen. Ich wollte weder sterben noch ohne Rickart leben müssen.

Ich verdammte ihn zu diesem Schicksal, ohne dass er es wusste. Ich konnte ihm auch nichts sagen. Ich wusste, wie er reagieren würde.

Das konnte ich nicht zulassen.

»Ich liebe dich«, flüsterte ich.

Er hielt mich fester.

Mein einziges Ziel musste sein, sein Leben zu retten.

Es gab keine andere Option.

VIERZEHN

(Rot: 26/ Schwarz: 8)

Wir kehrten nach Hause zurück und ich nutzte die Zeit, in der Rickart im Bad war, um Vergiftungen zu recherchieren. Ich informierte mich, wie das Krankenhaus aufgestellt war, was solche Fälle anging. Ich speicherte die Nummer der Vergiftungshotline in meinem Handy. Wenn es passierte, durfte ich keine Zeit verlieren.

Ich sah nach, welche Medikamente ich kurzfristig bekommen konnte, doch das meiste erforderte ein Rezept vom Arzt, an das ich nicht herankam. Seren gegen Tiergifte hatte ohnehin nur das Tropeninstitut vorrätig. Ich speicherte vorsichtshalber auch diese Nummer ab.

Ich war ratlos, wie es zu der Vergiftung kommen konnte. Hier in unserer Wohnung war nichts Gefährliches. Argwöhnisch untersuchte ich alle Lebensmittel, die wir hatten, wusch alles Obst und Gemüse heiß ab. Was mir nicht hundertprozentig frisch vorkam, warf ich weg, obwohl ich Verschwendung hasste. Ich durfte keinen Fehler machen und mir keine Unaufmerksamkeit erlauben.

Rickart kam dazu, als ich die Zucchini mit der Spülbürste abschrubbte: »Was machst du da?«

»Ich dachte, wir kochen gemeinsam.« Ich stellte den Backofen auf zweihundert Grad. Es musste alles richtig durchgaren. »Rickart, hast du eigentlich Allergien?«

Seine Brauen zogen sich zusammen. »Nur Bienen, das weißt du doch.« Die waren im Winter keine Gefahr.

»Ich meine Lebensmittel«, präzisierte ich und schrubbte die Tomaten. Rickart kam zu mir und nahm mir die Bürste aus der Hand.

»Ich mag es lieber, wenn das Gemüse nicht nach Spülmittel schmeckt«, sagte er sanft. »Und nein, nicht, dass ich wüsste. Wie kommst du darauf?«

Ich murmelte etwas Unverständliches, und bekam Panik wegen des Spülmittels. Ich wusch alles noch einmal unter Heißwasser ab, damit keine Reste dranblieben.

Rickart beobachtete mich dabei. Ich sah seinen Zweifel und seine Ratlosigkeit wegen meines Verhaltens. Entmutigt ließ ich die Hände sinken. Was machte ich hier? Ich sollte die letzten Stunden genießen, die uns blieben.

Wieder füllten sich meine Augen mit Tränen und ich musste mich schnell abwenden, damit er sie nicht sah. Ich konnte sie nicht erklären. Und ich wollte nicht noch mehr Zeit vergeuden.

Also flüchtete ich in seine Arme und atmete seinen Geruch ein. Ich füllte meine Lungen damit und stellte mir vor, dass unsere Pläne noch Bestand hatten.

Dass es immer noch möglich war, dass wir nach dem Studium heirateten. Nach Hause zurückkehrten und uns ein Häuschen suchten. Kinder zusammen bekamen.

Gemeinsam alt wurden.

Ich stellte mir vor, wie wir auf unserer Terrasse saßen, beide alt und grau, und uns über die Jahrzehnte unterhielten, die hinter uns lagen. Und Pläne machten für die Jahre, die uns noch blieben.

Wie wir darüber Witze machten, dass wir mal besser ausgesehen hatten. Und uns dann darüber freuten, dass wir so viel Zeit zusammen verbringen durften.

Ich weinte bitterlich um all diese Momente, die wir nicht erleben durften.

»Klara, was hast du denn?«, fragte er, doch ich konnte nicht sprechen. Stattdessen küsste ich ihn und sagte mir, dass das, was uns an Zeit blieb, besser war als nichts.

Und dass ich dafür sorgen würde, dass Rickart all diese Momente erleben durfte. Nicht mit mir, aber mit jemandem, der ihn hoffentlich so liebte wie ich.

Das musste mein einziger Gedanke sein. Für ihn lohnte sich jede Anstrengung. Ich würde durchhalten.

Bevor es zu Ende ging, musste ich noch meine Familie anrufen. Morgen. Ich würde noch einmal ihre Stimmen hören und mich über sie freuen. Dann war alles gut. Von Onie hatte ich mich schon verabschiedet, ohne, dass sie wusste, warum ich sie so lange im Arm gehalten hatte.

Nur noch ein paar Punkte auf der To-do-Liste und ich war bereit. Gut so.

Rickart übernahm das Kochen und ich recherchierte weiter zu Vergiftungen. Dann ging ich ins Schlafzimmer und holte frische Sachen. Ich musste dringend duschen.

Zwischen meinen Kleidern, die zusammengeknüllt auf meinem Sessel lagen, fand ich Zekis Feder. Mein Herz krampfte sich zusammen, als ich sie in der Hand hielt. Ich musste dafür sorgen, dass er nicht auf Rickart traf.

Ich wusste, dass er ein Signal bekam, wenn der Zeitpunkt gekommen war, aber ich musste verhindern, dass er in meine Nähe kam.

Auch jetzt, wo es nur seine Feder war, spürte ich die Sehnsucht in mir. ›Die Sucht‹, korrigierte ich mich und legte die Feder weg.

›Es ist eine kranke Sucht, die keiner von uns will. Ich muss die Feder am besten loswerden.‹

Ich griff wieder nach ihr und ertappte mich dabei, dass ich an ihr roch, statt sie aus dem Fenster zu werfen. Ich konnte sie nicht wegwerfen. Ich schaffte es nicht.

Und genau deswegen musste Zeki wegbleiben. Wenn er meine Sinne vernebelte, konnte ich für nichts garantieren.

Ich hatte es vorhin bemerkt, bevor er geflohen war. Ich war kurz davor, meinen Plan über den Haufen zu werfen. In meiner Vorstellung, nein, der Idee, die völlig verrückt durch meinen Kopf geschossen war, hatte ich uns beide gesehen. Ich hatte meine Mission erfüllt und Zeki fand einen Weg, bei mir zu sein.

Ich zog die unterste Schublade meiner Kommode auf und verstaute die Feder unter meinen Strumpfhosen. Ich musste mich von ihm fernhalten. Unbedingt. Ich musste bei klarem Verstand sein und meinen Plan umsetzen.

Koste es, was es wolle.

»Klara?« Rickarts Stimme riss mich aus meinen Gedanken. Ich fuhr hoch und wirbelte herum. Er stand in der Schlafzimmertür. »Der Auflauf ist jetzt im Ofen, wenn du also noch duschen willst, solltest du dich beeilen.«

»Mache ich«, versprach ich und lief zum Bad. Vor ihm blieb ich stehen und küsste ihn. »Danke.«

»Beeil dich, oder ich helfe nach«, sagte er. Ich ließ grinsend die Badezimmertür angelehnt - nur für den Fall.

Rickart war das Wichtigste. Meine Sucht nach Zeki bekam ich in den Griff. Das musste mir gelingen, sonst versagte ich und er starb. Das könnte ich mir nie verzeihen. So stark war keine Sucht.

Ich stellte mich unter die Dusche und schmiedete einen Plan für die kommende Nacht. Ich wollte die Zeit bestmöglich nutzen und sie genießen.

So gut es eben ging.

Ich trocknete mich gerade ab, als es in der Küche schepperte und Rickart laut fluchte. Ich rannte hin, bereit, sofort den Notruf zu betätigen.

Doch Rickart stand vor der Spüle und kühlte mit beleidigter Miene seine linke Hand. Die Auflaufform stand gefährlich nah an der Kante der Arbeitsplatte, der Ofenhandschuh lag daneben.

»Alles okay?« Meine Stimme zitterte, mein Herz schlug mir bis zum Hals.

»Ja«, grummelte er. »Ich dachte, ich kann die Form mit einer Hand rausholen und hatte nur einen Handschuh ... ging nicht.«

Mir fiel ein Stein vom Herzen, doch mein Puls raste noch immer. »Pass bitte auf dich auf.« Ich ging zurück und zog mich schnell an.

Es war besser, wenn ich in seiner Nähe blieb.

Nach dem Essen kuschelten wir uns aufs Sofa und redeten bis spät in die Nacht. Ich überredete Rickart, am nächsten Tag nicht zur Uni zu gehen.

»Ich brauche dich bei mir und finde, wir müssen die versäumte Zeit nachholen«, erklärte ich. Jedes Wort stimmte, trotzdem brannte meine Zunge beim Sprechen.

Er küsste mich. Ich rutschte auf seinen Schoß und beschloss, dass ich diese letzte Nacht in vollen Zügen genießen würde. Ein letztes Mal wollte ich ihm alles geben und mir alles nehmen, was möglich war.

Später, als wir schlafen gegangen waren, saß ich im Bett und betrachtete sein Gesicht. Er war schon eingeschlafen. Mit dem Finger glitt ich über seine Gesichtszüge, seinen Kiefer, seinen Nasenrücken, seine Augenbrauen.

Der Kloß in meinem Hals war riesig.

»Ich sorge dafür, dass dir nichts passiert«, flüsterte ich und schloss die Augen.

Als ich sie wieder öffnete, lag ich auf der Seite und es dämmerte bereits. Ich war eingeschlafen und hatte kostbare Stunden verschwendet.

Das Bett neben mir war leer. Mein Herz begann zu rasen.

Ich rief nach Rickart. Er antwortete nicht.

Ich sprang auf und suchte nach ihm. Mir wurde eiskalt, als ich bemerkte, dass die Wohnung leer war.

»Rickart«, rief ich wieder, aber es kam keine Antwort.

Ich suchte nach meinem Handy und rief ihn an, doch sein Smartphone lag auf dem Küchentisch.

Ich bekam Panik.

»Zeki?«, flüsterte ich, doch ich wollte nicht, dass der Engel auftauchte und meine Sinne vernebelte.

Dann musste ich eben raus und nach Rickart suchen. Ich hatte keine Wahl. Was, wenn es jetzt passierte? Wenn Zeki bereits bei ihm war?

Ich rechnete jede Sekunde damit, dass er vor mir erschien und mir sagte, dass ich versagt hatte. Dann starben wir beide und Zeki wurde für immer degradiert. Mein Herz schmerzte bei diesem Gedanken, denn auch das war Teil meines Plans. Diese Schuld musste ich auf mich nehmen, um Rickart zu retten. Vielleicht wurde Zeki begnadigt oder bekam eine zweite Chance, wenn sie bemerkten, dass es nicht seine Schuld war. Dass er alles versucht hatte.

Rickart ging vor, so leid es mir um den Engel tat, der trotz allem mein Freund geworden war. Ich musste hoffen, dass er mir verzeihen konnte, was ich ihm antat.

Ich zerrte gerade meinen Mantel von der Garderobe, als sich die Tür öffnete und Rickart hereinkam.

In der Hand hielt er eine Brötchentüte. Ich ließ den Mantel fallen und sprang auf ihn zu. »Da bist du ja!«

»Brötchen!«, sagte er und schwenkte die Tüte. Ich war so erleichtert, dass ich beinahe geweint hätte.

Es war noch nicht zu spät, doch die Gewissheit, dass es heute passierte, brachte mich um.

Ich konnte das Frühstück nicht genießen. Ich war nervös und ängstlich. Ich wollte jede Minute auskosten, doch von diesem Entschluss war nichts übrig.

Nervös beobachtete ich jede seiner Bewegungen, immer bereit, den Notruf abzusetzen. Rickart bemerkte es und wurde ebenfalls unruhig. »Was hast du denn bloß?«, fragte er. »Du bist furchtbar schreckhaft.«

»Ich weiß, tut mir leid«, flüsterte ich. Draußen im Treppenhaus waren laute Stimmen und Schritte zu hören. Ich zuckte zusammen.

Rickart legte seine Hand auf meine. »Redest du mit mir darüber?«, fragte er.

Meine Kehle schnürte sich zu, doch irgendwie schaffte ich ein Lächeln. »Wahrscheinlich, weil mein Programm heute endet«, sagte ich.

»Was bedeutet das genau?«, fragte er. »Musst du da noch einen Abschlusstermin absolvieren, einen Test machen?«

Ich wollte eben antworten, da klopfte es an der Tür. Miene Nackenhärchen stellten sich auf und mir brach kalter Schweiß aus. Wir erwarteten niemanden. Der Besucher musste etwas mit meiner Mission zu tun haben.

Rickart ging zur Tür. Als er sie öffnete, veränderte sich seine Körperhaltung, sie wurde angespannt und feindselig.

Ich ahnte, wer draußen stand. Langsam stand ich auf und ging zu meinem Freund. In der Tür stand Zeki.

»Hallo Klara«, sagte er. Seine Stimme klang seltsam.

Mein Herz begann zu rasen. Das war nicht gut. Wenn er hier war, bedeutete das, dass es bald so weit war. Und sofort reagierte mein Körper auf den Todesengel.

»Zeki«, flüsterte ich.

»Darf ich fragen, was du von Klara möchtest?«, fragte Rickart feindselig.

»Ich muss kurz mit ihr reden«, sagte Zeki. Ich wand mich innerlich. Wenn Rickart uns allein ließ, konnte ich für nichts garantieren. Schon jetzt musste ich mich an der Heizung festhalten, um nicht zu ihm zu rennen.

Zeki sah mich an. »Es ist wichtig, Klara. Bitte.«

Rickart betrachtete mich nachdenklich. Ich schaffte es kaum, seinen Blick zu erwidern. Meine Selbstbeherrschung kostete mich alle Kraft.

Zeki bemerkte es auch. »Es tut mir leid, dass ich euch störe. Es ist wirklich wichtig.«

Ich nickte mühsam und flüchtete ins Wohnzimmer. Zeki folgte mir und schloss die Tür hinter uns. Ich wich so weit wie möglich vor ihm zurück und hielt mich an der Wohnzimmerheizung fest.

»Ich weiß, was du vorhast«, sagte er und stellte sich an die gegenüberliegende Wand. »Und ich bitte dich noch einmal, es nicht zu tun. Ich muss dich davor warnen, es zu versuchen. Es wird schiefgehen, Klara, versteh das doch bitte! Es geht nur noch um dich!«

»Es geht doch auch um dich«, presste ich hervor. »Für dich hängt auch viel davon ab.«

»Das stimmt«, sagte er nach kurzem Zögern.

»Dann tu bitte nicht so, als sei ich die Einzige, an die du denkst!« Ich klammerte mich am Rohr fest.

»Verdammt, du verstehst es einfach nicht!« Er kam zwei Schritte auf mich zu, sein Gesicht war purer Frust.

Ich wollte zu ihm rennen und mich in seine Arme werfen. Ich wollte alles vergessen und seinen Körper an meinem spüren. Ich wollte wissen, wie er sich anfühlte. Ich wollte, dass er mich berührte. Seine Hände, seine Lippen ...

Mein ganzes Sein verengte sich auf ihn, sodass ich die Berührungen beinahe schon spürte.

Ich stöhnte heiser auf, ohne es zu wollen.

Er merkte es und wich zurück. »Klara, verdammt.«

»Ich kann doch nichts dafür«, murmelte ich und lehnte mich gegen die Dachschräge. »Du musst gehen, Zeki. Wenn du da bist, bekomme ich gar nichts hin.«

»Wenn ich gehe, wirst du versuchen, ihn zu schützen«, sagte er mit zusammengebissenen Zähnen.

»Ja.« Ich konnte ihn nicht anlügen. Mein Atem beschleunigte sich. In Zeitlupe ließ ich die Heizung los und wankte auf ihn zu. »Zeki ...«

»Klara, alles okay?« Rickart kam herein. Sein Blick zuckte von Zeki zu mir. Er kannte mich ewig. Er kannte jeden meiner Gesichtsausdrücke. Auch diesen. »Darf ich fragen, was hier los ist?«

Zeki ignorierte ihn. »Was du vorhast, ist dumm!«, fauchte er. »Das sorgt dafür, dass niemand es schafft!«

»Rede nicht so mit ihr!«, mischte Rickart sich ein. Ausgerechnet jetzt musste er den Helden spielen.

»Misch dich nicht ein!«, bellte Zeki. Rickart war groß, Zeki überragte ihn dennoch.

Mein Freund zuckte zusammen, umrundete den Engel dann aber und kam zu mir. »Klara, was ist los? Was ist da zwischen euch?« Ich wusste nicht, was ich sagen sollte.

»Klara muss etwas zu Ende bringen«, sagte Zeki eindringlich. »Das ist wichtig. Sie hat keine Wahl. Du musst es tun.« Den letzten Satz richtete er an mich.

»Doch, ich habe eine Wahl.« Ich heftete meinen Blick auf Rickarts Brust, damit ich Zeki nicht ansehen musste. »Es tut mir leid, dass du auch darunter leiden wirst, aber du musst verstehen, dass es nicht anders geht.«

»Klara, das ist Irrsinn! Du weißt nicht, was du dir da vorgenommen hast!«

»Worum geht es?«, fragte Rickart. Ich wandte den Kopf ab. »Klara?« Ich schwieg. »Gut, wenn sie es mir nicht sagen will, tust du es ja vielleicht.« Mit den letzten Worten drehte er sich zu Zeki um.

Ich blickte zu Zeki und schüttelte den Kopf. Er presste die Lippen zusammen, dann zuckten seine Mundwinkel.

»Wag es ja nicht!«, fauchte ich.

»Du zwingst mich doch dazu! Denkst du, Rickart würde zulassen, dass du dein Vorhaben umsetzt, wenn er wüsste, worum es geht?«

»Das hast nicht du zu entscheiden! Du hast doch gesagt, dass ich nicht darüber reden soll!« Ich wurde immer lauter. Zeki beeindruckte das nicht. Er glaubte, eine Möglichkeit gefunden zu haben, mich aus dem Spiel zu nehmen.

»Klara hat einen Auftrag bekommen, deswegen hat sie auch die Rosen erhalten«, sagte er zu Rickart.

Die Augen meines Freundes weiteten sich. »Du steckst dahinter?«, fragte er tonlos.

»Zeki, ich warne dich!«, schrie ich, doch die beiden ignorierten mich einfach. Das machte mich rasend.

»Nein. Ich helfe ihr, ihren Auftrag auszuführen. Hast du gesehen, dass die Rosen jetzt rot und schwarz sind? Klara wurde auserwählt, Seelen von Sterbenden ins Himmelreich zu überführen.«

»Das ist doch Blödsinn!«, rief ich verzweifelt, doch Rickart hörte mir nicht zu.

»Und du bist wer? Der Tod persönlich?«, fragte er.

»Ein Todesengel.« Ohne weitere Worte ließ Zeki seine Flügel erscheinen. Rickart holte laut Luft.

Meine Knie schmerzten. Erst Sekunden später merkte ich, dass ich gefallen war. Tränen rannen über mein Gesicht. Es war unvermeidlich, was passierte.

»Klara hat noch eine letzte Seele, die sie überführen muss«, sprach Zeki weiter. Seine Flügel verschwanden.

Rickart stand wie vom Donner gerührt da. Ich glaube, er erriet es sofort. Seine Lippen bewegten sich, doch seine Stimme war so leise, dass ich ihn kaum hören konnte.

»Meine.«

In mir zersplitterte etwas.

ZEKI

Ich sah Klaras fassungsloses Gesicht. Es verzerrte sich und nahm einen Ausdruck puren Grauens an. Sie schüttelte den Kopf, wahrscheinlich ohne es zu bemerken.

Ich fühlte mich widerlich. Wut, Verzweiflung, grimmige Genugtuung, alles mischte sich in mir zu einem schrecklichen Cocktail. Mein Inneres fühlte sich hohl trotz all dieser Gefühle an.

Sie wollte sterben. Um ihn zu retten.

Jetzt tauschten sie einen Blick. Rickarts Augen waren aufgerissen, er rang nach Worten. Ich verstand, was ihn umtrieb. Mir ging es seit Tagen nicht anders.

»Ich verstehe das alles nicht«, sagte Rickart.

Ich war das alles so leid. Das Erklären. Das Drohen. Das Flehen, sie möge endlich vernünftig werden.

In Klaras blauen Augen stand Entschlossenheit. Sie kämpfte gegen die Sucht, doch jetzt galt ihre ganze Aufmerksamkeit ihrem Freund.

»Nein, Rickart. Das wird nicht passieren.«

›Doch, wird es!‹, wollte ich sie anschreien. ›Sieh es doch endlich ein!‹

Klara hatte sich in den Kopf gesetzt, ihn zu retten. Sie war im Tunnel. Es gab nur eins, was ich tun könnte, doch das brachte ich nicht über mich. Ich hatte ihr schon genug Schaden zugefügt. Wenn ich sie jetzt küsste, machte ich alles nur noch schlimmer.

Die Folgen waren nicht abzusehen. Im schlimmsten Fall dauerte es Jahre, bis sie davon herunterkam. Das konnte ich nicht verantworten.

»Wenn Klara es nicht tut, stirbt sie«, sagte ich zu Rickart.

Sie presste die Lippen zusammen und funkelte mich wütend an. So wütend, wie sie es trotz der Sucht hinbekam.

»Ich will, dass du gehst«, sagte sie gefährlich leise. Ihre Stimme zitterte.

»Das werde ich nicht. Es liegt in meiner Verantwortung, dass du deine Mission erfüllst«, beharrte ich.

Wir maßen einander mit Blicken. Ich bewunderte sie für ihren Mut. Ich verfluchte sie für ihre Sturheit.

»Ich werde nicht gehen«, wiederholte ich.

»Schön. Dann eben nicht!«, fauchte sie und stürmte an mir vorbei. Die Schlafzimmertür fiel mit einem Knall ins Schloss. Ich ahnte, warum sie floh.

»Ich verstehe das alles nicht«, sagte Rickart. Er hatte sich keinen Zentimeter gerührt. »Warum ...«

»Du?«, beendete ich seinen Satz und zuckte mit den Schultern. »Schicksal. Es hätte anders kommen können, aber anscheinend ist deine Zeit abgelaufen.«

Rickart nickte, aber ich bezweifelte, dass er mich verstand. Ich konnte nichts daran ändern. Er war nicht derjenige, um den es mir ging. Diejenige befand sich hinter der Schlafzimmertür und weinte. Ich brauchte es nicht zu hören, ich wusste es. So gut kannte ich Klara mittlerweile.

Es war halb elf vormittags. Zwölfeinhalb Stunden lagen im schlimmsten Fall vor uns, bis es passierte.

Ich musste hierbleiben, auch wenn ich es nicht wollte. Ich musste sicherstellen, dass Klara durchzog.

Notfalls gegen ihren Willen.

Der Nachmittag zog sich quälend lang hin und es dämmerte bereits, ohne dass etwas passiert war. Klara kam wieder aus dem Schlafzimmer. Ich blieb im Wohnzimmer und positionierte mich in einer Ecke. Dabei hielt ich so viel Abstand wie möglich von ihr.

Rickart war blass um die Nase. Ich sah ihm seine Ratlosigkeit an. Das Warten wurde zur Qual.

»Und wie soll es passieren?«, fragte er schließlich.

»Gar nicht«, sagte Klara und warf mir einen scharfen Blick zu. Ich hatte nicht vor, zu antworten.

»Kannst du mir nicht wenigstens das sagen?«, setzte Rickart erneut an. Sie schüttelte heftig den Kopf.

»Ich werde nicht diskutieren.«

»Denkst du, ich will mit der Schuld leben, dass du dich für mich geopfert hast?«, fuhr er auf.

»Ich will das auch nicht!«, rief sie.

»Das verstehe ich, aber du bringst mich in die Lage, die du selbst nicht willst! Ich müsste jeden Morgen mit der

Gewissheit aufwachen, dass ich dich verloren habe. Dass ich nur am Leben bin, weil du deines hergegeben hast. Ich will das nicht!«

Genau das hatte ich befürchtet. Diese schwachsinnige Selbstlosigkeit der Menschen. Dieses weinerliche »ohne dich kann ich nicht sein«. Wer sollte das glauben? Die meisten Menschen überwanden solche Verluste überraschend schnell. Ich zweifelte nicht daran, dass dies auch bei Klara und Rickart der Fall wäre.

»Beruhigt euch«, sagte ich, obwohl mir der Kamm schwoll. Ich war dieses Gespräch so leid. Es nervte mich nicht nur, es widerte mich an.

Klara funkelte mich an, da klingelte es an der Haustür.

Erschrocken sahen wir drei uns an. Ich wandte meine mentale Aufmerksamkeit dem Treppenhaus zu, doch dort stand kein Engel, sondern ein Mensch, den ich nicht kannte. Ich zuckte mit den Schultern und lehnte mich gegen die Wand. Nicht mein Problem.

»Ich geh schon«, knurrte Rickart. Er öffnete die Tür. Die Stimme einer jungen Frau war zu hören.

»Oh hi, sorry, dass ich störe. Ich bin Fiona, ich wohne in der WG neben euch. Wir haben ein kleines Problem.« Sie lachte verlegen. »Bei uns ist eine Sicherung rausgesprungen und wir kriegen es einfach nicht hin, sie wieder einzuschalten. Könntest du kurz schauen?«

»Klar, mache ich.« Ich brauchte Rickarts Gesicht nicht sehen, um seine Erleichterung zu erkennen. Er wollte hier raus. Das verstand ich nur zu gut.

»Rickart ...«, sagte Klara unbehaglich.

»Das geht sicher schnell«, wiegelte er ab. »Ich lasse die Wohnungstür offen.«

Er trat hinaus in den Flur, ich hörte Fiona weiter reden: »Ich studiere Biologie, aber vielleicht hätte ich doch lieber

Elektrotechnik wählen sollen ...« Sie lachte und ihre Stimmen wurden leiser.

Klara sah mich an. Ich machte einen Schritt auf sie zu. Dann noch einen. Ich wollte sie umarmen, damit sie nicht mehr so wütend aussah. So verzweifelt.

Ihre Augen begannen wieder zu glänzen, je näher ich ihr kam. »Zeki ...«, flüsterte sie. Ich erreichte sie und strich über ihre Wange. ›*Wie weich ihre Haut ist.*‹

Ihre Brust hob und senkte sich hektisch. Ich sah ihren Stress. Ich sah, wie sie mit sich kämpfte. Meine Finger verharrten an ihrer Wange. Ihre Lippen öffneten sich. Ich wollte sie so gern küssen.

Aus dem Flur kam ein lautes Geräusch. Jemand rief erschrocken etwas. Alarmiert fuhren wir auseinander.

Klara rannte los. Erst jetzt bemerkte ich das Ziehen in meinen Eingeweiden, das einen Auftrag ankündigte. Ich hatte es einfach ignoriert, hatte mich nur auf Klara konzentriert. Scheiße!

Ich folgte ihr in die Nachbarwohnung.

Rickart war im Flur, am Sicherungskasten. Er war in sich zusammengesackt und rang verzweifelt nach Luft. Klara kniete vor ihm, ihr Gesicht war kreidebleich.

»Was ist passiert?«, fragte ich die Nachbarin.

Sie war restlos überfordert. »Ich, mein Stock ... der Deckel ... ich wusste nicht ...«, stammelte sie.

Ich verstand kein Wort, bis ich das Fenster sah. Es war angelehnt. Draußen sah ich eine kleine Holzkiste, die am Fensterbrett angebracht war. Es dauerte ein paar Sekunden, bis ich verstand, dass es ein kleiner Bienenstock war.

Rickarts Atem wurde immer krampfhafter. Klara redete auf ihn ein, sie war wie von Sinnen. Fiona angelte nach ihrem Handy und rief einen Krankenwagen.

Ich sah in Rickarts Gesicht. Das schaffte er nicht.

Der Moment war gekommen.

»Klara«, sagte ich. »Fang an!« Rickart kollabierte. Er rang verzweifelt nach Luft. Neben mir redete Fiona hektisch in ihr Telefon und schilderte, was geschehen war.

Ich kniete neben Klara. »Fang an, oder du verlierst seine Seele!« Ihre Augen schwammen in Tränen.

»Ich wollte nicht, dass das passiert! Ich habe doch so gut aufgepasst!«

»Verdammt, jetzt fang schon an!« Ich packte ihre Hand.

»Was ist denn hier los?«, erklang eine neue Stimme. Eine zweite junge Frau kam herein.

»Lilo, oh Gott!«, kreischte Fiona. »Eine meiner Bienen hat ihn gestochen. Oh Gott!«

»Fuck, er hat einen allergischen Schock!«, sagte die zweite Frau und riss etwas aus ihrer Handtasche. Sie stieß Klara beiseite. Ich sah, wie sie die Hand hob und etwas in Rickarts Oberschenkel stieß. Eine Adrenalinspritze!

Klara taumelte gegen mich, sie presste ihre Hände auf ihren Mund. Die junge Frau - Lilo - hatte eine Tasche dabei, aus der sie jetzt weitere Sachen holte.

Dabei redete sie beruhigend auf Rickart ein und streichelte seine Wange. Sein Atem wurde etwas leichter. Sie machte weiter, träufelte etwas in seinen Mund und setzte ihn aufrecht. Ihre Bewegungen waren schnell und sicher.

»Lilo studiert Medizin«, sagte Fiona leise. »Sie ist selbst Allergikerin.«

Rickarts Atmung beruhigte sich und seine glasigen Augen wurden etwas weniger starr.

»Ist der Rettungswagen unterwegs?«, fragte sie. Fiona nickte. Lilo atmete durch und untersuchte seine Pupillen. »Wie geht es dir?«

Rickart nickte, sein Atem ging noch immer schwer. Lilo gab ihm noch eine Tablette und schickte Fiona los, um Wasser zu holen. Sie half Rickart, es zu trinken.

Langsam verstand ich, was geschehen war.

Die Medizinstudentin hatte Rickart das Leben gerettet.

Mein Magen hob sich. Neben mir weinte Klara und barg Rickart in ihren Armen. »Danke!«, sagte sie.

»Ein Glück, dass ich zurückgekommen bin«, sagte Lilo. »Hat er kein Notfallset?«

Ich wartete darauf, dass ich abberufen wurde. Es war vorbei. Es sei denn, Rickart erlitt einen weiteren Schock. Mein Blick glitt hinüber zum Bienenstock. Wenn ich ihn nahm und auf den Boden warf ... Doch das verstieß gegen den Himmlischen Kodex. Das wäre Mord und Mord hatte zur Folge, dass ich den Himmel verlassen musste.

Dass ich fiel. Konnte das schlimmer sein als bis zum Ende aller Tage Seelen ins Chaos zu schicken?

Ich machte einen Schritt auf das Fenster zu, doch ich schaffte es nicht. Ich sah zu Klara hinüber. Ihre Augen glitzerten. Ich sah ihren Triumph. Ich sah ihre Angst. Ich sah, wie leid es ihr tat, was sie mit mir machte. Sie zuckte mit den Schultern und schüttelte den Kopf.

»Tut mir leid, Zeki«, formte sie mit den Lippen.

Ich fühlte nichts. Ich war wie gelähmt.

Der Notarzt kam. Er untersuchte Rickart und ließen sich von Lilo informieren, was geschehen war. Dann nahmen sie ihn mit. Klara begleitete ihn. Ich wechselte auf die Astralebene und quetschte mich ebenfalls in den Rettungswagen. Die Menschen konnten mich nicht mehr sehen.

Im Wagen war eine Uhr. Halb neun abends.

Dreieinhalb Stunden, um die Mission doch noch irgendwie zum Abschluss zu bringen.

FÜNFZEHN

Rickarts Aufnahme im Krankenhaus und die Untersuchungen dauerten lange. Klara wartete und schwieg.

Ich blieb bei ihr. Wenn sie nicht zu Rickart konnte, war es ausgeschlossen, seine Seele zu überführen, selbst, wenn jetzt noch etwas geschah. Er war als letzte Seele für Klara vorgesehen. Es gab keine Alternative. Deswegen musste ich die Augen offen halten, jederzeit bereit, einzugreifen und es zu Ende zu bringen.

Ein Bisschen Zeit war noch übrig. Es war halb zwölf, als sie endlich zu ihm durfte. Er lag in einem Zweibettzimmer, doch das andere Bett war leer.

Ich folge Klara unsichtbar und blieb an der Tür stehen.

Was sollte ich tun? Ich konnte nicht aufgeben. Es bestand eine letzte Chance, dass es jetzt passierte. Dass Rickart eins der Medikamente nicht vertrug. Dass mehr Schäden entstanden waren, als auf den ersten Blick ersichtlich war.

»Sie sagen, dass Lilo mir das Leben gerettet hat«, sagte Rickart, doch er wirkte nicht erleichtert. Seine Hand tastete nach Klaras. »Ich habe Zeki währenddessen gehört. Du solltest meine Seele ...«

»Aber das war nicht nötig«, sagte Klara sanft. »Du lebst. Das Schicksal lässt sich doch ändern.« Ich fragte mich, ob sie recht hatte, oder ob dies nur ein besonders grausames Spiel für uns alle war.

»Hättest du es getan?«, fragte Rickart.

»Nur, wenn es nicht anders möglich wäre«, flüsterte sie. »Aber so ist es besser.«

Die letzten Minuten tickten von der Uhr. Mein Blick hing an den Zeigern. Dann wieder an Klaras Gesicht. In meiner Brust entstand ein Vakuum, als würden meine Rippen zusammengepresst. Es war fast so schlimm wie damals.

Oder doch noch schlimmer?

Ich hielt es kaum noch aus. Die Verzweiflung brodelte in mir, gleichzeitig war es, als stünde die Welt still.

Ich lauschte auf Schritte im Flur. Ich wartete darauf, dass der Monitor, an den Rickart angeschlossen war, Alarm schlug. Ich wartete darauf, dass Noam kam. Dass irgendwas passierte.

Die letzte Minute verstrich.

Klara und Rickart sahen einander an. Sie hielten sich an der Hand. Klara lächelte und flüsterte etwas. Ich ahnte, was sie sagte. Dann sackte sie in sich zusammen und rührte sich nicht mehr.

Es dauerte ein paar Sekunden, bis ich es verstand.

Rickart drückte den Notruf, doch ich brauchte nicht abzuwarten, was geschah.

Der Auftrag war nicht erfüllt. Ich hatte versagt. Klara hatte versagt. Jetzt hatte der Himmel sich den Ersatzpreis geholt. Ihre Seele.

Ich hatte sie nicht einmal gesehen, so schnell war es gegangen. Wer hatte sie geholt? Wie hatte sie ausgesehen?

Ich verlor den Verstand.

Rickart redete auf Klara ein. Tränen liefen über seine Wangen und seine Stimme wurde immer lauter, immer verzweifelter.

>Was dachtest du denn, was passiert?<, wollte ich ihn anschreien, doch ich schaffte es nicht. Ich konnte ihn nicht einmal dafür hassen, dass er noch lebte und sie nicht.

Meine Muskeln spannten sich an, doch ich konnte mich keinen Zentimeter rühren. Ich war wie erstarrt.

Neben mir erschien Noam. »Komm«, sagte er. Seine Stimme klang merkwürdig. Beinahe, als ließe es ihn doch nicht kalt, was geschehen war. Ich hatte Triumpf erwartet. Bosheit. Herablassung. Nichts davon kam.

»Jael wartet.« Noam klang mechanisch.

Ich folgte ihm, doch mein Blick hing an Klaras blondem Haar, das über die Bettdecke floss.

Während ich die Ebene wechselte, stürmten Leute in das Zimmer. Ich wusste, dass es zu spät war.

Noam schwieg beharrlich auf dem Weg zu Jael. Mein Blick streifte sein Gesicht, doch es war wie eine Maske.

Ich erriet seine Gedanken nicht. Sie waren mir auch egal.

Ich hatte Klara verloren. In meiner Brust hinterließ der Verlust ein Loch, unendlich tief.

Unsere Vorgesetzte erwartete uns. Ihr langes schwarzes Haar lag in einem strengen Zopf über ihre Schulter. Ihre silbergrauen Augen waren auf mich gerichtet.

»Zedekiah«, seufzte sie. Ich schwieg. Sie wusste ohnehin, was geschehen war. Jedes Wort war zu viel. In mir tobte ein Gefühlssturm, den sie sowieso nicht verstand. An Jael war waren die Emotionen spurlos vorbeigegangen.

Alles, was sie interessierte, war ich – ein Untergebener, der seinen Job nicht gemacht hatte, das einzige, wozu er gut war. Sie war nur hier, um über mich zu richten.

Mein Herz verkrampfte sich bei dem Gedanken an Klara. Sie war tot. Alles andere war sowieso egal.

Ich hatte zweimal versagt und bewiesen, dass ich meine Aufgabe nicht verdiente. Egal, wie sie mich bestrafte, es konnte nicht schlimmer sein als diese Erkenntnis.

»Er lebt«, sagte ich, obwohl ich schweigen wollte. Aber Jael sollte wissen, was geschehen war. »Es war nicht Klaras Schuld.«

Jael musterte mich. »Ich weiß.«

»Ich war die ganze Zeit bei ihr. Es gab nichts, was sie tun konnte. Sie hätte es getan, wenn sie die Gelegenheit bekommen hätte.« Die Worte sprudelten aus meinem Mund.

»Auch das weiß ich.« Jael hob die schwarzen Augenbrauen. »Aber die Sachlage ist eindeutig, denn die Regeln der Mission der Seelensammlung sind klar: Wenn der oder die Erwählte versagt, wird seine oder ihre Seele als Ersatz eingefordert. Das weißt du.«

»Aber sie konnte es nicht schaffen!«, begehrte ich auf. »Was hätte sie tun sollen? Was hätte *ich* tun sollen? Die Frau davon abhalten, ihm zu helfen? Das verstößt gegen den Kodex und er ist ihr Partner, verdammt! Sie liebt ihn!«

»Ich weiß«, unterbrach sie mich. Solche Details interessierten sie nicht. »Die Frau hätte nicht da sein dürfen. Nicht mit dem Medikament. Ihr Auftauchen und Eingreifen stellen eine Unregelmäßigkeit im System dar, die nur selten auftaucht. Ein Zufall, wie er im Buche steht.«

»Und jetzt? Klara hat den Tod nicht verdient.«

Ihr Blick durchbohrte mich. »Findest du?«

»Ja, allerdings! Sie hat sich durchgekämpft, trotz der Schwierigkeiten. Vor allem trotz der prekären Lage, in die ich sie durch meine Unvorsichtigkeit gebracht habe. Sie hätte es in letzter Konsequenz getan. Ihre Aufgabe ist erfüllt, wenn auch nicht so, wie vorgesehen.«

Jaels Mund zuckte. »Interessant. Was schlägst du vor?«

»Dass die Mission als erfolgreich anerkannt wird und Klara leben darf.« Meine Stimme bebte. Warum fragte sie mich, wenn die Sachlage doch so klar war? Warum quälte sie mich? Oder war Jaels einzige Emotion Sadismus?

»Das wäre natürlich auch für dich vorteilhaft.« Amüsierte sie sich etwa? Ihre Miene war reglos. Ich hätte schreien können und sie am liebsten angegriffen, doch Jael war älter und viel stärker als ich.

»Ich habe meine Aufgabe ebenfalls erfüllt«, versetzte ich und bemühte mich um Ruhe. »Trotz aller Fehler. Ich bin bereit, dafür eine Strafe zu akzeptieren, die du angemessen findest. Aber was du von mir verlangtest, habe ich getan.«

Ihre Augenbraue hob sich. »Und wenn wir sie zu uns holen? Sie scheint ein Talent für die Seelensuche zu haben. Sie hat es trotz der mangelhaften Begleitung beinahe geschafft. Wir sind beeindruckt.« Jael behielt mich im Auge.

Ich bekam ein seltsames Gefühl im Magen. Klara, ein Todesengel? Klara, unsterblich, in meiner Nähe?

Wie ich meine Vorgesetzte hasste!

»Das ist nicht meine Entscheidung«, rang ich mir ab.

Jaels Augenbrauen berührten beinahe ihren Haaransatz. »Ich hätte gedacht, du ergreifst diese Chance sofort.«

»Ich denke nicht, dass das Klaras Wahl wäre«, antwortete ich, obwohl mir jedes Wort wehtat.

Jaels Auge zuckte. Ich sah ihre Unzufriedenheit. »Du hast deine Aufgabe nur mangelhaft ausgeführt«, sagte sie. Ich wusste, was jetzt kam. »Deine alte Position verdienst du nicht. Noch nicht. Aber mir kommt gerade eine Idee, wie du deine neuen Fähigkeiten gewinnbringend einsetzen kannst, um deine Loyalität zu beweisen. Zachariah wird dich rufen. Du kannst gehen.«

»Was ist mit Klara?«, fragte ich, um alles andere konnte ich mich später kümmern. »Wird sie ... ich meine, darf sie leben?«

Jael lächelte schmal. »Lass das meine Sorge sein.«

KLARA

Ich blinzelte in helles Licht.

Mein Körper fühlte sich seltsam an. Leichter als sonst. Ich hob meine Hand und ließ sie schnell wieder sinken. Sie war durchscheinend.

Ich wusste, was das bedeutete. Ich hatte es gespürt. Das Gefühl, als mein Körper in sich zusammensackte. Ich hatte es gesehen. Dann war ich hergekommen, ins Licht.

Das war es also.

Es ging so schnell, dass ich es jetzt erst verstand.

Sterben ist einfach. Friedlich. Es tat nicht einmal weh, sondern fühlte sich an, als habe jemand eine Kerze ausgepustet. Meine Kerze.

Aber wo war ich jetzt?

»Hallo Klara.« Eine Frau erschien. Sie hatte einen schwarzen Zopf, der ihr bis zur Hüfte reichte. Ihr Gesicht war streng, ihre Augen silbergrau.

Ich hatte eine Ahnung, wer sie war. »Jael?«, fragte ich.

Sie lächelte dünn. »Richtig.«

Ich sah an mir hinunter. »Und ich bin tot.«

»Momentan ja.«

Mein Blick ruckte hoch. »Momentan?«

»Wir befinden uns in einer Zwischenstufe. Ich habe dich hier aufgehalten, weil dein Fall besonders ist und der Klärung bedarf.« Jael wirkte darüber nur mäßig begeistert. »Durch die Hilfe der jungen Frau hattest du keine Möglichkeit, die letzte Seele zu überführen. Ein Systemfehler liegt hier vor, den du wahrscheinlich Zufall nennen würdest. Dieser Zufall hat Rickart Sundgrens Tod verhindert und somit dafür gesorgt, dass du deinen Auftrag nicht erfüllen konntest. Da du keinen Ausweichauftrag vor Ablaufen der Frist bekommen hast, um eine Ersatzseele zu überführen, ist deine Mission unbeendet.« Sie sprach so sachlich, als ginge es um zwei Pakete Druckerpapier.

Hätte ich noch einen Herzschlag, wäre er jetzt explodiert. Mein nicht existenter Puls hämmerte gegen meine Schädeldecke, als eine wilde Hoffnung in mir aufkeimte.

»Das bedeutet, ich bekomme noch eine Chance?«, wagte ich zu fragen. »Eine andere Seele, die ich stattdessen überführen soll?«

»Die Fristen können nicht verlängert werden, der Fehler liegt im System«, informierte sie mich unfreundlich. Dieser *Systemfehler* ging ihr offenbar tierisch auf die Nerven. Meine Hoffnung schwand. Das war es also. »Stattdessen ist der Status geändert worden. Auf ›*Mission erfüllt*‹.«, sprach sie weiter. Ihre Miene war unbeweglich, sie behielt mich genau im Auge.

Ich starrte sie an. War das möglich? Meinte sie das ernst?

Jael betrachtete mich abschätzig. »Theoretisch ist die Lage einfach. Dein Körper wird gerade von Medizinern reanimiert. Noch ein paar Minuten werden sie es versuchen. Eigentlich würde ich dich jetzt zurückschicken. Es sei denn, du entscheidest dich dagegen.«

»Warum sollte ich das tun und wofür sollte ich mich entscheiden?«, fragte ich.

»Die Alternative wäre, dass du ein Engel wirst. Wir haben Interesse an dir. Du hast dich trotz der erschwerten Bedingungen gut geschlagen. Ich denke, es gäbe hier jemanden, den diese Entscheidung freuen würde. Er hat gekämpft wie ein Tiger, um deine Unschuld an der Sache zu beweisen. Selbstlos. Das hätte ich ihm nicht zugetraut. Du kannst dich freuen, dass derart Partei für dich ergriffen wurde.« Sie sagte seinen Namen nicht, doch ich wusste, wen sie meinte. Sie belauerte mich. Es war noch unangenehmer als bei Noam.

Zeki.

Ich konnte mir vorstellen, wie er gekämpft hatte. Ich ahnte, wie es ihm derzeit ging. Genau wie Rickart, der dachte, er habe mich verloren. Hatte er ja auch.

Ich schluckte und brauchte einen Moment, um das ganze sacken zu lassen. Das waren zwei Möglichkeiten, mit denen ich nicht gerechnet hatte. Zwei neue Chancen.

Und doch ...

Die Sucht nach Zeki war verschwunden. Meine Seele spürte sie nicht, sie war rein physisch. Zum Glück. Ich wollte mir nicht ausmalen, wie schwer mir die Entscheidung sonst gefallen wäre, doch ich sah wieder klar.

»Zeki ist mein Freund geworden«, sagte ich. »Er hat alles dafür getan, dass wir es schaffen.«

»Das denke ich mir«, erwiderte Jael. Ich ignorierte ihren Unterton. Das zwischen uns ging sie nichts an. Wir hatten gekämpft. Und anscheinend gewonnen.

»Ich hoffe, dass er nicht bestraft wird.«

»Das ist nicht deine Sorge«, erwiderte sie bissig.

War sie doch, aber ich wusste, dass meine Zeit knapp wurde. Wenn die Ärzte aufhörten, sich um mich zu bemühen, starb mein Körper endgültig.

Dann war es keine Wahl mehr, auch wenn es tröstlich war, diese Gewissheit zu haben.

»Es ist keine einfache Entscheidung«, sagte Jael. »Zumindest für einen Menschen, der nur eine Seite kennt. Du weißt nicht, was es bedeutet, ein Engel zu werden. Deine Gefühle stehen dir im Weg. Bedenke, welche Möglichkeiten es dir eröffnet. Wie viel Leid dir durch die Abkürzung deines menschlichen Lebens erspart bleibt: Armut, Tod, Einsamkeit. Das alles gibt es hier nicht.«

Das mochte sein, aber das machte es mir nicht leichter. Diese Überlegungen fanden in meinem Kopf auch gar nicht statt.

Jael seufzte, als ich nichts sagte. »Ihr Menschen seid für Fakten nicht zu begeistern.« Sie verschränkte die Arme vor der Brust. »Dass wir dich in Betracht ziehen ist eine große Ehre, Klara. Die Todesengel sind die Elite des Himmelreiches. Kein Schutzengel und kein ranghoher General müssen können, was wir tun. Nach dem Grunddienst kannst du dich bei uns beweisen. Zedekiah würde das sicher freuen.«

Ich dachte an Zeki. Ich dachte an das, was ich für ihn empfand. Es war nicht leicht, dies von der Sucht zu trennen, aber ich versuchte es. Ich mochte ihn. Dieser Monat hatte uns zusammengeschweißt. Wir waren ein Team.

Ich genoss seine Nähe und es wäre schön, ihn bei mir zu haben. Ein Engel sein ... Unsterblich. Ein Todesengel werden. Bei Zeki sein.

Vielleicht könnte mehr als Freundschaft entstehen.

Vielleicht.

Trotz all dieser Gedanken kostete es mich nicht viel Zeit, meine Wahl zu treffen. Ich wusste, was ich wollte.

Was ich immer gewollt hatte.

Ich wollte die Terrasse.

Ich wollte Rickarts runzliges Gesicht sehen. Daran änderte kein Versprechen für die Zukunft etwas. Keine vage Möglichkeit. Kein Gefühl, das in mir keimen mochte. Ich wusste genau, wie es weitergehen sollte.

Ich hatte die Wahl. Und ich fällte sie.

»Ich möchte zurück«, sagte ich.

Jaels Mund verzog sich wieder. »Das dachte ich mir. Dann werden wir uns noch ein paar Jahrzehnte gedulden müssen, bis du zu uns kommst. Nun, nicht ganz.« Sie deutete auf meine Arme. Auf meine Arme voller Rosen. Ich hatte mich schon so an diesen Anblick gewöhnt, dass es mich nicht einmal verwundert hatte, dass sie auch jetzt noch da waren.

»Die Rosen verschwinden, aber eine Sache bleibt«, sprach Jael weiter. Ich bekam Gänsehaut. Was kam jetzt? »Dein Status ist geändert, aber eine Rose ist ungefüllt geblieben. Das bedeutet, dass du eine Restschuld hast. Die letzte Rose lasse ich dir deswegen. Sie wird dich daran erinnern, dass noch etwas offen ist. Und dass wir es einfordern können, wenn nötig. Alles Gute und bis bald.«

Ich wollte noch etwas sagen, doch das Licht verblasste und ich verlor die Orientierung.

Es wurde dunkel. Kalt. Es war wie damals in meinem Traum. Der Traum, mit dem alles angefangen hatte.

Dann kam grelles Licht.

»Weg!«, rief eine Stimme, dann schoss Schmerz durch meinen Körper.

Mein Körper!

»Puls!«, schrie jemand. »Wir haben einen Puls!«

»Oh Gott«, hörte ich jemand anderen sagen. Ich erkannte diese Stimme. Sie wärmte mein gerade wiederbelebtes, schmerzendes Herz.

Rickart.
Ich war wieder da.

Mein Brustkorb schmerzte, als ich aufwachte. Ich musste das Bewusstsein verloren haben, nachdem sie mich zurückgeholt hatten. Vielleicht war das besser so. Doch ich lebte, alles andere kam wieder in Ordnung. Mein malträtiertes Herz schmerzte vor Freude bei diesem Gedanken.
»Klara?« Ich öffnete die Augen. Tränen stiegen hoch und ich bekam einen Kloß im Hals. Ich hatte gehofft, dass er der Erste war, den ich zu Gesicht bekam. Wir waren allein.
Wie lange war ich weg? Wieviel Zeit ist vergangen?
Es war egal, solange er bei mir war.
Ich lächelte. Er nahm meine Hand. Zum ersten Mal, seitdem wir uns kannten, standen Tränen in seinen Augen. Ein warmes Gefühl flutete meinen Körper.
»Ich bin so froh, dass ...« Er brach ab und holte tief Luft. »Ich dachte, es wäre vorbei.«
»War es auch«, sagte ich. Meine Stimme war schwach. Mein Körper fühlte sich schwer an. Ein Schock im Vergleich zu der Schwerelosigkeit meiner Seele. Die Wärme seiner Hand tröstete über alles hinweg.
Tränen liefen über meine Wangen, doch das war egal. Dann weinten wir eben zusammen.
»Ich bin froh, dass du da bist«, sagte ich.
»Wo soll ich denn sonst sein? Ich kann doch nur hier bei dir sein. Ist es vorbei?« Die letzte Frage stellte er zögernd.
Ich nickte. »Ja. Ist es.«
»Gott sei Dank.« Rickart schluckte. »Länger hätte ich das auch nicht durchgestanden. Die letzten Wochen waren die Hölle. Für dich noch mehr, ich weiß. Es tut mir so leid, dass ich nicht für dich da war.«

»Schon verziehen«, erwiderte ich. »Ich habe es dir nicht leicht gemacht.« Er wollte noch etwas sagen, doch ich schüttelte den Kopf. »Lass uns ein andermal darüber sprechen, ja?«

»Natürlich.« Er küsste mich. »Ich bin so froh, dass du wieder da bist. Dass diese Sache mit dem Todesengel vorbei ist.«

»Hast du ihn noch einmal gesehen?«, fragte ich.

Rickart schüttelte den Kopf. »Nein, er ist verschwunden. Vielleicht denkt er, du seist noch immer tot. Das ist sicher schwer für ihn.« Er biss sich auf die Lippe. Er ahnte, dass da etwas zwischen Zeki und mir gewesen war. Ich wollte es ihm erklären. Später. An einem anderen Tag. Wenn es mir besser ging und ich selbst die Sache verarbeitet hatte.

»Ich denke, sie haben ihm gesagt, dass ich nicht tot bin, sondern bei dir«, erwiderte ich.

Rickart drückte meine Hand. »Was für eine verrückte Sache.« Er raufte sich das Haar. »Eigentlich unglaublich, aber ... Seine Flügel ...«

»Ich weiß«, sagte ich.

»Warum hast du nicht früher etwas gesagt? Ich hätte dir geholfen«, sagte er. Das ließ ihm keine Ruhe. Ich verstand es, obwohl das Gespräch meine letzte Kraft kostete.

»Weil ich sicher war, dass du mir nicht glaubst. Wenn Zeki dir seine Flügel nicht gezeigt hätte, hättest du uns für verrückt gehalten.«

»Das stimmt, aber ...« Er hob die Schultern und ließ sie wieder fallen. »Schon gut, du hast recht. Ich dachte, du hättest einen psychischen Zusammenbruch.«

»Ich denke, ich war auch nahe dran.« Ich schloss die Augen und lehnte mich gegen mein Kissen. Ich musste dringend das Thema wechseln. »Wie geht es dir?«

»Besser. Unsere Nachbarin hat ganze Arbeit geleistet. Sie haben mir schon ein Notfallset hingestellt. Das passiert mir nicht wieder. Sie behalten mich noch eine Nacht hier, aber dann darf ich nach Hause. Mal sehen, wann es bei dir soweit ist. Die Ärzte sind ratlos, was mit dir passiert ist, und tippen auf einen plötzlichen Herzstillstand, ausgelöst durch Stress.«

»Sie werden auch nichts herausfinden. Tod durch den Tod - dafür gibt es sicher keinen Lehrbucheintrag. Ich werde sehen, wie ich mich hier herausbringe.« Ich starrte an die Decke. Es dauerte, bis ich wirklich begriff, was geschehen war. Fürs Erste verdrängte ich es. Darüber konnte ich später nachdenken.

Ich wünschte, ich könnte Zeki noch einmal sehen. Ich wollte wissen, wie es ihm ging. Ich wollte ihm erklären, was hinter meiner Entscheidung steckte und was ich erlebt hatte. Ich ahnte, dass er von Jaels Angebot wusste.

»Danke, Klara«, sagte Rickart in die Stille.

»Wofür?«

»Dass du dein Leben für meins gegeben hättest. Hast. Ich habe ein paar Mal an dir gezweifelt - zu Unrecht, das weiß ich jetzt. Aber einen größeren Beweis kann es nicht geben.« Er küsste mich. »Bitte verzeih mir mein Verhalten. Es tut mir leid. Das hattest du nicht verdient.«

»Ich verstehe dich ja«, sagte ich leise. »Wer weiß, ob ich anders reagiert hätte.«

Rickart wollte noch etwas sagen, da klopfte es an der Tür. Verwundert sahen wir auf. Vielleicht war das Onie. Rickart hatte ihr sicher Bescheid gesagt.

Stattdessen kam Zeki herein.

Mein Herz machte einen Satz. Vor Freude, weil ich ihn sehen durfte. Die Sucht, stellte ich fest, war weg.

Zum Glück.

»Hey«, sagte er scheu. Er wirkte verloren, wie er da in der Tür stand.

»Hey«, antwortete ich.

Rickart stand auf. »Ich denke, ihr habt einiges zu bereden. Ich rufe unsere Eltern an. Und Onie. Ich glaube, sie dreht durch.« Damit verschwand er zur Tür hinaus.

Zeki blieb stehen und sah mich unschlüssig an.

»Schön, dass du hergekommen bist«, sagte ich.

»Es hat mir keine Ruhe gelassen«, erwiderte er. »Ich musste mit eigenen Augen sehen, dass du lebst.«

»Ich glaube, du hast das möglich gemacht.«

Er schnaubte. »Ich wünschte, es wäre so, aber nein, ich denke nicht.«

»Jael hat mir angeboten, ein Todesengel zu werden«, sagte ich. Er sah mir in die Augen und für eine Sekunde las ich seine Enttäuschung über meine Entscheidung darin.

»Ich weiß. Das hat sie mir gesagt.«

»Ich konnte es nicht annehmen. Sie meinte daraufhin, man würde auf mich warten.«

Sein Gesicht verzog sich. »Das glaube ich. Für uns sind achtzig Jahre nichts.« Es lag ein unausgesprochener Satz zwischen uns. Ich konnte ihm nicht antworten.

Stattdessen erinnerte ich mich an etwas anderes, das Jael gesagt hat. Ich strich den Ärmel des Krankenhausnachthemds hoch. Meine Arme waren wie früher. Nur helle Haut. Die Rosen waren verschwunden. So kamen sie mir beinahe komisch vor.

Doch auf dem linken Unterarm, kurz vor der Armbeuge, war eine zurückgeblieben. Sie war hellblau und wirkte so echt, als könnte ich sie pflücken. Entschlossen berührte ich sie. Sie blieb.

»Davon hat Tovi mir berichtet«, sagte Zeki und trat endlich näher. »Eine Schuldrose.«

»Was bedeutet das?«, fragte ich.

»Dass eine Seele fehlte, hat zur Folge, dass du uns etwas schuldest. Ich kann dir nicht sagen, wann und ob die Schuld eingefordert wird. Und wie das aussähe. Wir irren uns nicht oft.«

Ich lächelte. »Kommt bei jedem mal vor.«

»Es tut mir leid, was alles passiert ist«, sagte er abrupt. »So schwer wie du sollte es niemand haben.«

»Schon vergessen«, sagte ich, auch wenn das nicht vollkommen stimmte. Diese Mission würde ich niemals vergessen. Das Leid, das ich gesehen hatte, würde mich lange begleiten. Die Schmerzen konnte ich nicht einfach so ausblenden. Die Angst. Die Verzweiflung. Ich wusste, dass es lange dauern würde, bis ich darüber hinwegkam.

Doch ich spürte, dass Zeki und ich uns nicht wiedersahen, und ich wollte mit einem guten Gefühl aus diesem Gespräch gehen.

»Danke für deine Hilfe. Ich weiß, es war nicht einfach für dich.« Sein Mundwinkel zuckte.

»Danke, dass du mich daran erinnerst, wie schlecht ich meinen Job gemacht habe.«

»Das meinte ich nicht«, erwiderte ich.

»Schon gut. Ich weiß, wie du es meintest.« Er blieb unschlüssig stehen.

»Was geschieht jetzt mit dir?«, fragte ich.

»Ich habe eine neue Aufgabe bekommen«, sagte er. Ich sah seine Erleichterung. Es war nicht eingetreten, was er befürchtet hatte. »Ich soll mich in einer anderen Abteilung beweisen. Weil ich dich geschützt habe. Anders, als Jael es erwartet hat.«

»Was bedeutet das?«, fragte ich.

»Ich absolviere eine Mission als Schutzengel. Wenn sie gut geht, darf ich zurück. Ich treffe mich nachher mit jemandem, der mich einweisen wird.« Zeki rieb sich den Nacken. »Ich weiß noch nicht, wie ich es finde, aber besser als die Seelenlöschung ist es allemal. Schutzengel sind, nach Todesengeln, die beste Einheit des Himmels. Ihre Aufgabe ist wichtig. Nicht so wichtig wie unsere, aber ...« Er brach ab, als er meine hochgezogene Augenbraue sah.

»Schon gut, ich weiß, was du sagen willst: ›*Hochmut kommt vor dem Fall und du bist schon tief gefallen*‹.«

»Ja, das wären ungefähr meine Worte, nur etwas freundlicher«, gab ich zu.

»Danke, Klara. Es hat mich gefreut, dich kennenzulernen. Ich wünschte, die Sache wäre anders verlaufen, aber ich bin trotzdem dankbar.« Er beugte sich vor und küsste mich auf die Wange.

Mich durchfuhr ein elektrischer Schlag. Ein Echo der Sucht? Oder einfach Sympathie?

»Ich mich auch. Falls wir uns noch einmal begegnen ...« Ich wusste nicht, wie ich den Satz beenden sollte.

Zeki lächelte. »Das würde mich auch freuen. Ich wünsche dir und Rickart ein wunderbares Leben. Genießt es.«

»Das werden wir. Jetzt erst recht.« Ich nahm noch einmal seine Hand und drückte sie, dann verließ er mich.

Ich blieb mit einem kleinen Loch im Herzen zurück.

Das war in Ordnung.

Das war, was von der Mission übrig blieb.

Jetzt konnte ich mich auf das Leben freuen, das ich mit dem Mann, den ich liebte, zusammen verbringen durfte.

EPILOG

ZEKI

Ich verließ das Krankenhaus. Und Klara.

Dieses Mal endgültig.

Mein Inneres fühlte sich seltsam an. Kalt und warm zugleich, als brodelte etwas in mir. Ich hasste dieses Gefühl. Es wurde Zeit, dass ich es loswurde.

›Dein Job ist es, unveränderliche Dinge zu akzeptieren. Das solltest du jetzt auch tun.‹

Wenn es nur nicht so schwer wäre!

Das Treffen mit Klara war hart für mich. Ich hatte mit ihrer Entscheidung gerechnet, trotzdem schmerzte sie. ›Achtzig Jahre, maximal‹, sagte ich mir. ›Und dazu müsste sie erst einmal hundert werden. Ein Wimpernschlag.‹

Ich straffte mich und konzentrierte mich auf das, was vor mir lag. Das musste reichen. Fürs Erste.

Meine neue Aufgabe musste das wichtigste für mich sein. Mit ihr konnte ich endlich diese Makel loswerden.

Beweisen, dass ich immer noch der Beste war.

Ich sollte mich bei Zachariah melden, der die Schutzengel in Norddeutschland unter sich hatte.

Ich kannte ihn nicht, unsere Einheiten blieben eher unter sich und die Schutzengel hatten mich nie zuvor interessiert. Gut, dann änderte sich das eben heute.

Wenig später fand ich, dass es dabei auch hätte bleiben können. Zachariah war wie Jael: Kühl, effizient, gleichgültig. Er hatte keine Lust darauf, einen in Ungnade gefallenen Todesengel aufzunehmen. Er tat es, weil er die Anweisung dazu bekommen hatte. Sein missmutig verzogener Mund machte keinen Hehl aus seiner Abneigung.

Ich teilte sie.

»Auch bei uns gab es in letzter Zeit einige Neuerungen«, sagte er. »Du steigst in die Task Force ein, die als Unterstützung der Schutzengel bereitsteht, die sich fest um einen Schützling kümmern. Die Gruppe hat seit Kurzem eine neue Leitung. Melde dich bei Rahel.«

»Warum ist sie neu in der Position?«, fragte ich.

»Weil die Umstände es erforderten«, schnappte Zachariah. Ein wunder Punkt also. Ich merkte mir das und nickte knapp. Ich hatte keine Lust auf Diskussionen.

Nicht heute. Nicht gleich am Anfang.

Ich verließ Zachariah und machte mich auf die Suche nach der Task Force. Das klang wenigstens so, als wäre es anspruchsvoll.

Jael wollte mich prüfen. Sie hatte sicher dafür gesorgt, dass diese Aufgabe hart wurde. Doch dieses Mal wurde alles anders. Ich würde jeden Informationsfitzel annehmen und alles tun, was man mir sagte.

Mal sehen, ob Rahel auch so ein schwieriger Fall wie ihr Vorgesetzter war.

Ich betrat den entsprechenden Raum. Ein Kontrollraum. Monitore, auf denen Statistiken zu sehen waren. Status-Updates. Auslastungsberichte.

Ich seufzte innerlich. Wo war ich hier nur gelandet?

»Zedekiah, nehme ich an«, erklang eine Stimme.

Ich drehte mich um. Und erstarrte.

Ich sah braune Augen mit silbernen Sprenkeln. Lange, rotbraune Haare. Ein ovales Gesicht mit einem vollen Mund und energischen Kinn. Die Augen blickten mich forschend an.

»Rahel?«, fragte ich. Meine Stimme war kratzig.

Was war los mit mir?

»Sehr erfreut. Du bist also der Todesengel, der einen Ausflug ins gegenteilige Geschäft machen möchte?« Ihre Braue hob sich spöttisch. Das rüttelte mich auf.

»Ich denke, wir wissen beide, dass es nicht so war. Aber anscheinend sieht meine Vorgesetzte in mir Qualitäten, die zu deinem Bereich passen.«

»Offenbar. Also, willkommen bei der Task Force. Wir greifen ein, wenn es hässlich wird. Die regulären Schutzengel im Direktschutz schaffen es manchmal nicht allein. Situationen können unübersichtlich werden und die Kolleginnen und Kollegen können verletzt werden, sodass sie in Rehabilitierung müssen. Das ist der Moment, in dem wir aktiv werden. Wir sind überall dort, wo es sonst schief läuft.« Ihre Miene verdüsterte sich kurz. »Wir haben viel Arbeit vor uns. Ich habe mir in den Kopf gesetzt, dass sich hier einiges ändern wird.«

Und ich zweifelte nicht daran, dass sie es umsetzen würde. Ihr Kinn hatte sie schon leicht gehoben. Ich spürte, dass die Zusammenarbeit leicht wurde. Dass ich ihr folgen und mit ihr zusammenarbeiten konnte.

Rahel hatte Feuer. Sie brannte für ihren Job.

Genau das brauchte ich.

Ich hatte mit diesem Auftrag Glück.

Und auch mit Rahel.

»Klingt gut. Zachariah sagte, du hättest die Leitung der Einheit erst vor Kurzem übernommen?«, erwiderte ich.

Ein Schatten glitt über ihr Gesicht. Ich hatte schon wieder einen wunden Punkt getroffen.

»Ja. Manchmal treten unverhofft Änderungen ein. Man muss sie nehmen, wie sie kommen.« Mehr wollte sie dazu nicht sagen und ich hatte auch nicht vor, zu fragen.

»Das merke ich auch gerade«, erwiderte ich und zuckte mit den Schultern. »Neue Chance, neues Glück.«

»So ist es.« Sie lächelte mich an und es war, als rutsche in meinem Brustkorb etwas an seinen Platz, das vorher verrutscht war. Das Gefühl ging mir durch Mark und Bein.

Mein enger Brustkorb wurde etwas weiter, die Beklemmung, die ich seit Tagen gespürt hatte, trat ein wenig in den Hintergrund.

Mein Herz flatterte wie ein kleiner Vogel.

Ich konnte wieder frei durchatmen.

Ich hätte nicht gedacht, dass dies möglich war.

Nicht nachdem ich Anna verloren hatte.

Nicht nachdem ich Klara aufgeben musste.

Zumindest eine Weile.

Aber vielleicht … vielleicht war mir etwas anderes bestimmt.

Ich wandte mich kurz ab, um den Moment zu genießen, doch meine Augen wanderten wieder zu Rahels Gesicht.

Als hätte sie es bemerkt, zögerte sie kurz, dann wurde ihr freundliches Lächeln wärmer.

»Ich bin gespannt, was unsere Zusammenarbeit bringen wird. Ich denke, das wird interessant, Zedekiah.«

»Zeki«, bot ich ihr aus einem Impuls an.

Ihre Augen weiteten sich, dann wurde das Lächeln noch etwas breiter. »Zeki«, wiederholte sie bedächtig und mir wurde noch wärmer.

Ich blickte schnell zu den Monitoren an den Wänden, um diese Spannung zu unterbrechen. Es waren noch andere Engel im Raum. Ich wollte vorsichtig sein und mich nicht in das nächste Abenteuer stürzen, das schmerzhaft endete.

Mein Mund verzog sich.

Anscheinend war genau das mein Ding.

Andererseits hieß es doch immer, dass aller guten Dinge drei waren.

Es fühlte sich gut an, hier zu sein. Wie ein Neuanfang. Vielleicht war es das, was ich wirklich brauchte. Wenn ich die Vergangenheit ruhen ließ, hatte meine Zukunft eine Chance, glücklich zu werden.

Glücklich, das wäre doch mal was.

Vielleicht waren die Todesengel doch nicht die einzige Einheit des Himmels, die etwas taugte.

Ich ahnte, dass der Engel neben mir mich eines Besseren belehren würde.

Ich war dazu bereit.

Ende »27 Roses«

Danke

Ich möchte wie immer die letzte Seite nutzen, um mich zu bedanken. Dieses Buch zu schreiben hat länger gedauert als ursprünglich geplant.

Ging das Verfassen der Rohfassung noch schnell, musste ich bei der Korrektur längere Pausen einlegen, weil etwas Unvorhergesehenes eintrat: Nicht nur meine Buchfamilie bekommt Zuwachs, sondern auch meine echte Familie.

Dafür empfinde ich tiefsten Dank und auch, wenn mich die Schwangerschaft einiges an Zeit (und noch viel mehr Kraft) gekostet hat. Da wurde es schwer, gleichzeitig ein Buch über das komplett gegenteilige Thema zu verfassen.

Die Idee zu 27 Roses hatte ich schon vor einiger Zeit in einem düsteren Traum. Es dauerte, bis es mir gelang, daraus einen Plot zu machen. Lange habe ich das Projekt vor mir hergeschoben, weil es sich noch nicht richtig anfühlte.

Dann kam mir eines Abends (beim Zubettbringen meines ersten Kindes, warum auch immer) Zeki in den Sinn, als Klaras Begleiter. In der ursprünglichen Fassung sollte sie ihre Mission ganz allein erfüllen und ich befürchtete, dass die Geschichte dadurch zu schwermütig und traurig wird.

Zeki hingegen war plötzlich die Chance, die Geschichte lebendiger zu gestalten. Nach dieser Erkenntnis schrieb sich das Buch fast von allein und Zeki gab ihm das, was ich vorher vermisst hatte.

Dass sich die Lage zwischen den beiden so zuspitzt, hatte ich anfangs auch gar nicht gedacht, aber manchmal entwickeln die Charaktere ein Eigenleben (und Zeki ist ziemlich eigensinnig).

Ich möchte also danke sagen an meine Kinder (mal sehen, wer zuerst das Licht der Welt erblickt, dieser Roman oder meine Tochter). Natürlich an meinen Mann, obwohl er sich durch einen Jobwechsel elegant aus der Affäre gezogen hat, das Buch Korrektur zu lesen.

An meine Freundin Sandra, die Korrektur gelesen und mit mir ihre Gedanken geteilt hat.

An Anna, du hast das schönste Cover gezaubert, das ich mir wünschen konnte. Deine Entwürfe haben mir noch mehr Schwung gegeben, das Projekt durchzuziehen! Ich danke dir vielmals für deine wundervolle Arbeit. Du bist zurecht stolz darauf ☺.

Und natürlich danke ich dir, weil du mein Buch in deinen Händen hältst und gelesen hast. Ich hoffe, ich konnte dich in meine Welt entführen und habe dir Spannung, vielleicht ein bisschen Herzschmerz und Freude mit meiner Geschichte beschert.

Falls du es noch nicht weißt: *27 Roses* ist Teil des *Im Bann der Unterwelt*- Universums. In der Reihe erfährst du mehr darüber, warum Engel erst seit kurzem Emotionen haben und welche schwierigen Ereignisse diesem Buch vorausgegangen sind.

Das Vorgängerbuch *Watching over you* hat lose mit diesem Buch zu tun, zumindest dürfte dir Rahel bekannt vorkommen, wenn du diesen Roman gelesen hast.

Ich freue mich auf ein Wiedersehen mit dir!

Deine Kristin im August 2022